La
corresponsal

La corresponsal

VIRGINIA EVANS

TRADUCCIÓN DE
RENATA SOMAR ARAGÓN

VINTAGE
ESPAÑOL

Penguin
Random House
Grupo Editorial

Originalmente publicado en inglés bajo el título *The Correspondent*
por Crown, sello editorial de Crown Publishing Group, una división de Penguin Random
House LLC, Nueva York, en 2025

Primera edición: junio de 2025

Publicado por Vintage Español®, marca registrada de
Penguin Random House Grupo Editorial USA, LLC
8950 SW 74th Court, Suite 2010
Miami, FL 33156

Traducción: Renata Somar Aragón

Impreso en Colombia / *Printed in Colombia*

Información de catalogación de publicaciones disponible
en la Biblioteca del Congreso de los Estados Unidos

ISBN: 979-8-89098-420-3

Con amor, para Mark

Lo que he hecho por mí misma es personal,
pero no es precisamente la paz...
La mayoría vivimos de una forma menos teatral,
pero continuamos siendo sobrevivientes
de un tiempo peculiar e íntimo.

On the Morning After the Sixties
[La mañana después de los años sesenta]
The White Album [*El álbum blanco*] de Joan Didion

PREFACIO

El lunes, alrededor de las diez o las diez y media, Sybil Van Antwerp se dirige finalmente a su escritorio con una taza de té, marca Irish Breakfast, con leche. La cama está tendida. Los platos lavados se escurren sobre una toalla junto al fregadero. Las plantas han sido regadas y las repisas sacudidas. Se sienta en la silla con meticulosidad y se queda mirando por la ventana, contemplando el jardín. Más allá, hacia el río y en descenso, ve las blancas velas triangulares, el reflejo del cielo en la amplitud del agua, las mansiones cuadradas del lado de Annapolis... Con aire satisfecho, endereza la pila de libros que está por leer y que siempre se cae, y el montón de cartas que ha previsto leer. Acomoda los bolígrafos en la taza. Cuenta los sellos postales. Revisa el montículo de cartas recibidas, pero aún no respondidas; le echa un vistazo a la lista de las que se ha propuesto redactar; ve el fajo de hojas que se encuentran boca abajo en el cajón y la carta que lleva años escribiendo y aún no termina. Sybil es madre, abuela y divorciada, retirada tras una distinguida carrera en la abogacía. Todo esto la rodea, pero los miércoles son siempre lo mismo...

Y los viernes.

Y los sábados.

El lunes, alrededor de las diez o diez y media, Sybil Van Antwerp se sienta de nuevo a escribir porque la correspondencia...

La correspondencia es su forma de vida.

Félix Stone
7 rue de Papillon,
84211 Gordes
FRANCIA

2 de junio de 2012

Félix, querido hermano mío:

Gracias por la tarjeta de cumpleaños, la pluma fuente y el libro. Lo comencé a leer el día que llegó, el jueves y lo terminé hoy. Fue precisamente como lo describiste: improbable y electrizante, inventivo, justo el tipo de libro que me gusta. Si te interesa saber, los setenta y tres se sienten igual que los setenta y dos: artritis, estreñimiento y problemas para dormir. Por cierto, decidí dejar de teñirme el cabello. Como sabes, mi cumpleaños no me interesa mucho, pero siempre resulta agradable que lo tomes en cuenta. Por supuesto, Trudy y Millie, las pajaritas, vinieron al aperitivo y a jugar cartas. Los chicos me contactaron, los dos. Bruce ordenó una tarta de fresa que me trajeron directo de la panadería, pero sabía tan mal que la tuve que tirar a la basura, lo más probable es que le haya costado una fortuna. De cualquier forma, vendrá a visitarme el próximo fin de semana para limpiar las canaletas. Fiona me llamó desde Londres. Dijo que no volvería a casa sino hasta Navidad porque el trabajo la trae como loca y, ahora..., ay, Dios santo, está diseñando algo en Sidney y pasará todo un mes en Australia. Me aseguró que a Walt no le molesta que se ausente tanto tiempo, pero déjame decirte que no sé cómo lograrán mantener vivo ese matrimonio. En este momento, está claro que ya no podrá tener hijos. Ni siquiera lo están intentando o, al menos, ella no me ha dicho lo contrario y, para colmo, cada vez que toco el tema, me reprende. Como cada año, Theodore Lübeck, que vive un poco más allá, en esta misma calle, me trajo rosas que cortó de sus rosales. Me parece un buen detalle de su parte a pesar de que sea un renegado del anárquico borde del oeste estadounidense.

¿Qué tal Francia? ¿Cómo se encuentra Stewart? ¿Qué estás escribiendo? Gracias por la invitación a visitarte, es amable de tu parte refrendarla siempre. Sí, me encantó <u>The Château</u>, pero eso era una novela y, aunque me encantaría conocer tu casa nueva, no iré. Disfrutar de una tarde de verano en el interior de una casa con aire acondicionado resulta adorable, pero al salir, uno se encuentra con el calor, la humedad y el insoportable clima, así que una postal de Francia con sus campos de lavanda y sus girasoles es mucho más atractiva que el lugar en la vida real. En estos tiempos, volar es demasiado engorroso debido a las medidas de seguridad, a todas las regulaciones sobre el tamaño del equipaje y a la obligación de pasar las cremas y la solución de los lentes de contacto a pequeñísimas botellas de plástico. Para ser sincera, no se me antoja para nada. Además, dejé muy claro que cuando te mudaras a otro continente, no iría a visitarte.

Mientras revisaba cajas viejas encontré la fotografía que verás en el sobre, es del día que te trajeron del Hogar de las Hermanas. Apareces con tus pantaloncitos y tu cabeza completamente calva. Has cerrado el círculo. Mamá se ve hermosa en la foto. Nunca he visto otra imagen de ella usando este traje sastre verde con falda, pero lo recuerdo con detalle. Recuerdo ese día como si hubiese sido ayer. Recuerdo que, poco antes, hubo una tormenta muy intensa, sin lluvia, con un viento peculiar y temperaturas elevadas, y que en el jardín había un árbol que fue derribado, así como ramas y trozos de madera. Recuerdo que la señora Curry, nuestra vecina, cocinó estofado y horneó tarta de chocolate para cenar. Yo estuve esperando toda la tarde a que el automóvil se detuviera frente a la casa para tomarte en mis brazos y entrar contigo. Ese día, como Misty no pudo llegar para realizar los quehaceres de la mañana porque la tormenta derribó los cables del puente Canton, yo misma sacudí, hice las camas y corrí las cortinas. ¿Tienes idea de quién pudo tomar la fotografía? Heloise, la hermana de mamá, estaba aquí, cuidándome, pero no la imagino tomando fotografías en absoluto. Supongo que este es nuestro primer retrato de familia. Te lo doy porque yo tengo la foto del día que me trajeron a casa. Saludos a Stewart, por supuesto.

Tu hermana que te quiere,
Sybil

Posdata: Félix, anoche tuve un ligero accidente. En realidad no fue nada, estoy bien, pero el Cadillac está en el taller. Para ser franca, más que cualquier otra cosa, el incidente me resultó inconveniente.

2 de junio de 2012

Estimado señor Lübeck:

Gracias por las exquisitas rosas blancas que dejó en la entrada de mi casa el 29 de mayo, día de mi cumpleaños. También recibí su mensaje de voz esta mañana. Anoche me trajeron a casa en taxi porque tuve un ligero accidente automovilístico, pero ya todo se ha solucionado.

Saludos,

Sybil Van Antwerp

Sra. Ann Patchett,
c/o Parnassus Books
3900 Hillsboro Pike, #14
-Nashville, TN 37215

2 de junio de 2012

Querida Ann:

Escribo para felicitarla por su novela más reciente, <u>El corazón de la jungla</u>. Mi hermano me la obsequió en mi cumpleaños y terminé de leerla esta mañana. Hoy es sábado y empecé a leer apenas el jueves, lo cual dice algo por sí mismo a pesar de que, tal vez, dado que no nos conocemos, para usted esto no signifique nada en particular. Debo señalar, sin embargo, que como ya hemos intercambiado correspondencia, no somos desconocidas del todo. Nos escribimos cuando leí su primer gran éxito, <u>Bel Canto</u>, justo a principios del milenio; usted respondió a mi carta señalando la calidad de mi escritura y animándome a tutearla. Es probable o tal vez no, dada la cantidad de misivas que recibe y lee de manera regular, que recuerde que en mi carta le decía que disfruté mucho de <u>Bel Canto</u>. Este nuevo libro, sin embargo, es mucho mejor. Para ser más precisa, debería añadir que le escribí cuando terminé de leer <u>Correr</u>, el libro anterior a este, pero no recibí respuesta. No hay problema, descuide.

Por lo general, me toma cuatro días leer una novela de una extensión estándar, pero con <u>El corazón de la jungla</u>, con el exótico telón de fondo amazónico y los complejísimos e inteligentes personajes femeninos de las doctoras Singh y Swenson, sentí que casi iba volando por las páginas. ¿Cómo llegó usted a aprender tanto sobre estos temas? Me refiero a los detalles del Amazonas y a todos los aspectos científicos. ¿Viajó al lugar? En este momento me encuentro reflexionando sobre el equilibrio entre los hechos y la ficción en el tema de la corteza del árbol. El silencio de la escena en que la serpiente gigante sale del agua hacia el bote y envuelve con su alargado y musculoso cuerpo a Easter, el chico, mientras los estadounidenses miran la escena horrorizados, es, sin lugar a dudas, sumamente cinematográfico. Leí cinco páginas o más sin poder respirar y, por supuesto, también está el hecho de que la doctora Swenson estaba embarazada a esa edad, ¡la misma edad que yo tengo! La doctora tiene setenta y tres, yo también. Me cuesta trabajo imaginarlo. Cuando recuperan al bebé, casi al final, sentí escalofríos en todo el cuerpo, pero fue maravilloso leer el personaje: una mujer tan sutil y exquisita, con toda su calidad y experiencia de vida; con la temeridad que le imprimen su inteligencia y su dignidad, pero también con sus errores y todas esas capas de complejidad. No soy científica, desarrollé mi carrera en el área del derecho, pero en ella vi una especie de reflejo de mí misma debido a varios aspectos: los agonizantes cuestionamientos éticos que hacen que el lector la juzgue o el asombro que se siente en esta etapa de la vida; esa especie de sorpresa que también es confusión y que conduce a algo parecido a la preocupación e, incluso, al ¿miedo? ¿Cómo llegamos ahí? ¿Cómo es posible? Rosalie, mi cuñada, y yo solemos intercambiar y recomendarnos libros. Estoy segura de que adorará este y me parece genial.

Por favor, no olvide que, si algún día visita Annapolis, me daría mucho gusto recibirla y hospedarla. Tengo una casa pequeña enclavada en un encantador vecindario antiguo en el que las casas están bien separadas y tienen gigantescos árboles ancestrales. La casa da a un cuerpo de agua. De hecho, la parte de arriba es una agradable y amplia habitación para invitados con una buhardilla con vista al río Severn, por lo que es posible divisar los botes y las grandes residencias del otro lado de la calle, así como mi jardín, que se encuentra bajo la ventana y que cuido con mucho esmero. Vivo sola y, además, solo subo a limpiar después de que la visita se va, por lo que es un área privada por completo en la que me parece se sentiría muy cómoda. No soy escritora, pero si lo fuera, creo que sería un espacio agradable para escribir, así que insisto: si alguna vez viene de visita, será bienvenida. Estoy muy cerca de D. C.

> Hasta su próximo libro o hasta que venga de visita, le envío saludos cordiales.
>
> Sybil Van Antwerp

Choqué. Venía de una presentación en una librería y era de noche, así que choqué contra un muro bajo de concreto. De acuerdo con el mecánico, parece que será imposible reparar el automóvil. Físicamente estoy bien, pero siento mucho desasosiego. Mucho desasosiego. Por el accidente en sí mismo, claro, por el ruido, por el hecho de que el Cadillac haya quedado hecho chatarra, pero también porque lo que sucedió fue que... Lo que sucedió... No estoy segura. Bueno...

Me parece que lo que ocurrió fue que, cuando salí manejando del estacionamiento de la librería, pues... creo que no puedo decir con exactitud qué fue lo que pasó. Iba conduciendo como de costumbre, lento y de manera constante, pero algo pasó. No recuerdo bien qué, pero me parece que, de repente NO PUDE VER. ¡No pude ver! Pero ¿cómo? ¿Cuánto tiempo duró? ¿Un instante o varios minutos? Fue como si mi vida se volviera una película y se quedara en negro, ¿no?, pero no estoy segura y eso es lo que me inquieta. No estoy segura de que esa pausa y su negrura hayan sido producto de mi falta de visión. Es decir, no cerré los ojos, pero fue como si ese paréntesis, desde que no vi hasta que choqué, se hubiera borrado de mi memoria. Es algo que ya me ha sucedido, sí. Ya he tenido esa sensación de que algo desaparece, de que es suprimido. Eso es lo que me da miedo. ¿Cómo puede pasar algo así? Supongo que ya debe estar en camino, Potro, me refiero a la pérdida de la visión. Supongo que eso debe ser. Desde una perspectiva conceptual, desde hace algún tiempo he sabido que me quedaría ciega, pero no de inmediato. Ahora parece que la ceguera está en camino y que así será como sucederá. El problema es que no anticipé que sería de esta manera. Que sentiría esta confusión.

Se llevaron el auto con grúa y un taxi me trajo de vuelta a casa. Me quedé sentada toda la noche, despierta, temiendo la oscuridad. Temiendo encender las luces.

Tengo pesadillas, ya lo había mencionado. En las pesadillas todavía puedo ver, pero de alguna manera, sé que estoy ciega. Así que me asomo por la ventana, miro los veleros, pero a veces se ven borrosos o quizá sé que es de día, pero parece de noche. O estoy en el jardín y no reconozco las flores. ¿Qué es esto?, pienso. O miro el texto de una novela, pero no le encuentro lógica ni a las letras ni a las palabras. No obstante, la peor de todas es una pesadilla que tengo de forma recurrente: estoy sentada, lista para escribir. Ahí está la pila de papel para cartas, están mis bolígrafos y los sobres, y yo toco todo una y otra vez como si fuera un gato y tuviera patas, pero no puedo asir ni levantar nada. O levanto el bolígrafo y se me cae de las manos como si fuera un fideo. Presiono algo contra el papel y se suaviza como mantequilla o se desintegra. Hay una versión del sueño en la que llego hasta el punto de tocar el papel con la tinta, pero no puedo escribir nada lógico. No puedo escribir, vaya, solo garabateo. Así es como mi miedo imagina la ceguera. Uno creería que los sueños son solamente un vacío en penumbras, porque eso es lo que supongo que es la ceguera en realidad, como si soñara un vacío negro, pero entonces no sería un sueño. Solo estaría dormida, pero creo que en esta etapa de mi vida no duermo sin sueños, mi mente está demasiado saturada para eso. Hay demasiados fantasmas en ella.

El doctor Jameson, mi oftalmólogo, me dijo que, en el caso de mi enfermedad, a partir de que empieza pueden pasar un año o diez antes de que termine todo el proceso. A medida que va avanzando, la visión puede ir y venir. Tendré que hacer una cita. La haré hoy. No se lo he dicho a nadie excepto a Rosalie y al niño Harry que mencioné, con quien me escribo cartas una vez al mes. Es hijo de mi antiguo colega, el juez James Landy. Oh, también le conté a Joan Didion, la escritora. Pero no le he dicho ni a Bruce ni a Fiona.

PARA: grandmaalicelivingston@yahoo.com

DE: sybilvanantwerp@aol.com

FECHA: junio 2, 2012 1:00 PM

ASUNTO: Respecto a la reunión del club de jardinería
del 4 de junio

Querida Alice:

Por favor acepta una disculpa por la reunión del club de jardinería de este lunes, 4 de junio. Lamento perderme la presentación
sobre el pH de la tierra y su efecto en el cultivo de las hortensias,
pero tengo una cita que no puedo reprogramar.

Tengo muchas ganas de asistir a la reunión de julio.

Por otra parte, si durante la reunión del lunes 4 de junio se realiza
alguna votación para decidir si se pasará el salón de clases de
la escuela dominical al sótano de la iglesia para poder recibir
una mayor cantidad de gente, mi voto es un entusiasta "NOOO".
El club ha crecido tanto que se ha vuelto difícil manejarlo, durante los quince minutos de socialización es casi imposible escuchar a los otros. Además, el sótano huele a humedad. Lo más
probable es que esté plagado de moho y el comité de la iglesia
no le ha dado prioridad a las labores de renovación necesarias
para que el espacio sea utilizable.

Saludos cordiales,
Sybil Van Antwerp

PARA: sybilvanantwerp@aol.com
DE: Fiona.VanAntwerpBeau@cgemarchitects.com
FECHA: junio 25, 2012 03:31 AM
ASUNTO: Saludos desde Sídney

Mamá, anoche hablé con Bruce para ponerme al día y me dijo que hiciste pedazos el Cadillac. ¿Por qué no mencionaste nada cuando nos enviamos los mensajes de texto? Según Bruce, ¿¿chocaste con una especie de barrera o muro, pero estás bien?? ¿No lo viste o te confundiste por alguna razón? Me parece... muy raro en ti. Bruce me dijo que te encuentras bien y que no necesitas que te vea un médico, pero Walt y yo estábamos pensando que tal vez deberías ir a que te examinen. No estoy tratando de darte órdenes ni nada, pero esta situación me preocupa.

Sé que Bruce ya te habló de su idea de que te mudes a un lugar más cercano a la zona en donde él se encuentra. ¿Lo has pensado? Así podrías visitar a Bruce, Marie y los niños con mayor facilidad. Además, me dijo que le encantaría que estuvieras cerca. He investigado un poco y descubrí que, a una o dos millas de su casa, hay un pueblo para personas retiradas llamado <u>Happy Hills</u>, puedes verlo dando clic en el enlace. Se ve muy agradable el lugar. Tienen espacios tanto en las cabañas independientes, que cuentan con jardín como en los condominios que no tienen jardín. La estructura de costos es algo compleja, pero como los lotes frente a las riberas son muy codiciados. Tu casa podría venderse a un precio elevado a pesar de que no la has remodelado. Si te parece útil, estaré encantada de hacer algunas llamadas para obtener más información. Tal vez deberías, aunque sea, pensar un poco al respecto.

De acuerdo con los planes, estaré de vuelta en Londres a finales de julio, entonces podremos hablar por teléfono. Tengo una agenda de trabajo saturada y la diferencia en los husos horarios dificulta las cosas. Hablamos pronto.

Fiona

Sra. Van Antwerp

17 Farney Rd.

Arnold, MD

21012

1 de julio de 2012

Estimada señora Van Antwerp:

Gracias por incluir el libro <u>Sudoku para expertos</u> en su carta más reciente. Me gustó mucho, pude completar todas las cifras excepto tres. ¿Cómo está? ¿Consiguió un automóvil nuevo para reemplazar el que chocó? Yo estoy bien en general. Esto fue lo que sucedió en junio:

1. Después de nueve años de súplicas, mis padres me dieron (FINALMENTE) un cachorro. Es una golden retriever. La llamé Thor en honor a mi dios nórdico favorito: el dios del trueno.
2. En las vacaciones de Acción de Gracias haremos un viaje de safari a Botsuana, porque mi hermana Susannah está trabajando allí para el Cuerpo de Paz.
3. Mi proyecto para la feria de ciencias ganó el segundo lugar en el concurso. Gracias por ayudarme a escribir el ensayo. Los jueces dijeron que mi investigación era impecable, pero una niña más chica que yo (¡de sexto grado! ¿¡Cómo!?) construyó una ballena robótica completa que podía nadar en el agua. Mamá me dijo que seguramente sus padres la ayudaron porque su papá es ingeniero y que, como ella y papá no me ayudaron, yo debería estar orgulloso y, además, sentir que gané el primer lugar. Me parece muy estúpido porque no

gané, pero debo decir que, de cierta manera, estoy de acuerdo con ella.

4. La doctora Laura, mi psiquiatra, tuvo que mudarse a Alaska porque su esposo trabaja para una empresa petrolera, lo que me parece repugnante y se lo dije, pero en todo caso, lo reubicaron y se fueron. Ahora tengo un nuevo psiquiatra, se llama doctor Oliver y lo odio. Tiene mal aliento y cosas que parecen hojuelas de avena en su cabello, además de una enorme y asquerosa costra, así que cada vez que baja la vista y mira su libreta para escribir, tengo que ver la costra y me dan ganas de vomitar. Me he esforzado mucho por no decirle nada de esto y, cada vez que tengo cita, mamá me dice que si logro mantenerme callado me llevará al 7/11 a comprar una barra de chocolate como premio. Lo logré en mi primera cita sin problemas y mamá me compró un Twix. La doctora Laura me hacía sentir menos raro de lo que soy, pero el doctor Oliver me hace sentir más raro de lo que en realidad soy. Creo.

Tengo muchos deseos de recibir su carta el 15 de julio. También me encantaría, si pudiera, que mirara entre sus libros usados para ver si encuentra más de ciencia ficción como los que me envió en Navidad, en especial, libros de H. G. Wells.

Afectuosamente,

Harry Landy

Posdata 1: Guardaré sus "piedras". A mí también me gusta usar esta palabra como código para "secretos". Soy muy bueno para guardar piedras. No le he dicho a nadie que se está quedando ciega, ni a papá ni a nadie. Pero ¿por qué su ceguera es un secreto?

Posdata 2: ¿Cree que el presidente Obama ganará por segunda vez la presidencia?

Sybil Van Antwerp
17 Farney Rd.
Arnold, MD, 21012
ESTADOS UNIDOS

18 de julio de 2012

Syb:

¡Francia es espléndida! No sabes de lo que te pierdes. Stewart se echa durante el día, en traje de baño, a leer revistas y, por la noche, cocina. Es la gloria. Estoy trabajando un poco en una serie para el <u>Times</u> y paseo en bicicleta todos los días. Pero sin nada de prisa, ¡eh! No creas que me esfuerzo demasiado. Por las tardes voy caminando a las tiendas para comprar pan y queso. A pesar de la comida y el vino, estoy nuevamente en buena forma.

Creo que las canas te quedarán bien. Si tienes suerte, te saldrán plateadas. Solo te recomiendo que no te cortes el cabello muy corto al mismo tiempo que dejas de teñírtelo porque la conmoción será demasiado fuerte. Sugiero que lo mantengas a la altura de los hombros.

Me parece que no deberías decirle a tu hija esas cosas respecto a su matrimonio, sobre todo si la situación ya es tensa. Recuerda que, a pesar de que volvías del trabajo todas las tardes antes de las seis, tu propio matrimonio terminó siendo una cloaca asquerosa. Estos son tiempos distintos y muchas mujeres están teniendo hijos incluso en los cuarenta.

La foto es genial. Gracias. La enmarqué y la colgué en la sala, a mis amigos les encanta. Con mi acento, les cuesta trabajo creer que soy irlandés. Cuando me tomo un poco de tiempo para pensar en el asunto, me parece que de verdad es algo excepcional que dos huérfanos como nosotros termináramos siendo parte de la familia Stone y viviendo en una casa con servicio de ama de llaves. Una verdadera historia de "pobres a millonarios". En la fotografía te ves demasiado madura para tener nueve años y seria, como siempre. Me encanta tu impecable corte de cabello cuadradito, los mocasines y el suéter como de muñeca. Además, ¡la expresión en tu rostro! La adoro. Me mata la intensidad con que miras y tu boquita fruncida. Siento que te recuerdo con mucha claridad cuando eras más pequeña, pero eso es imposible porque esa etapa tuya solo la conozco por las fotografías.

Te presumo que la próxima semana iré a París para asistir a algunos espectáculos.

Te quiere,

tu hermano Félix

Lo olvidaba, ¿todo bien con el automóvil?

Rosalie Van Antwerp

33 Orange Lane\

Goshen, CT 06756

10 de agosto de 2012

Querida Rosalie:

No he sabido nada de ti. Estoy esperando tu respuesta a mi última carta, pero no puedo esperar por siempre. Admito que estás mucho más ocupada que yo, aquí con mi tranquila vida, por eso trato de ser humilde y ahora te vuelvo a escribir. ¿Llegó la nueva silla de ruedas de Paul? ¿Cómo está lidiando Lars con la situación?

Por favor escucha las noticias más recientes de mis ingratos hijos. Recordarás que te mencioné que tuve un ligero accidente automovilístico. Bien, pues todo se solucionó y, de todas formas, ya era hora de tener un mejor vehículo, así que ahora conduzco un moderno "escarabajo" de la Volkswagen. Es de un adorable color rojo, parece sacado del futuro. Un mes después del inconveniente, recibo un correo electrónico de mi hija. Sucede que no está en Londres, sino en Sídney, Australia y por eso a las cuatro de la mañana llega a mi dirección un correo diciendo que, gracias a su hermano le llegó, HASTA EL OTRO LADO DEL PLANETA, la información de que tuve un accidente y entonces tiene muchos consejos que darme. Entre ellos, que venda mi casa porque le parece vieja y anticuada y que me mude a un hogar para ancianos. No conforme, me hace sugerencias respecto a mi seguridad financiera. Esta es PRECISAMENTE una de las razones por las que nunca les he dicho a mis hijos sobre mi patrimonio en dólares. Al parecer, ella y Bruce ya han hablado del tema a mis espaldas. De hecho,

Guy y yo atendimos el caso de una mujer, creo... no sé..., creo que como a finales de los ochenta. Esa mujer era un poco mayor que yo ahora y tuvo que DEMANDAR a sus PROPIOS HIJOS porque la engañaron para que vendiera su casa y luego la encerraron en un lugar que, más que hogar para ancianos, parecía una prisión o un manicomio. Había ratas en los baños y ese tipo de cosas. La pobre mujer vivió un verdadero infierno, todavía la recuerdo. Se llamaba Elizabeth Franklin, se veía muy bajita y menuda sentada en el estrado, aferrada al bolso que le mordieron las ratas por la noche. Una infamia. Ni en veinte vidas me habría imaginado que me sucedería a mí y que lo harían mis propios hijos. Estoy segura de que te estarás preguntando cómo le respondí a Fiona: pues no lo hice. Ya volvió de Sídney, me llamó por teléfono la semana pasada. Cuando vi que era su número, no contesté, dejé que la llamada fuera directo al buzón. La audacia de esa niña es inconmensurable, debo admitirlo. Tiene la sangre fría necesaria para hundir el Titanic. ¿Te imaginas? No forma parte de mi vida para nada, bien podría vivir en otro planeta. Si tengo suerte, me ve una vez al año y, a pesar de todo, ¡súbitamente le parece que llegó el momento de mandarme a un recién inaugurado hogar para ancianos en Falls Church! Bueno, es claro que no lo haré.

Cambio de tema. En cuanto terminé de leer <u>El corazón de la jungla</u>, le escribí a Ann Patchett, ¡y ayer por la mañana encontré su respuesta en mi buzón! Es una adorable tarjeta postal con un perro. Me encanta recibir respuestas. Ahora estoy leyendo <u>Hijos del ancho mundo</u>, de Abraham Verghese (vaya, tuve que mirar cómo se deletrea el apellido). Es un libro muy extenso. ¿Qué estás leyendo tú?

Con cariño,

Sybil

Honorable juez James Landy
98 Dumbarton St. NW
Washington, DC 21001

3 de septiembre de 2012 (Día del trabajo)

Querido James:

Primero lo primero, ¿cómo está Harry? Al leer su última carta me pareció que se encontraba demasiado melancólico. Me da gusto que por fin le hayas dado un perro a ese niño, pero creo que también deberías conseguirle un nuevo terapeuta, alguien que no sea el tal doctor Oliver. Suena a que ese hombre es terrible. ¿Estás seguro de que no es un pederasta? De hecho, ya que estamos hablando del tema, ¿sabes?, ni siquiera creo que Harry necesite un psicoterapeuta. Solo gente de tu generación puede tomar a un chico de verdad brillante y convertirlo en un problema.

Ahora bien, estoy segura de que ya te enteraste, pero en caso de que estés tan perdido como el resto y de que no tengas una suscripción a un periódico IMPRESO, como se debe, bien editado y sin la bazofia de los anuncios que no dejan de parpadear en las pantallas, si acaso solo lo viste en internet, incluí el obituario en el sobre. Guy murió el fin de semana. El artículo resulta un poco soso, moderado. Es obvio que trataron de usar un lenguaje neutral para no encender discusiones políticas o de otro tipo, pero la foto es bonita y se ve el Tribunal de fondo. Creo que es la misma fotografía que publicaron los diarios cuando se retiró. Se ve muy distinguido. Imagínate, en aquel tiempo me parecía decrépito y, JA, ahora tengo casi la misma edad que él tenía en esa fotografía.

Lo fui a ver... no lo sé, hace algunos meses tal vez. Sabes que no suelo viajar. Visito algunos lugares, pero no viajo. El año pasado Bruce me dio un sistema GPS para mi automóvil, uno que incluso te habla. ¿Tú tienes uno? Es un invento muy creativo. Ingresas una dirección y luego pegas el aparato al parabrisas con una copa plástica de succión, el mapa se mueve contigo y la voz dice: "En cien pies, dé vuelta a la izquierda aquí, dé vuelta a la derecha". Como ves, podría usarlo porque es sencillo, pero no lo hago. No estoy segura del porqué, pero bueno, el caso es que fui a visitarlo. A Guy, estoy hablando de Guy. Los últimos años estuvo exclusivamente en su casa en la bahía. Tuve que atravesar el puente de la bahía manejando. Debo decir que odio atravesar ese puente, siempre lo he detestado. Son cuatro millas y está tan elevado que provoca mareos, iba aferrada al volante. Ah, hace mucho, a mis hijos les parecía muy gracioso que, cuando salíamos y yo conducía, me era imposible hablar mientras estaba en el puente. En cualquier caso, Guy pasó media hora hablando conmigo, pero luego se cansó; para ser franca, su mente ya casi no funcionaba. Es un infierno eso de perder las facultades mentales. Guy nunca olvidaba un caso, nunca, pero luego tuvo aquella serie de accidentes cardiovasculares y el ataque cardíaco del año pasado. La visita me hizo pensar en todos esos años, en los casos en que trabajamos juntos y en los recuerdos que compartimos. Honestamente, odié visitarlo, fue muy angustiante. Al principio, cuando llegué a su casa, me coqueteó como si fuera yo una cualquiera, una mujer de mala vida. Poco después, la neblina en su cabeza empezó a disiparse, porque dijo algo respecto al tribunal y me di cuenta de que había encontrado el camino de vuelta a su mente. Si fui, en realidad lo hice por Liz. No he hablado con ella desde entonces, pero en ese momento me resultó obvio que Guy no duraría mucho más. Dios mío, espero no llegar a los noventa y tres. Qué pesadilla.

Ayer, <u>The Sun</u> publicó un reportaje extenso sobre él y no lo vas a creer, pero Alex Toole ME PRESENTÓ en su columna "¿Qué fue de...?". "¿Qué fue de Sybil Van Antwerp?". ¿Sabes? En cuanto vi el artículo impreso, quedé boquiabierta. Honestamente, qué absurdo. ¿Te imaginas? Yo no habría podido imaginarlo en un millón de años, qué cosa tan ridícula. La "periodista" dice que trató de contactarme, pero no fue así e incluso si lo hubiera hecho, yo no me habría dignado a contestar. Es una verdadera tontería, pero compré varias copias adicionales del periódico para poder enviar el obituario y lo demás. A mis hijos, a Félix, etcétera. En el sobre, junto al obituario, encontrarás la columna. Te la envío porque sé que A TI te encantará leerla.

¿Cómo está Marly? ¿Cómo están las chicas? Harry dijo que viajarías a África. Necesitarás asegurarte de contar con las vacunas necesarias. ¿Qué tal Washington? Francamente, desde donde estoy parece un carnaval incendiándose, pero fuera de eso, ¿qué hay de nuevo? Debo decir que me sorprende lo mucho que me agrada el presidente Obama. Es un gran orador, podría escucharlo recitar el directorio telefónico. Yo me encuentro bien, ha sido un verano agradable. Mis dalias están espléndidas, estoy muy complacida. Pero mira nada más, mientras tú te mueves con osadía y velocidad en el centro del mundo, tratando de mantener el barco en buen rumbo, yo me veo reducida a esto: una anciana que escribe reportes de jardinería.

Suponiendo que asistirás al funeral, me encantaría verte. El periódico dice que pospusieron la ceremonia, lo cual, para ser honesta, me resulta una falta de tacto social: dejar a los muertos en el limbo de esa manera. Pero claro, sé que nadie pidió mi opinión.

Saludos cordiales,
Sybil

Adjunto:

¿Qué fue de Sybil Van Antwerp?
Opinión/editorial de The Baltimore Sun
Por Alex Toole, columnista

El honorable juez Guy D. Donnelly de Frederick, Maryland y de St. Michaels, también en Maryland, falleció. Tras sus veintiocho años de servicio en el Tribunal de Circuito de Maryland en el Condado Frederick (1971-1999), será recordado como un hombre sobrio, considerado y de muy pocas palabras que rigió con justicia cristalina; un hombre respetado en ambos lados de la línea, reconocido feminista. En otras palabras, un unicornio en los tiempos modernos. El juez falleció en su hogar acompañado de dos damas: su esposa Elizabeth y su hija Nancy Louise (de apellido Young por matrimonio). ¿Pero qué hay de las otras mujeres en su vida?

En la investigación que realicé respecto a Donnelly y su historia como juez, aparece una y otra vez, su nombre surge en cada una de las entrevistas, sus iniciales aparecen en documentos, su rostro se asoma en los bocetos realizados en los tribunales; se ve su complexión delgada, sus lentes, sus impecables zapatos de tacón. E incluso aparece en una fotografía del juez al salir del tribunal tras el explosivo caso *Estado de Maryland contra James Ross*, un caso de asesinato que se conoció a nivel nacional en 1982. Sybil Van Antwerp era bien conocida porque fue la asistente legal principal del juez Donnelly durante casi treinta años. Se retiraron el mismo día, en 1999, pero excepto por el puesto que ocupaba respecto al juez, hay muy poca información sobre quién era. De hecho, da la impresión de haber desaparecido.

Entre los detalles que se conocen sobre Sybil Van Antwerp, destacan los siguientes: se graduó de la escuela de leyes de la Universidad de Virginia (UVA) con las mejores calificaciones en la clase de 1967, un año después de que concluyera el extenuante caso público *Thackery Materials contra Harold Boyne*, en el que las víctimas fueron representadas por Guy Donnelly, que entonces trabajaba de manera privada como abogado. Como referencia, este caso tuvo que ver con el uso de asbestos en barcos navales como componente para retardar la propagación del fuego. Debido a esto, cientos de marinos presentaron asbestosis décadas después de haber concluido su período de servicio. Donnelly, quien en ese momento era muy solicitado y tenía más trabajo del que podía atender, empezó a buscar un socio. Un amigo cercano, antiguo abogado y profesor de la Escuela de Derecho de la UVA, lo contactó para hablarle de la agudeza, disposición e implacable ética laboral de Sybil Van Antwerp y sugerirle que la incluyera en su proyecto.

Así se formó el bufete legal Donnelly y Van Antwerp y, de acuerdo con varias personas a las que entrevisté, entre los abogados surgió una chispa que les permitió llevarse y trabajar bien desde el principio. Sybil Van Antwerp era veinte años menor que Donnelly, pero rápidamente se convirtió en su colaboradora. Trabajaron hombro con hombro en cada uno de los casos. "Era como si compartieran cerebro", explicó Elizabeth Donnelly. "Sybil era su caja de resonancia, la voz de la razón. Era su par, su esposa en lo laboral, como ellos solían decir. A mí no me molestaba, sabía que él la necesitaba".

En 1971, Guy Donnelly fue nombrado juez del Tribunal de Circuito de Maryland, en el Condado de Frederick. Enfrentada a la posibilidad de mantener el bufete que ambos fundaron y construyeron, encontrar un nuevo socio o encontrar un nuevo bufete mientras criaba a tres niños, Sybil Van Antwerp eligió otro camino y siguió a Donnelly. Abandonó el prestigio de su bufete y todo el dinero, y se rezagó detrás del juez al aceptar ser una simple asistente legal, un puesto de menor categoría. En un artículo del *Washington Post* de aquel tiempo, la periodista mencionó haber contactado a la abogada para que hiciera un comentario, pero Van Antwerp se negó. Ella y Donnelly cerraron el bufete de inmediato y ella lo siguió hasta los tribunales, donde empezó a trabajar como su asistente principal.

"Todos estaban impactados", dijo Watts Doyle, abogado principal del bufete Ridley, Doyle, Mack

& Loughlin, y amigo de ambos, cuando le llamé por teléfono a Key Largo, lugar en donde ahora vive su retiro. "Eso no se hace. Cuando trabajas solo como asistente legal en un juzgado, no ganas nada de dinero y Sybil era muy exitosa entonces. De verdad nos sorprendió a todos y, al mismo tiempo, no nos sorprendió porque era imposible imaginarlos separados. Eran como Butch y Sundance". Más adelante, comentó: "Si te daban una opinión era cristalina, límpida. De hecho, incluso si te reunías un momento con ellos, te dabas cuenta de que se complementaban en lo intelectual. Eran como un circuito cerrado, un dúo. Él la respetaba más que a nadie. La gente solía decir que si Sybil hubiese sido hombre, habría sido el juez. Era brillante".

Mientras reflexionamos respecto a la tremenda vida y trabajo del juez Guy D. Donnelly, no puedo evitar preguntarme qué fue de su idolatrada asistente legal. ¿Cuál era el verdadero alcance de su asociación? Y, aunque esta perfecta colaboración suena encantadora e idílica, me pregunto: ¿un puesto de juez debe compartirse? O, más bien, ¿acaso no es esa la naturaleza del concepto del nombramiento judicial? ¿Confiarle la sentencia a un solo *individuo*, ya sea elegido o nombrado?

Van Antwerp desaparece de la vida pública al retirarse, pero supuestamente vive en, o cerca de Annapolis, Maryland. Busqué alguna manera de contactarla, recurrí a todas las fuentes posibles, pero no encontré ningún número telefónico ni dirección de correo electrónico.

Alex Toole
<u>The Baltimore Sun</u>
300 East Cromwell Street
Baltimore, MD 21230

7 de septiembre de 2012

Para: Alex Toole
De: Sybil Stone Van Antwerp, tema de su columna más
    reciente, EXTRAOFICIAL

Estimada señorita Toole:

En primer lugar, quisiera comenzar aclarando que esta carta es un asunto de contacto personal y extraoficial, así que, por favor, ni siquiera se le ocurra escribir algo del contenido en su columna para continuar lamentándose por un tema que ya se desgastó: quién soy. Le aseguro que no hay público interesado.

En segundo lugar, me parece poco probable que haya "recurrido a todas las fuentes posibles" para contactarme porque ahora mismo me encuentro en mi casa, en el lugar donde he vivido durante muchos años y porque, aunque, en efecto, mi número telefónico no está listado en el directorio y mi dirección de correo electrónico no es pública, mi dirección física aparece en los registros públicos. Creo que esto es un indicador de cuán lejos llevó su investigación.

En tercer lugar, quisiera ir al grano. Usted ha hecho conjeturas y evidentemente, no es la primera. No obstante, como periodista, debería saber mejor cómo hacer las cosas. Debido a que el mundo actual es muy distinto a aquel en el que yo desarrollé mi carrera profesional, tal vez usted, en su moderna ingenuidad, no podrá ni empezar a comprender lo que estoy a punto de explicarle. Cuando seguí a Guy para trabajar en los tribunales, no me "rezagué detrás del juez al aceptar ser una simple asistente, al aceptar un puesto de menor categoría". Lo que Guy y yo compartimos en el aspecto profesional era una especie de simbiosis idílica, trabajábamos en perfecta simetría. Nuestra labor conjunta parecía no tener costuras. Pero no malentienda lo que le estoy diciendo: Guy y yo podíamos discutir, demolernos en debates y eternizarnos en riñas respecto a ciertos casos, pero ninguno se sentía ofendido porque, a fin de cuentas, ambos teníamos como fundamento, sin reserva alguna, la Ley. Disfrutamos profundamente esta labor porque los dos estábamos enamorados de la práctica del derecho a un punto casi excesivo. Guy y yo éramos iguales en el contexto de nuestra relación y no conozco a ninguna otra mujer de mi edad que haya tenido esta oportunidad en el ámbito profesional. En la década de los setenta, cuando yo estaba comenzando, las mujeres solo podían ser secretarias y, si acaso lograban avanzar a partir de ahí, era con un alcance muy limitado respecto a lo que los hombres hacían y sin ningún tipo de límites de eso que ahora, muy acertadamente, se denomina acoso sexual. En aquel entonces, yo no tenía ni la más remota posibilidad de ser nombrada jueza, pero sabía que lo que yo y Guy teníamos podía continuar. ¿Quiere saber por qué renuncié al prestigio y al dinero para convertirme en una "asistente de menor categoría"? Porque yo no me consagré a la práctica del derecho para obtener riqueza ni fama. Ser la "asistente" de Guy no implicó, de ninguna manera, bajar de categoría.

No pienso responder a las preguntas con que terminó su artículo porque no tengo ganas de argumentar contra su juvenil idealismo. Además, usted no es la primera persona en especular si mi relación con Guy se extendió más allá de lo profesional. Le aseguro que no fue así y eso es algo que usted tendrá que aceptar por el simple hecho de que lo digo yo con toda mi autoridad. Aunque en el contexto legal éramos una pareja excepcional, en lo personal no congeniábamos. Para ser franca le diré, <u>extraoficialmente</u>, que, en lo social, Guy era más bien un cretino. Hacía bromas terribles, coqueteaba con mujeres altas y jóvenes. Su gusto en cuanto al mobiliario de oficina y la música era detestable. Comía como un animal. Honestamente, yo lo toleraba con dificultad. Tuvo mucha suerte en encontrar a Liz, una mujer con una elegancia y una personalidad como muy pocas.

No es necesario que me escriba para responder. Terminaré sugiriendo, Alex, que sea cuidadosa con sus suposiciones.

Cordialmente,

Sybil Stone Van Antwerp

Sybil Vanantwerp
17 Farney Rd.
Arnold, MD 21012

septiembre 12 de 2012

Para: Sybil Vanantwerp,
asistente del finado juez Guy D. Donnelly

Encontré en internet el obituario del juez Donnelly junto a un artículo sobre usted. De vez en cuando hago una búsqueda con el nombre del juez y, como en esta ocasión había fallecido, aparecieron muchos resultados. El artículo dice que usted era "brillante" y "respetada", que con el juez formaba una especie de mito como el de Butch y Sundance. El artículo dice que su opinión era "cristalina, límpida". Insinúa la JUSTICIA PERFECTA y, al leer todo esto, me dieron ganas de vomitar porque yo la recuerdo bien y sé que es una perra sin sangre en las venas. Hay algo más importante que la ley, pero la vida de la gente parece no tener cabida ahí. Lo que usted llama "justicia" es una especie de tanque militar que avanza y destruye todo sin misericordia y que, al desaparecer, solo deja escombros y desolación.

No me costó ningún trabajo encontrar su dirección y verla en un mapa. Una casa junto a un río, una vida agradable y exitosa, y, por supuesto, un retiro dichoso. Lo que yo le deseo, en cambio, es lo peor de lo peor porque eso es lo que merece.

Atentamente,

DM

Sra. Joan Didion

30 E. 71st #5A

Nueva York, NY 10021

14 de noviembre de 2012

Querida Joan:

Gracias por su carta. Llegó el siete de noviembre como usted lo planeó, fue muy gentil de su parte recordar ese detalle. En ella me pregunta hace cuánto tiempo falleció Gilbert. Pues bien, en julio de este año se cumplieron treinta y nueve años. El siete de noviembre del año siguiente a su fallecimiento habría cumplido nueve años. ¿Sabe? Tuve que sentarme a hacer cuentas de nuevo y eso me hizo sentir mal. Me parece que es algo que debería saber de inmediato, que no ser capaz de responder enseguida es una falta de respeto. Otra razón más para castigarme a mí misma durante el tiempo que me queda.

Para responder a su segunda pregunta, que es más compleja, le diré que tuve que sentarme y reflexionar casi una semana. ¿Qué siento ahora respecto a todo eso?

Supongo que, por un lado, Gilbert nunca me ha dejado y las circunstancias de su muerte tampoco han perdido fuerza desde entonces. A medida que envejezco, me resulta cada vez más extraño que la mayoría de la gente con la que me relaciono no tenga la menor idea de que alguna vez Gilbert estuvo vivo. Estuvo conmigo mucho menos tiempo del que he vivido sin él y, a pesar de ello, su presencia es abrumadora, pero eso es algo que guardo solo para mí. Es decir, es como si me hubiera tragado un globo aerostático, pero trato de evitar que se note.

Hay una expresión respecto a la vida que la gente repite sin cesar. Dicen: "Oh, es momentáneo". Sabe a qué me refiero,

¿verdad? A que, cuando alguien está en dificultades, le dicen "es momentáneo, ya pasará". O si una mujer va a tener un bebé y pasa noches enteras sin dormir, por ejemplo, una mujer mayor la reconforta con la idea de que es un período, de que es momentáneo. ¿Como una estación del año? ¿Un invierno, supongo? O, más bien, ¡una temporada de huracanes! Y esa estación o temporada cambiará tarde o temprano, y luego se asomará un poco el sol. A mí me molesta esta forma de ver las cosas. Por definición, hay cuatro estaciones que se repiten en un patrón equilibrado cada año. Dado que en la vida humana no hay un ritmo similar, me veo obligada a pensar que, en lo que se refiere a las temporadas, a todos nos toca una. Nacemos y vivimos nuestra infancia en la primavera. En el verano, vivimos los gloriosos, animados e interesantes años que conforman los veinte, los treinta y los cuarenta. Luego nos establecemos en el otoño, con un tiempo fresco, pero no frío aún, un tiempo abundante y aromático. Y en el invierno envejecemos de una manera brutal y luego morimos. A cada persona le toca una vuelta completa de las estaciones a menos que su vida se termine de golpe, como le sucedió a Gill y a Quintana Roo. Supongo que, si tomamos en cuenta este calendario, podríamos decir que su John llegó al otoño. Mi madre murió en su verano.

Sin embargo, veo la vida más como un largo sendero por el que avanzamos en una sola dirección; como una caminata solitaria que, en gran medida, realizamos en medio de la hostilidad de las colinas y el viento. De la nieve y las montañas. A veces, alguien se acerca y camina con nosotros durante un tramo. A veces miramos en la distancia y atisbamos luces que nos animan, una casa solitaria o, quizás, un pueblo. Entonces nos acercamos a esa pausa cálida y entramos. Tal vez cenamos una comida caliente y pasamos ahí la noche o algunos años. Cuando mis niños eran pequeños, tuve una de esas paradas, justo antes de que Gilbert muriera. Daan y yo éramos felices, aunque en ese tiempo no sabíamos que se trataba de la felicidad porque más bien se sentía como trabajo y fatiga constante, como estrés económico y dudas personales. Luego, la muerte de Gilbert me expulsó de nuevo a la parte más solitaria del sendero y continúa siendo el más devastador de mis dolores. Con esto no quiero decir que luego no haya atravesado otras temporadas de huracanes, porque lo he hecho. Y, por supuesto, tengo a mis otros hijos y han sido mi alegría y mi refugio. Me gustaría afirmar que me bastaron, pero no fue así y esa es otra razón de dolor, pero, en todo caso, lo que quiero decir es que me incomoda que la gente hable de temporadas o estaciones como si uno pudiera estar seguro de que tres meses de invierno se convertirán en tres meses de verano una y otra vez. No es así. Los tramos del camino en los que sopla el viento con furia son mucho más comunes que las paradas acogedoras y, ¿acaso no tratamos siempre de volver a los tiempos más felices y plenos? Creo que así se siente lo que sucedió con Gill. He pasado mi vida tratando de volver a tenerlo a pesar de que sé que no es posible.

Entiendo que tal vez usted me esté preguntando cómo se desgasta el dolor con el tiempo, en parte como un gesto de bondad y, en parte, como uno de autopreservación, y me resulta comprensible que se pregunte qué debería esperar en su propia situación, en su infierno personal. Quizás al leer esto, desee pensar que le irá mejor que a mí y tal vez así sea. En cualquier caso, desearía poder decir que, pasado todo este tiempo, las cosas se han vuelto más fáciles, pero le estaría mintiendo. En efecto, hay temporadas prolongadas en las que no pienso en Gilbert, supongo que eso es un alivio. No obstante, en esta época del año, cuando los árboles se desnudan por completo, las hojas se arremolinan y apiñan, y el cielo se cubre de un gris infinito; el paso del tiempo hasta el final de las fiestas me resulta aborrecible. Simplemente contengo el aliento y espero a que llegue enero. Casi no decoro, solo cuelgo algunas luces en las ventanas, es lo máximo que puedo hacer.

Dígame cómo van pasando las cosas para usted, en su vida y en su trabajo. Dígame cómo se siente, hábleme de sus cavilaciones, lo que sea… cuando tenga tiempo. Espero con ansiedad su próxima carta.

Con mi más profundo afecto,

Sybil

Estimada señora Van Antwerp:

Feliz Navidad. Las luces en su ventana siempre le añaden alegría a la fachada de su hogar y a la calle entera. Espero que se encuentre usted bien y que esté disfrutando de las fiestas. Ayer estuve en Annapolis y, como de costumbre, la decoración por la temporada es encantadora. Sobre todo, las luces en los mástiles de los veleros.

Por favor, disfrute los caramelos con sus hijos. Noté que están en el pueblo.

T. Lübeck

1 de enero de 2013

Estimado señor Lübeck:

Gracias por los caramelos, es muy amable de su parte enviarlos año tras año. Hablando de años, tenemos otro encima. Le deseo mucha salud y prosperidad.

Saludos,

Sybil Van Antwerp

Para: Sra. Sybil Van Antwerp
en el 17 de Farney Road
Arnold, Maryland 21012
ESTADOS UNIDOS

5 de enero de 2013

Por favor, únase a nuestra familia y a los amigos cercanos del juez Guy D. Donnelly en la celebración del servicio fúnebre con el que honraremos su vida y servicio al país, el sábado 16 de febrero de 2013 en la iglesia St. John's de Frederick Maryland. El servicio comenzará a las 3:00 p. m. y, al terminar, habrá una recepción en el hogar de la familia.

Iglesia St. John's de Frederick
    8 Main Street,
    Frederick, Maryland

Recepción en el hogar de los Donnelly
    733 Oak Tree Lane,
    Frederick, Maryland

Esperamos que pueda acompañarnos en este evento especial.

Atentamente,

La familia Donnelly *et al.*

Sybil, nos daría mucho gusto volver a verte, aunque sea en medio de estas lamentables circunstancias. ¿Crees que podrías decir algunas palabras en el servicio? Tu manejo de la lengua es excepcional y, además, ocupabas un lugar especial en la vida de Guy. No tiene que ser un discurso largo, solo algunos pensamientos. Con cariño, Liz.

(cont. 9 de enero de 2013, las páginas anteriores aún NO HAN SIDO ENVIADAS)

Por fin programaron el funeral de Guy, será el 16 de febrero, así que ese punto queda arreglado. Liz me pidió que hiciera una especie de homilía, lo que me ha hecho entrar un poco en pánico. Debería negarme, pero el esposo de la mujer acaba de morir y me parece que yo debería acceder a cualquiera de sus peticiones.

La cuestión es que, en toda mi vida, solo en otra ocasión me pidieron que hablara en un funeral y las cosas salieron bastante mal. El resultado fue desastroso. Mi madre murió de cáncer cuando yo tenía dieciocho años. Desearía que la hubieras conocido; era hermosa, amable y paciente. Tuvo dos niños a los que adoptó. Fuimos dos ovejas negras y, a pesar de eso, nos trató ¡como a un rey y una reina! Siempre estaba riendo, sonriendo o aligerando la situación. En fin, el cáncer estuvo presente por temporadas a lo largo de su vida y en algún momento logró matarla. Cuando eso sucedió, mi padre se vino abajo. Para ser franca, tengo la impresión de que mi madre era lo que constituía su esqueleto porque, cuando ella falleció, sus huesos... PUF, ¡desaparecieron! El resto se desgajó, todo se desplomó como una avalancha y formó un montículo: la carne, los órganos, la piel y lo demás. Así permaneció mi padre, más o menos un año, hasta que volvió a casarse: huesos nuevos, esqueleto nuevo. En fin, cuando mamá murió, alguien tenía que decir algunas palabras, pero al voltear a ver a mi padre, supe que él no podría. Mi hermano era muy pequeño, apenas tenía diez años y el suceso lo había dejado mudo. Félix no dijo una sola palabra entre el fallecimiento y los doce años, más o menos, lo cual fue un trance en sí mismo. Por eso fui yo quien tuvo que hacer el panegírico. Escribí lo que pensaba leer, apunté todo. Era lo típico, mencioné que fue una buena madre e hice referencias a su generosidad y su bondad al habernos adoptado. También mencioné su labor como voluntaria en la comunidad. Subí al presbiterio. Esa semana me había sentido bastante mal. Entre su muerte y el servicio tuve náuseas constantes y profundas, a mi cuerpo lo habitaba el dolor. Así que, cuando me paré ahí, al frente, sentí que me subía la temperatura y vomité. Me sentí muy mortificada.

Dicho lo anterior, creo que hablar en el servicio fúnebre me dará la oportunidad de responder a ciertas preguntas que me han hecho a lo largo de los años, explicar por qué renuncié a una práctica personal del derecho para seguirlo y trabajar en los tribunales como asistente. No es que crea que su funeral deba ser mi plataforma, pero nunca he podido hablar de lo maravilloso que fue trabajar con él y me parece que sería bueno contar con un público. Es algo que extraño. En fin, entre más lo pienso, más me parece que sería una buena ocasión para decir lo que me corresponde y pasar la página. Ya veremos.

Mi vista todavía parece resistir.

PARA: jameswlandy@gmail.com
DE: sybilvanantwerp@aol.com
FECHA: enero 18, 2013 10:26 AM
ASUNTO: Servicio fúnebre

Querido James, ¿te invitaron al funeral? Seis meses después, por fin lo llevarán a cabo y solo se puede asistir con invitación, ¡como si fuera una boda real! Para este momento, Guy debe ser ceniza. Dudo que hayan conservado el cascarón medio año en hielo. Sería algo muy ordinario. Me molesta, de verdad me molesta. Esto me hace pensar que necesito tener una conversación con mis hijos. En fin, sucede algo aún peor, Liz me pidió que hablara en el servicio. ¡QUE HABLARA! Ay, Dios, los horrores no cesan, como si el simple hecho de ir no fuera ya una faena. Bien, avísame si asistirás o si fuiste invitado, para empezar. De no ser así, ¿tal vez podrías venir como mi acompañante? Lo que quiero decir, James, es que preferiría no conducir mi automóvil hasta Frederick sola. Bruce no puede acompañarme porque llevará a sus niños a esquiar a Colorado. Sería maravilloso si pudieras pasar a recogerme. Escríbeme pronto.

Saludos afectuosos,
Sybil

PARA: sybilvanantwerp@aol.com
DE: jameswlandy@gmail.com
FECHA: enero 18, 2013 11:11 AM
ASUNTO: RE: Servicio fúnebre

Sybil:

Lo que resulta irónico es que yo no había visto a Bruce por algún tiempo y la semana pasada nos encontramos en un coctel y me mencionó el viaje a Colorado. Sí, recibí la invitación, no pudieron hacer el servicio abierto para el público ni anunciarlo en los periódicos. Piensa en todas las personas furiosas que aprovecharían para arrojar una cubeta de sangre de cerdo sobre el féretro o la urna. Me dará mucho gusto pasar por ti. De cualquier forma, Marly no quiere pasar un sábado en un funeral en el campo. Aunque, pensándolo bien, tal vez deberías aprovechar la oportunidad para llevar contigo a un soltero como pareja. ¿Qué hay del hombre que vive en tu calle? ¿El de la casa de ladrillo blanco y los rosales? ¿No murió su esposa hace algunos años? Ay, Dios, lo siento, me estoy pasando de la raya.

Por supuesto que debes decir unas palabras en el servicio: no hay Butch sin Sundance. Es un trabajo sucio, pero tú eres el único hombre que puede llevarlo a cabo.

Cambiando de tema, gracias por continuar escribiéndole a Harry. Él se toma el asunto de la correspondencia muy en serio, en un buen sentido. Me siento inquieto por él, en especial ahora que sus hermanas no pasan mucho tiempo en casa. Tengo la impresión de que la presencia de las chicas lo apacigua. Pero, bueno, supongo que en cuanto encuentre su camino como adulto, ya no me preocuparé tanto.

Nos vemos en febrero. Tengo muchos deseos de escuchar tu homilía...

James

PARA: jameswlandy@gmail.com
DE: sybilvanantwerp@aol.com
FECHA: enero 19, 2013 12:04 PM
ASUNTO: Re: RE: Servicio fúnebre

Querido James:

Nunca dejarás de preocuparte.

No sé cómo es que recuerdas los rosales de Theodore Lübeck.
(Re: el señor Lübeck es de Alemania. Hace algunas semanas,
cuando pasó por aquí, le pregunté. No es ni de Oregón ni de
Washington, ni de ningún lugar similar como había imaginado.
Me parece que pude detectar su acento en cuanto me dijo de
dónde era).

Deberías permitirme llevar a Harry como mi acompañante.

Saludos afectuosos,
Sybil

Rosalie Van Antwerp

33 Orange Lane

Goshen, CT 06756

4 de febrero de 2013

Querida Rosalie:

Fiona llamó esta semana para decirme que está embarazada. Al parecer, necesitaron una eternidad, una caja de Petri y más dinero del que piden para cubrir el enganche de una casa. Me asombra la cantidad de dinero que gana mi hija y eso que desconozco la cifra específica. Decidió no mencionar nada hasta estar segura. Tendrá el bebé allá porque contar con la doble nacionalidad es una ventaja. Al principio hubo algunas dificultades, pero ya pasó la primera mitad del segundo trimestre. Supongo que esto te convierte en la tía abuela y/o la "madrina abuela". Estoy segura de que no conoceré al niño porque ya solo veo a Fiona una vez al año.

Entre otras noticias, el funeral de Guy es dentro de dos fines de semana, el sábado, en Frederick y tendré que ir. La última vez que estuve ahí fue hace años. Es una zona encantadora del estado, con enormes granjas de caballos, pero ya sabes que odio conducir en carretera. En fin, al principio pensé que Bruce podría acompañarme y estoy segura de que lo habría hecho porque quería mucho a Guy, pero luego recordé que estaría de vacaciones esquiando con sus niños en Colorado, y le pedí a James Landy que me llevara. ¿Recuerdas a James? A finales de los ochenta comenzó a trabajar en los tribunales como asistente de Tom Buggs. James es un poco pretencioso y se casó con una mujer que es un verdadero desastre, un manojo de nervios proveniente de una familia adinerada de

California o de algún lugar muy lejano. No obstante, siempre me ha agradado y tiene un hijo pequeño con el que me escribo. Bueno, estoy entrando en detalles innecesarios, así que iré al grano: Liz Donnelly me pidió que dijera unas palabras en el servicio y, aunque a diferencia de la mayoría de la gente, no disfruto volver a antiguos senderos porque me parece que lo mejor es dejar el pasado en el pasado, donde pertenece, acepté hacerlo. Por todo esto, necesitaré ALGO QUE PONERME. En tres ocasiones me he quedado parada frente a mi armario haciendo inventario de todo lo que tengo y la única prenda negra que aún me queda es un vestido que creo que usaba en los noventa, que se resbala hasta la parte superior de lo que solía ser mi escote y ahora solo parece pellejo de pollo crudo. Simplemente, no me servirá para la ocasión. Siento que necesito presentarme con cierto nivel de autoridad, por respeto a mí misma. No creo haberlo contado, pero ya tengo el cabello completamente canoso. Por suerte, parece tener un poco de ese lujoso resplandor que posee el cabello de algunas mujeres y, además, se siente terso, pero me veo VIEJA. ¿Tienes alguna opinión al respecto? Recuerdo que, siempre que este tipo de eventos se presentaba, deseaba ser un poco más alta. Ay, cómo detesto mi estatura, ¡y créeme que no estoy pidiendo un milagro! No necesito medir seis pies como tú, con cinco pies y cinco o seis pulgadas me conformaría. Medir cinco pies y una pulgada es una verdadera vergüenza cuando se trata de hablar en público, cosa que, para empezar, también detesto. Para colmo, aunque debo admitir que los extraño, ninguna septuagenaria que se respete a sí misma usaría zapatos de tacón alto.

Ha llovido toda una semana sin parar y el jardín está lodoso. Estoy leyendo, por tercera vez, <u>Asesinato en el Oriente</u>

<u>Express</u>, de Agatha Christie. ¿Qué estás leyendo tú? ¿Has te-
nido noticias de Daan?

Con mucho cariño, (ESCRÍBEME),

Syb

Sybil Van Antwerp
17 Farney Rd
Arnold, MD 21012

8 de febrero de 2013

Querida Sybil:

¡Qué maravilla la noticia de Fiona! Justo esta mañana me envió
un mensaje de texto para contarme que estaba embarazada.
Estoy muy feliz por ti. El hecho de que tendrás un nieto o nieta
en Londres significa que tendrás que visitarlo. Es la oportunidad perfecta para que por fin VAYAS, para que lleves a Fiona a
comprar cosas para el bebé y blusas de maternidad, y ya sabes,
ver el Palacio de Buckingham y ese reloj enorme que tiene un
nombre de señor que no recuerdo por el momento. Deja de
leer en este instante y ¡llama a la aerolínea, Sybil!

Es bueno saber que por fin podrás dejar atrás el asunto del
funeral, me parece adorable que Liz te haya pedido decir unas
palabras. Siempre me pregunté si no te tenía resentimiento por
lo cercana que eras a Guy y por todo lo que compartiste con
él durante esos años en que pasaron más tiempo juntos que
con sus respectivos cónyuges. Me parece un gran detalle de
su parte, me hace pensar que no guarda ningún sentimiento
negativo. Y si crees que tú pareces pollo desplumado, imagina
cómo me siento yo después de todo ese aceite para bebé con
el que me embadurné para asolearme cada verano hasta que
cumplí cuarenta. Desearía poder ir a tu casa, llevarte a Nordstrom y ayudarte a buscar un vestido. Creerás que estoy loca,
pero de verdad me quedé pensando en esta opción un buen
rato. El problema es que no puedo dejar a Paul con nadie toda
una noche. Es muy pesado, cuesta mucho trabajo meterlo y

sacarlo de la cama. Además, se agita si lo hace alguien más que no sea yo. Olga, la enfermera rusa que vino un día, le agradó. Nació en Moscú y vivió ahí hasta los dieciocho años. Era una persona con la que resultaba muy interesante conversar y, además, estaba dispuesta a quedarse por las noches, pero luego se mudó porque quería vivir cerca de su familia en Illinois. Ya llegó la nueva silla de ruedas, de verdad es fabulosa. Tiene botones para todo, casi te puede preparar un capuchino. Por desgracia, es demasiado pesada.

Me preguntaste por Lars. Cada vez es más callado y, cuando habla, casi siempre dice cosas sin sentido, pero entonces, de repente sale con frases gloriosas y es como si el sol apareciera en medio de un día nublado. De hecho, creo que te agradará mucho saber que la semana pasada, mientras desayunábamos, volví a servirle café y me tocó el brazo, me miró a los ojos y dijo que recordaba haber bebido café cuando estuvimos de vacaciones en Bar Harbor en 1964, una mañana en la que yo llevaba un vestido amarillo y enormes gafas oscuras; que había un gato anaranjado que caminaba de forma provocativa alrededor de la mesa y, Sybil, te aseguro que todo lo que dijo fue acertado porque, en cuanto lo mencionó, aquella mañana volvió a mí tal como la describió. Incluso el año era correcto. Habíamos tomado el tren, los cinco, porque tú ya tenías a Bruce, ¿no? Y creo que estabas embarazada de Gilbert. Cuando Lars me dijo todo esto, su rostro se veía despejado, como hace cinco años, como el rostro del antiguo Lars, por eso traté de mantenerlo teniendo el recuerdo, pero solo duró un momento. Te confieso que vivir entre esos dos me tiene exhausta, Sybil. Me hace sentir sola a pesar de que todo el tiempo estoy con uno de los dos o con ambos. Te aseguro que nunca vi venir esto, terminar cuidando hasta el fin de los tiempos a un esposo y a un hijo como si ambos gatearan aún o como si fueran incluso más pequeños.

Escucha cómo me quejo. Perdóname.

BIG BEN.

Por supuesto que tengo noticias de Daan, pero no entraré en ese tema ahora. Paul se está agitando, debo irme. Por favor, cuéntame cómo está Bruce, cómo va su trabajo, los niños, en fin...

Estoy leyendo En un lugar seguro, de Wallace Stegner. ¿Ya lo leíste? Te extraño. Envía saludos de mi parte al querido Bruce. Y a Trudy y Millie.

Con cariño,

Rosalie

(¡Oh! Casi lo olvido, ¿cómo está Theodore Lübeck? También me gustaría que me pusieras al día respecto a tu visión, si sientes deseo de hacerlo, claro).

Sybil Van Antwerp

17 Farney Rd.

Arnold, MD 21012

18 de febrero

Sybil:

Fue extraordinario por fin conocer a la famosa "esposa profesional" del juez Donnelly. Escuché mencionar su nombre durante años. La gente se sorprendía cuando le decía que usted y yo jamás nos habíamos encontrado. Y ahora, que por fin la conozco, descubro que todo ese tiempo estuvo trabajando con empeño tras bambalinas mientras yo representaba a Evansberg en la demanda por propiedad de Eastern Shore. Supongo que en esa época nos encontrábamos entrando y saliendo por una puerta giratoria al mismo tiempo. Confieso que incluso acomodé mi agenda para conocerla en el servicio fúnebre y mi plan funcionó. También me gustaría añadir que sus comentarios fueron muy pertinentes, me parece adecuado que haya hablado de lo que representó para usted tener una carrera paralela a la de Guy. Me fascinó la manera en que articuló lo que la atrajo a la práctica del derecho, me conmovió y debo decir que eso rara vez sucede. Además, me resulta increíble y divertidísimo que una mujer engrane una buena frase de remate con el rostro impávido.

Después de todo lo sucedido, la llamaría por teléfono, pero como sé de buena fuente que es usted una mujer que prefiere la correspondencia (por cierto, me interesaría mucho saber cómo o por qué ha mantenido una costumbre tan pintoresca e impráctica), decidí sacar papel del fondo de mis cajones para escribirle una misiva. Dentro de dos meses visitaré a algunos amigos en Baltimore, estaré ahí a mediados de abril. ¿Le gustaría cenar conmigo el día 29, a las 7:00 p. m., en la Casa del Estado en Annapolis? Creo que sería divertido relatar nuestras respectivas anécdotas. No aceptaré un <u>no</u> como respuesta.

Mick Watts

478 Chester Place
Houston, TX 77055

Sybil Vanantwerp
17 Farney Rd.
Arnold, MD 21012

18 de febrero de 2013

Para: Sybil Vanantwerp, asistente del finado juez Guy Donnelly

Lo enterraron. Esperaron mucho tiempo. Apuesto a que estuvo usted ahí. Estuve buscando los detalles por meses, pero solo aparecieron en el periódico del día siguiente, el 16 de febrero. ¿Quiere saber lo que hice? Conduje hasta la iglesia cuatro horas y media desde donde estoy. Es un cementerio muy grande, pero la encontré. Como había un guardia de seguridad, fingí que estaba presentando mis respetos y, cuando se volteó para darme algo de privacidad, escupí. Guy D. Donnelly HOMBRE DE FAMILIA Y PATRIOTA. Escupí en su tumba y haré lo mismo en la suya.

Atentamente,

DM

Liz Donnelly
733 Oak Tree Lane
Frederick, MD 21703

18 de febrero de 2013

Querida Liz:

Espero que te estés adaptando a la vida y la rutina sin Guy. El servicio conmemorativo fue hermoso. El organista interpretó las canciones que elegiste de forma muy apropiada. También me pareció que lucías estupenda. Quiero agradecerte que me hayas dado la oportunidad de dirigirme a los presentes, fue un honor y un regalo para mí. Lo que Guy y yo logramos hacer en los años que trabajamos juntos fue especial. Creo que la mayoría de la gente pasa los días de la semana laboral mirando el reloj y esperando que llegue el fin de semana, pero nunca fue mi caso. Hubo un prolongado período en mi vida en el que viví para el trabajo. Llegar cada mañana a la oficina y ponerme en acción fue un refugio para mí, y buena parte de eso se debió a la relación profesional que desarrollé con Guy. Gracias por permitirnos tener esos momentos, Liz. Esa parte de mi vida llegó a su fin. Ahora la conservo en una caja como un recuerdo, y a veces olvido que el contenido es vasto, ¡infinito! Fue muy agradable levantar la tapa y hurgar un poco.

Adjunto encontrarás un cupón de 25 % de descuento en Applebee's. Pensé que no tendrías ánimo de cocinar. Los martes los cocteles están a mitad de precio.

Un saludo afectuoso,

Sybil

Sr. Mick Watts

478 Chester Place

Houston, TX 77055

13 de marzo de 2013

Estimado señor Watts:

Gracias por su invitación a cenar, pero mi respuesta es un "no" y no tendrá más opción que aceptarla. En esa fecha tengo otros compromisos. Ahora que menciona Evansberg, comprendo todo. También debió mencionar el traje en el servicio fúnebre, así no me habría quedado mirándolo con ojos de catalufa. Por supuesto que recuerdo Evansberg, fue una plaga de dos años en los que el nombre M. Watts aparecía en cada página de cada carpeta que llegaba a mi escritorio.

En cuanto a sus comentarios sobre mis comentarios, en primer lugar, le aseguro que fue un flagelo ponerme de pie frente al público y hablar. En segundo lugar, no me parece que hubiera nada increíblemente original en lo que nos atrajo, a mí y a Guy, a la práctica del derecho. El atractivo para alguien como yo o, más bien, como nosotros, fue encontrar, en medio de este demencial, enrevesado, ilógico, bárbaro, intolerablemente tenso, doloroso y alucinante planeta, algo que se asemejara al orden... Por supuesto, resulta fascinante. No hay nada como el confort de la Ley, el blanco y el negro. Si acaso es usted una persona religiosa como lo soy yo, podríamos pensar en un texto religioso, pero incluso la Biblia lo pone a uno en un miserable estado de confusión debido al lenguaje ambiguo y a todos los matices que hay que enfrentar si la idea es profundizar en ella realmente. Pero claro, al lidiar con un texto religioso hay que suspender todas las creencias y lanzar al viento las precauciones.

Por otra parte, me preguntó usted respecto al significado de mi práctica de la escritura epistolar y la describió como pintoresca e impráctica, lo cual resulta más revelador sobre usted, señor Watts, que ofensivo para mí y, aun así, logró ofenderme.

Imagine todo lo que le ha dicho a alguien más, todos los comentarios que ha hecho y recibido al hablar con amigos mientras bebe una copa, cuando habla por teléfono con sus colegas o parientes lejanos, piense en todo el palabrerío enviado con premura y sin reflexión a través de correos electrónicos o mensajes escritos en su celular con los pulgares, y verá que, en realidad, la suma de toda esta comunicación interpersonal es la sustancia de su vida. Como usted y yo lo sabemos ahora, en esta edad avanzada, las relaciones son el núcleo de nuestra existencia, y ahora, todo eso se ha ido. ¡Desapareció! Un día, señor Watts, usted mismo también se habrá ido. Si tiene hijos, tal vez lo recuerden y, si tiene nietos y Dios lo permite, ellos también retendrán algunos fragmentos de recuerdos que lo incluyan a usted, pero los hijos de sus nietos no lo harán. Tal vez conserven fotografías antiguas en un álbum en cierta repisa y también es posible que, dos o tres veces en su vida, pasen la página, encuentren su rostro y piensen: "Ah, sí, ¿no crees que Jimmy se parece al tatarabuelo Mick?". Luego seguirán pasando las páginas y eso será lo único que quede de usted: recuerdos casi borrados en menos de tres generaciones. Su vida, esa vida que ahora ve desde su interior como algo monumental, se reducirá a la sangre que corra por las venas de sus descendientes. Si acaso tiene suerte, alguno de ellos se llamará como usted porque alguien tomará un nombre de su genealogía que se volvió a poner de moda tras setenta y tantos años, de la misma forma en que se vuelven tendencia tantas cosas, y se lo pondrá a un bebé que no sabe nada sobre USTED.

En cambio, si alguien se compromete con la página, la tragedia que acabo de describir no tiene lugar. Imagine que las cartas que hemos enviado al mundo y las cartas recibidas de vuelta son las piezas de un glorioso rompecabezas o, para elegir una metáfora de mayor mérito, si están fechadas, se transforman en los eslabones de una larga cadena. Incluso si esos eslabones nunca vuelven a engarzarse, porque seguramente no lo harán; incluso si, por lo que resta del tiempo, se mantienen dispersos en la tierra como las frágiles semillas de un diente de león moribundo, arrastradas por el viento, ¿no le parece que hay algo de maravilloso en todo eso? ¿No le parece magnífico que la historia de la vida personal se preserve de alguna forma y que, algún día, esta misma carta signifique algo para alguien, aunque simplemente sea algo ínfimo?

Si la suma de todo esto no es para usted sino poco más que una trivialidad, también podría considerar que la carta escrita tiene un valor que radica en un aspecto aún más modesto: comunicarse por correspondencia en una de las formas originales de mostrar civilidad en el mundo y la preservación de esta práctica debe tener un valor del que no hemos sido testigos aún. La PALABRA ESCRITA, señor Watts. La palabra escrita en blanco y negro. En cartas. En libros. En la Ley. Y todo lo anterior comparte la misma esencia. Desde que tengo memoria, tuve noción de esto y desde que pude formar una oración y plasmarla con tinta en el papel, a los nueve años, comencé a enviar cartas al mundo.

He escrito más de lo que planeaba en esta carta, le deseo una agradable visita a la Costa Este. En cuanto a la demanda Evansberg, fue un caso divertidísimo para mí, ¿sabe? Fue uno de esos casos que exigieron un poco de actividad detectivesca, lo que adoraba.

Atentamente,

Sra. Sybil Van Antwerp

Posdata: Una buena frase de remate es buena sin importar si la pronuncia un hombre o una mujer. Parece usted un viejo tonto al hacer comentarios de ese tipo.

PARA: sybilvanantwerp@aol.com
DE: grandmaalicelivingston@yahoo.com
FECHA: abril 6, 2013 09:40 PM
ASUNTO: <Ninguno>

Hola, Sybil:

Debbie Banks está furiosa contigo porque la encaraste el jueves
y está armando alharaca y haciendo alusión al artículo tercero de
los estatutos del club. Anda convocando a un "voto de emergencia" para deponerte y a mí también, estoy segura. Acabo de hablar
con ella por teléfono. Me puse de tu lado por nuestra amistad,
Sybil, tengo más de veinte años conociéndote, pero ¿crees que
valga la pena todo esto?

Alice

PARA: grandmaalicelivingston@yahoo.com
DE: sybilvanantwerp@aol.com
FECHA: abril 7, 2013 12:02 PM
ASUNTO: Respecto a tu correo electrónico de ayer a las 9:40 p.m.

Esta es una mera locura egocéntrica y no pienso ceder. Se trata de un _**club de jardinería**_, ¡por el amor de Dios! Es un grupo de personas que se reúnen para hablar de JARDINERÍA y Debbie Banks no va a decidir sobre el material que se presente solo para continuar alimentando su, de por sí, desbordante ego. ¿Por qué tiene su hijo que presentarnos una conferencia sobre bienes raíces? No tiene nada que ver con la jardinería y, además, no se me ocurre ni una sola persona del club a la que le importe un comino el mercado de bienes raíces. Nadie va a mudarse. Es solo que Debbie quiere que su hijo se luzca como en un desfile, como perro en el American Kennel Club, porque cree que su retoño es el mayor regalo que Dios le hizo al mundo. Y no me dejes ni empezar, pero ¿recuerdas lo insoportable que se volvió cuando aceptaron al chico en Harvard? Además, te diré algo que es un hecho. Ese muchacho solo tiene una idea en su codicioso y diminuto cerebro de pájaro: señoras mayores adineradas y bienes raíces frente a riberas y playas. ¿Sabes qué? ¡Estoy segura de que Debbie está involucrada! No es nada idiota, ¿sabes? Ella firmó un acuerdo prematrimonial antes de que el mundo supiera lo que era un acuerdo prematrimonial. Solo quiere que su hijo aproveche su guapura para cautivar a un montón de señoras pasaditas de años como nosotras y que saque dinero de eso, pero te aseguro que no permitiré que ella haga eso en mi club. Gracias, pero no, gracias. EL MUCHACHO ESTUVO COQUETEANDO CON MAUDE O'REILLY. ¡Por Dios! Maude tiene ochenta años y se ha fumado dos paquetes diarios de cigarrillos desde 1970, PERO posee tres acres justo en la zona costosa del puente de la Academia Naval

y el terreno tiene vista al campanario. Estoy segura de que no necesito explicarte nada, Alice. Es un descaro. Me niego en nombre de los miembros del club, estoy segura de que sabes de qué hablo. Además, me parece risible y vergonzoso que Debbie hable de "deponer" a la secretaria de un club de jardinería, como si la señora fuera Napoleón Bonaparte.
Saludos cordiales,

Sybil

Sybil Van Antwerp

17 Farney Rd

Arnold, MD, 21012

1 de mayo de 2013

Hola, Sybil:

Adjunto encontrará una copia de mi libro <u>Noches azules</u>. Como siempre, estoy ansiosa por leer su reseña. Sus reflexiones sobre la vida y el dolor significaron mucho para mí. Desearía no tener la membresía del club de padres que han enterrado a sus hijos, pero el hecho de sentirse tomada en cuenta resulta reconfortante.

Estoy escribiendo notas por aquí y por allá. Creo que esto le divertirá: mi sobrino quiere hacer un documental sobre mí, pero estoy tratando de disuadirlo.

Parece que el invierno por fin se fue y que ahora gozamos de la espléndida primavera neoyorquina. Todos los árboles de los parques están floreciendo y la nieve se derritió. Es mi época preferida del año. Los inviernos se vuelven más difíciles a medida que envejezco.

Mis mejores deseos para usted y sus hijos.

Con cariño,

Joan

13 de mayo de 2013, para entrega el 15 de mayo de 2013

Sr. Harry Landy
98 Dumbarton St. NW
Washington, DC 21001
01

13 de mayo de 2013

Queridísimo Harry:

Tu caligrafía está mejorando. Bien hecho. Hace una gran diferencia en tus cartas. Ahora no solo es más fácil leerlas, también resultan más solemnes. Continúas cambiando las "i" por las "e" con frecuencia, trata de prestar atención a eso.

No tengo manera de comprender cuán lejos llegan algunos niños en nombre de la crueldad. Sé que estás al tanto de esto, pero quisiera insistir en que, cuando alguien te trata mal, es simplemente su propio reflejo y de la miseria que habita en su corazón. Sé que no ayuda en nada escuchar esto cuando eres joven, pero créeme que más adelante te servirá. Mi hermano sufrió el maltrato de varios sádicos compañeros de clase. De hecho, en una ocasión le escribí una carta a un niño llamado Nathan Briggs. Fingí ser el presidente de los Estados Unidos y lo amenacé con enviarlo a prisión si no dejaba en paz a Félix. ¡Y se lo creyó! No volvió a molestarlo. Todavía nos reímos de esa anécdota. ¿Sabes? Félix soportó tormentos como tú lo haces, pero es el hombre más inteligente y amable que existe, y es FELIZ, y su vida ha resultado magnífica. Ten por seguro que superarás esto. Es lo único que puedes hacer. Leí un artículo en el <u>Wall Street Journal</u> sobre un músico que se apega en su vida a una frase especial: "Que se j_dan los resentidos". Sé que en la frase hay una palabrota, pero el sentimiento que transmite es de una simplicidad tan poderosa que no puedo evitar identificarme.

Ahora hablemos de la preparatoria. Me parece que St. Joseph es una excelente escuela, estoy segura de que te irá muy bien. Mi hijo Bruce tiene amigos que estudiaron ahí. Recuerdo que era reconocida porque contaba con un programa basado en la tradición clásica y en el que se practicaba la matemática desde la perspectiva de la lógica, en lugar de aglutinarla con las ciencias.

En cuanto a tus preguntas, responderé con honestidad, pero me pregunto por qué te has mostrado tan inquisitivo de pronto. En la Universidad, hice la carrera de Filología Inglesa y escribía muy, muy bien. Como no sabía qué camino tomar para conjugar la escritura con algo práctico y lucrativo, me preparé para ser asistente jurídico y, tras algunos años de práctica, asistí a la Escuela de Derecho de la Universidad de Virginia. Cuando acabé mis estudios empecé a practicar el derecho de manera privada con un viejo juez que acaba de morir, pero eso fue antes de que fuera juez. Cuando le propusieron serlo, me fui con él y me convertí en su asistente. Ahora bien, esto que te acabo de contar es un resumen de lo que sucedió en treinta años de trabajo incesante. En la actualidad, podría ser juez, pero en aquel entonces no era una actividad común entre las mujeres. Cuando llevaba quince años o más trabajando como asistente legal, tu padre, que era muy astuto cuando estuvo en la Escuela de Derecho de Yale y escribía para la revista, empezó a trabajar para otro juez en el estrado. Acababa de salir de la escuela, pero por todo eso lo acogí como mentora. No existe una explicación razonable de nuestra perdurable amistad, salvo que tu padre es un individuo inteligente y divertido, y que se ganó mi estima con bromas terribles y sándwiches comprados en un restaurante en una calle al norte de los tribunales. El destino de tu padre, sin embargo, siempre fue nadar en una pecera más grande, por eso solo trabajó algunos años como asistente legal en los tribunales federales antes de comenzar su práctica privada y de llegar, más adelante, a convertirse en juez.

Me preguntaste de dónde soy. Crecí por toda Pensilvania, estuve un tiempo en Ohio y, finalmente, llegué a Maryland. Mi madre creció en Arizona y mi padre en Maine. Por otra parte, fui adoptada a los catorce meses. Como puedes ver, tu sencilla pregunta no tiene una respuesta sencilla. Tuve tres hijos, así que en mi familia hubo tres niños como en la tuya. El segundo, sin embargo, falleció cuando tenía ocho años. Se llamaba Gilbert. Mi otro hijo varón, Bruce, es abogado en Alexandria y mi hija, Fiona, es arquitecta y vive en Inglaterra. También tengo dos nietos, Hank y Violet, y el próximo mes nacerá otro. Tienes razón, ya no estoy casada, pero no porque mi marido haya muerto. Nos divorciamos y vive en la ciudad de Brujas, en Bélgica, el país donde nació.

¿Quieres saber si yo era como tú cuando era niña? Supongo tal vez que lo era en cierta forma. No obstante, con la edad que tengo me cuesta recordar cosas de cuando era pequeña y, además, cuando lo era, a los niños no los tomaban tanto en cuenta como ahora. Recuerdo que, al igual que tú, era el tipo de persona que obedecía las reglas, que era muy rígida respecto a cómo debían ser las cosas. Pero, también igual que tú, era muy curiosa, sobre todo respecto a la gente. Yo era muy bajita de estatura y creo que mi pequeñez me produjo una noción de asombro y también una gran agitación. Esta agitación se vio exacerbada por el hecho de que nuestros padres nos mantenían bastante aislados. Tenían miedo de perdernos, es un fenómeno psicológico entre los padres que adoptan. Creo que también nos mantenían alejados del mundo porque tenían la creencia de que podían construir una fortaleza con su dinero. Ay, Harry, fueron tantas, tantas cosas. Fui callada y observadora. Recuerdo que me parecía extraño que la gente hablara e insistiera con respecto a algo, pero de manera marginal, sin realmente hablar del asunto en sí; también me castigaban con frecuencia por insolente y descortés. Creo que tú has tenido experiencias similares. Por supuesto, ahora veo y comprendo lo que mi madre trataba de hacer: estaba intentando convertirme en el tipo de persona educada que el mundo espera que uno sea, en especial si eres una chica. Hablo, en efecto, del tipo de persona en la que se ha cimentado la construcción de la civilización estadounidense. Sin embargo, no funcionó, nunca aprendí del todo a ser como ella quería. Creo que tú eres más cortés de lo que yo era o soy, pero tal vez es porque te han forzado a ser así. Supongo que me consideraban extraña hasta cierto punto. No era una niña alegre y frívola a la que le interesaran las muñecas o el dibujo. Era seria y muy solemne. Observadora, cautelosa. Era escéptica. No tenía muchos amigos. Leía mucho. Todo el tiempo estaba leyendo, eso lo recuerdo bien. Y también escribí muchas cartas de niña. Para mí, escribir cartas era más fácil que hablar, lo sigue siendo. Pero, bueno, me estoy extendiendo demasiado, te ofrezco una disculpa. Me pusiste a pensar en una época a la que no había vuelto en mucho tiempo.

¿Qué te hace pensar que me siento sola? No es así. Te tengo a ti, a mis hijos y mis nietos. También tengo amigos con quienes me escribo, y tengo mi iglesia y a Trudy y Millie, dos maravillosas amigas en mi pueblo. Jamás podría sentirme sola.

Ahora, sin embargo, no puedo evitar pensar lo siguiente: ¿acaso me preguntaste si me siento sola porque estás tratando de encontrar la manera de decirme que así es como te sientes? En ese caso, descuida, cariño, puedes solo decírmelo.

Saludos cordiales,

Sra. Van Antwerp

Es un día encantador. El cielo tiene ese azul tropical y deslumbrante y las nubes son como bolas de algodón extendidas. Adoro la primavera en este lugar. En mi jardín estallan los colores, el trabajo de todo el año está rindiendo fruto. Las hortensias atraen a las abejas y a los colibríes, todo en la casa se ve alegre y animado. Acabo de cerrar un sobre y de poner los sellos a una carta que escribí para Harry Landy. Creo haber mencionado que nos escribimos una vez al mes, llevamos algunos años haciéndolo. ¡En su última carta me preguntó si me sentía sola! ¿No te parece interesante? También quería saber cómo era antes de ser abuela, quería indagar sobre mi historia, mi infancia, así que le conté un poco y ahora llevo un rato sentada, frente al escritorio, con un té frío, profundamente perdida en los senderos del pasado.

¿Alguna vez te dije que cuando tenía nueve años mis padres me dieron una breve carta que escribió mi madre cuando me entregó? Estaba dirigida a ellos, no a mí, pero Mamá, es decir, mi madre adoptiva, sintió que yo debía conservarla. Cuando era niña me atormentaba el asunto de mi adopción. Hacía preguntas al respecto con candidez, leía libros sobre huérfanos, imaginaba que tenía una vida alternativa. No sé por qué, es decir, mis padres no fueron ni crueles ni desdeñosos conmigo. Al contrario, fueron maravillosos. Creo que se arrepintieron de haberme dicho que era adoptada cuando lo hicieron, aunque era obvio que no estábamos relacionados biológicamente. Ambos eran rubios, tenían piel muy blanca y ojos azules. Yo, en cambio, siempre he tenido rasgos burdos y la piel varios tonos más oscura. De niña, mi cabello era grueso, negro y brillante.

Empecé a escribir cartas porque me obsesioné. Con mucha frecuencia, si le escribía a alguien, recibía una carta de vuelta.

A la gente le sorprende, pero he descubierto que la mayoría de las personas responden. La primera carta la escribí en 1948, a P. L. Travers respecto a su libro <u>Mary Poppins</u>. Me encantó y lo leí muchas veces. Me fascinaba que Mary decidiera respecto a su vida y la de los niños, Jane y Michael, de una manera muy controlada, incluso militar. Era algo que me atraía de una manera inexplicable, me refiero al nivel de control estricto. No sé, me parecía algo muy seguro. A pesar del control, ¡de alguna forma también había una gran cantidad de creatividad, aventura, colores y sorpresa! También me encantaba el hecho de que Mary Poppins no fuera la madre y, a pesar de que yo sabía, incluso siendo niña, que no podría quedarse a vivir con los niños para siempre, imaginaba un adorable secreto: que esa linda niñera era mi verdadera madre, que un día flotaría hasta mi jardín sujetando el mango de su sombrilla, afirmaría que yo era su hija y explicaría en detalle la razón por la que me dejó con otra familia; que luego se establecería, me recobraría y me cuidaría con una combinación perfecta de asombro y predictibilidad. Soñaba con eso a pesar de que tenía claro que el libro era una obra de ficción y que ella no aparecería y, además, Potro, estaba consciente de que, aunque era algo que anhelaba, en el fondo no quería que sucediera. Sabía que en cuanto se instalara y se convirtiera en la madre que yo quería para mí, se acabaría la magia. Ya no habría valija sin fondo, no habría saltos a los dibujos en tiza que hacían las veces de portales a otros mundos. Ha pasado mucho tiempo desde la última vez que pensé en este asunto de Mary Poppins. En ese momento, P. L. Travers contestó mi carta, la tengo por aquí, en algún lugar de la casa. En fin, lo que quiero decir es que estaba obsesionada con las cartas y también con la noción de mi madre biológica, por eso Mamá me dio la carta que recibió cuando me adoptaron.

Acabo de ir a buscar la carta de mi madre, la encontré. Es una breve nota escrita en papel de poca calidad. Con tinta azul. La escritura es muy inclinada, las letras son tan largas y delgadas como abedules. Copiaré la carta aquí para ti. Dice:

A: Sr. y Sra. Stone:

Buenos días. Espero que traten a mi hija, Sybil, con atención y gentileza. Es una bebé callada y siempre está alerta, no les dará ningún problema. Solo le molestan los ruidos muy fuertes y parece que le aterran los animales, pero se apacigua muy rápido si le cantan. Cuando sea mayor, si se enterara de mi existencia y si ustedes lo desean, espero que le puedan decir que fue una bebé perfecta, que nació al amanecer, bajo un cielo rosado. La he querido mucho. Con todo mi agradecimiento y mis plegarias, respetuosamente, L. T.

Ahí fue donde comenzó todo esto. Pensarías que habría memorizado cada palabra para este momento, pero por alguna razón, lo único que ha permanecido en mi recuerdo, palabra por palabra, es el fragmento que dice que nací al amanecer, bajo un cielo rosado. ¿No es hermoso? Me hace añorar algo que, en realidad, nunca tuve.

Ahora no pienso al respecto. Al menos, no como solía hacerlo. A veces lo hago. Sí, supongo que continúa ahí, que siempre ha estado y es parte de los cimientos originales. Está incluso si no pienso en ello de manera consciente. Está ahí, en el fondo. La escritura de cartas, sin embargo, fue algo que permaneció a mi lado, en la superficie. Me pregunto qué haré cuando ya no pueda ver. Soy un perro demasiado viejo para aprender trucos nuevos como el Braille o el dictado. Supongo que, como el pez que sacan del estanque y dejan sobre la madera ardiente del muelle, tal vez muera.

Emerson Franke, editor en jefe
<u>The Baltimore Sun</u>
300 East Cromwell Street
Baltimore, MD 21230

PARA: Editor en jefe de <u>The Baltimore Sun</u>
DE: Sybil Stone Van Antwerp, lectora y suscriptora durante
     más de cuarenta años
FECHA: 10 de junio de 2013

Estimado señor o señora (porque con un nombre como Emerson, no es posible saber):

QUÉ VERGÜENZA. Escribo respecto al artículo publicado esta mañana, 10 de junio de 2013, en la página 2 de la sección de Vida, respecto al fallecimiento de la jovencita en Timonium. Fue un incidente repugnante e insensible que no debió ser mencionado en lo absoluto en un periódico. ¿Qué bien hace publicar algo así? ¿Para qué? ¿Para que los desconocidos lean boquiabiertos y humillar al pobre padre de esa chica, que seguramente se debe querer suicidar por la culpa? Los niños mueren, sucede con frecuencia y es una injusticia inenarrable, pero ustedes no lo publican en cada ocasión. Sin embargo, cuando un hombre retrocede y atropella a su propia hija con un vehículo, ahí sí, el asunto se vuelve noticia y vale la pena publicarlo... QUIERO ESCUPIRLE al alma insensible que escribió esta noticia. Me siento asqueada. Como si el horror de una familia fuera una especie de espectáculo que todos los demás tenemos derecho de observar. Permitan que la familia publique un obituario para la pobre niña, si eso es lo que eligieron hacer, pero ¿publicar algo como eso? ¿Aprovechar la vida de alguien y usarla como carnada para tiburones? ¿Acaso no tiene usted alma dentro de ese gélido pecho? Es obvio que usted no es padre o madre, y si me sale con que la publicación fue producto de un error, pues entonces la vergüenza debería llover aún más sobre su miserable ser por la descuidada manera en que ejerce su puesto. He pensado en cancelar mi suscripción. Sé que no publicará usted esto, pero espero que lo lea y que lo inspire; que, aunque sea por un instante, sea el pretexto que lo haga reflexionar.

Para: La decana de la Facultad de Inglés
Universidad de Maryland,
College Park, MD 20742

10 de agosto de 2013

Estimada señora Genet:

Felicidades por su reciente nombramiento como decana de la
Facultad de Inglés. No he tenido el gusto de mantener comunicación frecuente con sus predecesores más recientes, pero
hace poco más de diez años, cuando me retiré, contacté a Dick
Wright para preguntar respecto a la posibilidad de asistir
como oyente a un curso de literatura. Dick tuvo la amabilidad
de recibirme en el campus y así pude asistir al curso EN305,
Literatura del Sur de Asia. Fue mi primera incursión en Sal-
man Rushdie y <u>Los versos satánicos</u>, ¡estupendo! En los años
subsecuentes he podido asistir a varios cursos más (Poesía británica del siglo XVII; Literatura irlandesa; Literatura del Sur
de Asia; Literatura estadounidense de los siglos XVIII, XIX
y XX; entre otros). Después de Dick, llegó Henry Dougherty,
que también me aceptó en el campus. Los dos veranos pasados perdí la oportunidad de inscribirme, pero odiaría perderme otro otoño. Le escribo para solicitarle la lista de cursos
y el horario de este período. Por favor, hágame saber si hay
ciertos cursos que le parece que serían más adecuados que
otros. No puedo asistir a clase por las noches porque implica-
ría conducir de ida y vuelta desde mi casa, en las afueras de
Annapolis, y preferiría evitar la poesía, de ser posible, ya que
me resulta increíblemente aburrida. La última vez que me inscribí, el costo para oyentes era de 250 dólares. Si aumentó, por

favor dígamelo. De otra forma, le enviaré un cheque. Puede escribirme de vuelta por correo postal o, si prefiere, electrónico.

Mi dirección es:

SYBILVANANTWERP@AOL.COM

Saludos cordiales,

Sybil Van Antwerp

Sybil Van Antwerp
17 Farney Rd
Arnold, MD 21012

25 de septiembre de 2013

Querida Sybil:

Es tarde, pero no puedo dormir. Tengo la ventana abierta y el carrillón de viento que me diste hace varios cumpleaños no deja de tintinear. Daan me llamó hoy en la noche y estuve dándole vueltas a la cabeza, ¿debería escribir o llamar? Si fuera yo, creo que me gustaría que fueras tú quien me diera la noticia. Le diagnosticaron cáncer de colon, que se extendió al intestino y el estómago. Empezarán el tratamiento y, a finales de esta semana, lo van a operar para ver cuánto ha avanzado. Sonaba como el mismo Daan de siempre, tranquilo y optimista. Dijo que Lina está muy alterada, como es de esperarse. Sé que no debería hacerlo, pero siento pena por ella. Daan les avisó a Fiona y a Bruce ayer, pero les pidió que no te dijeran de inmediato. Pensó que tal vez él mismo debería llamarte, pero yo me ofrecí. No sé cómo recibas esto, pero lo lamento, Syb. No te enojes con Fiona ni con Bruce. Sabes que están atrapados en medio y que siempre tratan de hacer lo mejor para ti y para Daan.

Traté de explicarle la noticia a Lars. Daan ya había hablado por teléfono con él un rato. Me parece muy dulce que le hable del pasado. Supongo que ahora lo único que les queda es la historia. Daan dice algo como: "¿Recuerdas cuando tomamos el tren con Mamá para ver a su hermana en Francia?" y luego se sumerge en un antiguo recuerdo, como si le estuviera contando la anécdota a un niño. Lars parece escuchar, sin duda reconoce la voz de Daan. Lo sé porque veo que lo apacigua. Después de que hablaron un rato, apagué el altavoz y Daan me contó sobre el cáncer, así que, cuando colgamos, traté de explicarle a Lars. No sé si comprendió, pero luego me puse a pensar, ¿qué caso tiene asegurarse de que comprenda? Tal vez es mejor que no lo haga. Saqué una fotografía de ellos dos que fue tomada en nuestra boda y me pregunté si ver una versión más joven de su hermano podría agitar un poco su mente y hacerlo recordar. ¡Yo no había visto esas fotos en años! Realmente parecían gemelos, ¿no crees? No tengo idea de lo que Lars entendió o no, pero sostuvo la fotografía y la miró por largo rato. Verlo me rompió el corazón.

En fin, sé que es insensible de mi parte mencionarlos en la misma carta, pero me quedé pensando en el hombre de Texas sobre el que me hablaste, el que dijiste que te ha escrito dos veces para invitarte a cenar, el que conociste en el servicio fúnebre de Guy, al que seguiste rechazando. El hecho de que te haya escrito de nuevo, tras recibir tu hostil respuesta y te haya enviado esas flores para disculparse, dice algo sobre él. Algo adorable, me parece. ¿Qué mal te haría ir a cenar? Me preocupas.

Estoy leyendo <u>Nunca me abandones</u>, de Kazuo Ishiguro. Es un libro muy sombrío. ¿Tú qué lees ahora? Si sientes deseos, llámame por teléfono cuando recibas esta carta.

Con cariño,

Rosalie

(¿Cómo le está yendo a Fiona con el bebé? ¿Le gustó la cobija que le enviaste? ¿Lo llama Charles o Charlie?)

Sra. Van Antwerp
17 Farney Rd
Arnold, MD 21012

2 de octubre de 2013

Estimada señora Van Antwerp:

Le escribo en respuesta a sus dos cartas fechadas el 10 y el 25 de agosto, en las cuales solicitó permiso para asistir como oyente a un curso de literatura en la Facultad de Inglés de la Universidad de Maryland en College Park. Lamento informarle que no puedo otorgar el permiso. Los cursos de la Universidad de Maryland son exclusivamente para los estudiantes inscritos y hemos realizado cambios a ciertas regulaciones, entre ellos, la zona gris que le había permitido asistir a tantos cursos.

Atentamente,

Melissa Genet
Decana de la Facultad de Inglés
Profesora de Poesía/Taller de poesía
Licenciatura y posgrado
Universidad de Maryland en College Park
College Park, MD

Estimada señora Van Antwerp:

Feliz Navidad. Veo que sus hijos están en el pueblo. Aquí le dejo unas galletas que creo que todos disfrutarán. También incluyo un artículo que encontré en el <u>Times</u> de esta mañana respecto a los mercados de Navidad en Alemania, en el pueblo donde nací. Cuando yo era niño, la Navidad era un gran espectáculo, pero nada como ahora. No es necesario que me devuelva la lata. Me he dado cuenta de que, cuando las galletas se acaban, son muy útiles para almacenar cosas como botones o tornillos. Por cierto, noté que cambió su peinado. El nuevo es muy elegante.

Su vecino,

T. Lübeck

Félix Stone

7 rue de la Papillon

Gordes

FRANCIA

27 de diciembre de 2013

Querido Félix:

Bueno, necesito saber: ¿Stewart cocinó un ganso para tu primera Navidad como ciudadano confirmado? Lo único que me viene a la mente es esa enorme voz como gong hueco de Julia Child en televisión:

BON APPÉTIT

¿Ya te llegaron mis regalos? Maldito sea Federal Express. Uno siempre debería usar el Servicio Postal de los Estados Unidos, ¿sabes? Es una institución tan fiel y constante como un viejo sabueso. Pero Federal Express anunció un servicio especial de Navidad y piqué el anzuelo, y ahora estoy aquí pagando las consecuencias, aunque tal vez debería culpar a la aduana francesa, siempre displicente y poco interesada en actuar de manera oportuna. Si no te han llegado aún, te arruinaré la sorpresa. Envié dos camisas de vestir, un par de pantalones de pana y una corbata con gallinitas para Stewart, todo de Nordstrom. A ti te envié la primera edición de <u>Ulises</u> de James Joyce. La encontré en una librería para coleccionistas en Annapolis, hace varios meses, cuando salí a almorzar con las pajaritas. Trudy fue quien descubrió el libro. También te envié una nueva caja del excelente papel para cartas Smythson, sobres y una pluma fuente. De esta forma evitaré que cambies nuestra constante correspondencia por correos electrónicos.

Los chicos se fueron esta mañana y pasé todo el día volviendo a poner todo en su lugar. Fue adorable, desearía que hubieras estado aquí. Charles, el bebé, es demasiado delgado, pero tiene buen carácter, y los hijos de Bruce, que me pidieron dinero en efectivo en lugar de regalos, no se despegaron de su pequeño primo. Fiona se ve feliz, aunque también muy delgada. Bueno, tal vez no es que todos estén delgados, quizá sea yo quien esté engordando. Estuve con ella y con Marie en la cocina, bebimos vino y cocinamos la gran cena mientras Walt y Bruce se quedaron afuera armando juguetes y cuidando a los pequeños. Me parece que el otro día te conté casi todo por teléfono, pero lo repito porque es el tipo de momento que hace que uno se sienta agradecido. En cualquier caso, fue una Navidad agradable gracias al hecho de poder tener en un solo lugar a lo que queda de mi familia. Fiona no tejió ni una puntada.

¿Conoces un sitio de internet llamado Kindred Project? Es un programa que ayuda a la gente a averiguar sus antecedentes étnicos con una PRUEBA DE ADN. También lo puedes usar para investigar entre la red de todas las personas que lo usan y así hacer conexiones familiares. Bruce me dio un kit del programa como regalo de Navidad. Fue un momento peculiar. Félix, por momentos, ¿no te sucede que te sientes como Plutón? ¿En la lejanía y completamente solo en lugar de observar el funcionamiento de la galaxia desde cierta distancia? En distintos momentos muy extraños, a lo largo de mi vida, he tenido esta sensación y siempre se la había atribuido al hecho de ser adoptada. ¿A ti te afecta? Supongo que Mamá y Papá supieron menos respecto a las circunstancias de mi nacimiento que respecto a las del tuyo, y sé que hiciste un esfuerzo bastante considerable para encontrar información sobre tu familia biológica.

También sé que te sentiste obligado a hacer ese esfuerzo debido a la complejidad de la situación, pero yo no soy como tú, yo me he sentido satisfecha. Claro que, de vez en cuando, en momentos realmente muy peculiares, siento como un pequeño moretón, ¿<u>por qué</u> alguien daría a un niño en adopción? A un recién nacido puedo comprenderlo, por supuesto, porque es una decisión tomada antes de que la noción del bebé se transforme en un bebé real. Un niño de catorce meses, en cambio... ¿Qué podría apoderarse del alma de una persona para llevarla a hacer eso? Son solo pensamientos que he tenido, pero no con una sensación de urgencia. Insisto, es solo como un diminuto moretón sobre el que siento presión de vez en cuando.

Cuando abrí el regalo de Bruce, todos se me quedaron mirando en silencio, como si estuviera yo en un escenario y bajo los reflectores, en exhibición. ¡Me sentí humillada! Imagino las conversaciones a mis espaldas, los imagino hablando al respecto desde antes. Y, ¿sabes?, todo esto hizo que me enojara con Bruce. Porque él es como yo y siempre creí que nos entendíamos hasta cierto punto. ¿En qué diablos estaba pensando? Me pareció verlos a todos sonriendo un poco y Fiona, que no ha mostrado ni un gramo de interés por mí en una década, empezó a hablar sobre averiguar un poco de dónde vengo, ¡como si fuera yo un extraterrestre! Pero no, ¡soy del planeta Tierra! Vaya, casi me pregunto si no habrá sido idea suya porque parece algo que solo a ella se le ocurriría. Tal vez son ellos quienes quieren averiguar, por beneficio personal, sobre todo ahora que su padre se encuentra a las puertas de la muerte. ¿Sentimentalismo? Daan es mitad élite belga y mitad QUIÉN SABE DE DÓNDE DEMONIOS SALIÓ ESE TIPO DESHEREDADO. Me avergüenza admitirlo, pero tuve que esforzarme por contener las lágrimas. Estaba enojada, ¡me molestó que me exhibieran como una tonta! Félix, me encuentro muy cerca del fin de mi vida. Estoy casi ahí y no quiero arruinarlo más de lo que lo he hecho. Fue muy presuntuoso de su parte dar por sentado que yo querría averiguar de dónde vengo. No quiero saber. Me siento satisfecha por completo.

Antes de concluir, quisiera ponerte al día respecto a otro asunto. Mi cabello ha crecido en su estado natural de manera absoluta y me he llevado la sorpresa de mi vida: se ve elegante.

Eso es todo. Estoy enojada, eso queda claro, pero como siempre me despido con amor y mis deseos más sinceros de que tengan un Año Nuevo feliz y lleno de salud.

Tu hermana que te quiere,

Syb

27 de diciembre de 2013

Estimado señor Lübeck:

Gracias por las galletas. Feliz Año Nuevo.

Saludos,

Sybil Van Antwerp

Sybil Vanantwerp
17 Farney Rd.
Arnold, MD 21012

Enero 20 de 2014

Para: Sybil Vanantwerp, asistente del finado juez Guy D. Donnelly

La imagino leyendo mis notas, de pie junto al buzón, sintiendo la temperatura aumentar en su cuello y el vacío extenderse en su estómago. O parada en la cocina mientras la tetera silba con agua para el té y usted no la escucha porque este presentimiento la distrae. O en una silla. Creo que tal vez se retorció cuando mi mensaje le quedó claro e imaginar eso me complació, pero no lo suficiente, así que volví a dar un largo paseo en automóvil y encontré su casa azul con el techo en declive y su buzón en forma de pez, también el cuenco para los pájaros. Me quedé sentado en mi automóvil algún tiempo. Su casa es bonita. Tal vez vale mucho dinero porque desde ahí se puede ver el río, aunque la valla se está cayendo. A pesar de que es invierno, pude ver que es buena para la jardinería. Yo soy jardinero. Noté que todo está organizado y bien podado. Usted sabe lo que hace. En primavera iré a echar un vistazo y tal vez de nuevo en el verano, y espero que me imagine fuera de su casa y que eso le inquiete. Espero que envenene sus días y que mire por la ventana al sentir escalofríos. Espero que tenga que mirar dos veces y que ese incipiente temor le impida disfrutar de la vida que le queda, de la misma forma que usted me lo impidió a mí.

Atentamente,

DM

4 de febrero de 2014

Estimado señor Lübeck:

Esta carta llegó a mi casa por error.

Saludos

Sybil Van Antwerp

Posdata: ¿Ha visto algo extraño últimamente en Farney Road? ¿Algo impropio, fuera de lugar?

5 de febrero de 2014

Estimada señora Van Antwerp:

Gracias por traer la correspondencia. ¿Por qué me pregunta eso? Doy por sentado que usted sí ha visto algo extraño en la calle. Por favor, no dude en solicitar mi ayuda para cualquier cosa que necesite. Si desea hablar del asunto, está cordialmente invitada a pasar por la casa a beber una taza de café.

He notado que ya no sale tanto. ¿Será que tiene problemas con su vehículo nuevo? Si así lo desea, puede venir conmigo a las tiendas, a la oficina postal y al local de la YMCA siempre que yo vaya y usted guste ir.

Su vecino,

Theodore Lübeck

Sybil Van Antwerp
17 Farney Rd.
Arnold, MD 21012

1 de marzo

Querida Sybil:

Es usted muy testaruda, pero yo soy un hombre paciente y persistente. En abril estaré de vuelta en la Costa Este. ¿Habrá alguna oportunidad de que nos reunamos en ese momento? Si mi calidad como persona es lo que la hace dudar, ¡confíe en el buen juicio de la familia Donnelly!

Esta es mi historia en unas cuantas palabras. Crecí en Wisconsin y, cuando tenía quince años, mi familia se mudó a Texas por cuestiones del trabajo de mi padre. Era obrero, pero debido a conocidos mutuos se puso en contacto con el adinerado dueño de un rancho que estaba en busca de alguien que cuidara y administrara su finca. Mi padre obtuvo el empleo. Yo estudié la preparatoria en Dallas y ahí conocí a Wendy, mi primera esposa. Tuvimos un hijo, Amos. Luego ella me pidió el divorcio. Me volví a casar, aunque admito que fue demasiado pronto. No tuve hijos con mi segunda esposa porque ella no quería niños, lo cual resultó, después de todo, conveniente. Nos divorciamos hace varios años y, desde entonces, he sido muy feliz viviendo solo.

No obstante, en estos últimos años me he dado cuenta de que extraño ese tipo de conversación permanente, los comentarios triviales que se hace uno por la mañana o mientras camina en un estacionamiento, del automóvil al restaurante o a donde sea. Me encanta viajar, pero hacerlo en solitario no parece muy divertido. He tenido algunas citas, pero estoy asombrado: es muy difícil encontrar alguien con quién tener una conversación estimulante. Me retiré hace algunos años. A lo largo de toda mi carrera sentí la urgencia de retirarme hasta que lo logré y, al final, demonios, ¡resulta que me siento aburrido! Aburrido de una manera insólita. Es decir, me sentía aburrido hasta que usted le imbuyó emoción a mi vida. Liz Donnelly lleva años mencionando su nombre. Creo que usted y yo tenemos la misma edad. Yo tengo setenta y seis. Bueno, ahí lo tiene, ahora nos conocemos un poco mejor.

He llegado a los extremos para ofrecerle una disculpa por los distintos niveles de mi torpeza al contactarla la primera vez, pero mi remordimiento fue genuino desde el principio y lo sigue siendo. Ahora, por favor, Sybil, acepte cenar conmigo.

Mick

Sra. Joan Didion
30 E. 71st #5A
Nueva York, NY 10021

5 de marzo de 2014

Querida Joan:

Pues bien, aquí me tiene, viniendo ante usted con la cola entre las patas, sintiéndome incapaz de leer <u>Noches azules</u>. Ha estado sobre mi escritorio, en el pequeño altero junto a la taza donde guardo mis bolígrafos. Terminaba un libro y sabía que el suyo estaba ahí, esperando que empezara a leerlo, pero no podía y, en lugar de tomarlo, sacaba el que se encontraba debajo. Ver la portada empezó a llenarme de temor. Me parece que usted encontró el valor para explorar sus sentimientos hasta lo más profundo a través de la escritura sobre la experiencia de la muerte de su hija, pero yo no lo he logrado. No puedo soportarlo. Al final, guardé el libro en una caja que luego metí al clóset de la ropa de cama. Quizás algún día tenga las agallas suficientes para leerlo. Perdóneme, por favor.

Mi exesposo se llama Daan, es belga. Ahora está muriendo, tiene cáncer. Nos divorciamos hace casi treinta años y, como nuestros hijos ya eran mayores, no hemos tenido razón alguna para mantener un contacto regular. Sin embargo, hay un singular resquicio en esta relación no existente. Se trata de mi mejor amiga, Rosalie, que está casada con el hermano de Daan. Gracias a ella, tengo noticias de vez en cuando. Fue Rosalie quien me dijo sobre el cáncer. Y conozco el cáncer. A mi edad, es inevitable que, si no se trata de mí, se trate de alguien más o de mucha gente en mi entorno. En todo caso, enterarme de esta noticia sobre Daan me causó bastante desasosiego.

Espero que no le moleste que continúe escribiendo de este tema un poco más. Vaya, sé que no le molesta, Joan. Tuvimos un buen matrimonio. Daan es un hombre amable e inteligente. Su gentil carácter es lo opuesto del mío, pero nos complementamos y compartimos bastantes cosas en el ámbito de nuestro pensamiento. Él era un lector voraz de todo tipo de libros y solíamos pasar noches enteras sentados, simplemente conversando. Le encantaba leer libros de no ficción, en especial sobre la historia de Europa. Es descendiente de una antigua familia de la aristocracia neerlandesa. Fue criado en Bélgica y cursó todos los grados en historia hasta el nivel de doctorado, aunque no terminó antes de que lo peor sucediera. Era profesor de preparatoria y una de las únicas personas que he conocido que, invariablemente y EN CADA OCASIÓN, coloca las comas de forma correcta. El inglés es su tercera lengua y realizó algunas traducciones, pero para ser franca, siempre pensé que, con su inteligencia, pudo llegar a ser mucho más. Cuando Gill murió, me sumergí hasta llegar a un punto demasiado profundo de mí misma y supongo que Daan hizo lo mismo, aunque fue él quien continuó criando a los otros niños mientras yo desaparecía de la familia durante cierto tiempo. Me tomé unas vacaciones del trabajo y permanecí algunas semanas encerrada en mi habitación. Solo salía cuando estaba segura de que todos se habían ido. Salía como un ladrón, escuchando para asegurarme de que estaba sola y, luego, lo único que hacía era irme a sentar en la tierra en el jardín, con la espalda apoyada en las molduras de la casa. Fue durante un verano sofocante, pero me quedaba tirada ahí por horas mirando los insectos, viendo las flores crecer, ¡en verdad! Recuerdo que arrastrar los dedos sobre la tierra, que se me metía en las uñas, se me pegaba a las cutículas y se me incrustaba en las huellas dactilares mientras yo me sentía sudorosa, sucia, fétida, inmóvil. Y, ¿sabe?, despué de algún tiempo de tener este comportamiento, fue como si mi natural forma de ser se reactivara. Sentarme en el jardín era una especie de escape o penitencia que me estaba imponiendo, pero no merecía ninguna de las dos cosas, así que dejé de hacerlo y volví a nuestra vida. Volví a mi empleo. Ahora que lo veo en retrospectiva, fue prematuro, fue un error, pero trabajar era la única cosa que sabía y podía hacer. Algo de aquel tiempo ha vuelto y ahora me asedia. Literalmente.

Cuando vuelvo a reproducir en mi mente lo que sucedió, me avergüenzo, pero no me imagino haciendo nada más. Me parece que el dolor compartido puede producir dos resultados: las personas se unen con fuerza y se aferran una a la otra como si su vida dependiera de ello o se sueltan y, entonces, se forma una muralla demasiado alta para cruzarla. Esto último fue lo que nos pasó.

Continuamos juntos hasta que los niños estudiaron la preparatoria y, ya para ese momento, ellos tenían sus propias vidas y salían mucho por las noches, así que empecé a quedarme cada vez más tarde en los tribunales. Usé el trabajo como una excusa. Usé la investigación, mi necesidad de encontrar las respuestas para cada enigma sin importar cuán complicado fuera, de encontrarle la lógica a todo, de escribir y reescribir cada frase hasta transformarla en una opinión indiscutible con profundo sentido. Cuando mi padre falleció, recibimos un monto sustancial de su patrimonio, así que pude haber reducido mis horas en los tribunales, pero el trabajo se había convertido en un refugio que me permitía evitar lo que me esperaba en casa. Estoy segura de que Daan dio por hecho que estaba con otros hombres. No era así, pero no me tomé la molestia de convencerlo de lo contrario. Nos saboteé porque quería que lo nuestro terminara. Verá, fue demasiado doloroso porque Daan era... los niños, era Gill, todos ellos eran uno solo.

No podía separarme ni de Bruce ni de Fiona, pero a Daan sí podía cortarle la estadía y eso fue lo que hice. Sabía muy bien lo que estaba haciendo.

Una noche, al volver a casa, Bruce estaba en la preparatoria y Fiona había salido. Daan estaba en la cocina y acababa de abrir una botella de un buen vino que solíamos tener siempre en la despensa para las cenas con los amigos. Cuando entré y lo vi junto a la barra con la copa que había servido para mí, lo supe. Me dijo que se iba a mudar de vuelta a Bélgica. No discutí. De cualquier forma, a él nunca le gustó Estados Unidos. Bebimos el vino. Tuvimos sexo, fue la primera vez que sentí deseos de tenerlo desde que Gill murió. Y así terminó todo. Tiempo después se fue acompañado de Fiona, que terminó allá la preparatoria. Supongo que yo todavía lo amaba. Era solo que no lo soportaba.

Solo nos toca una vida. Es increíblemente injusto, ¿no cree?

Con cariño,

Sybil

Posdata: Sobre la persona que me asedia, parece que se trata de un individuo con una rencilla relacionada con mi antiguo trabajo y que ha vuelto para saldar cuentas. Me escribe notas. Es un poco espeluznante, ¿sabe? Pero no se inquiete, tomaré precauciones.

30 de mayo de 2014

Estimado señor Lübeck:

Gracias por las rosas que envió en mi cumpleaños. No sé cómo se enteró de la fecha; yo no sé cuándo es el suyo. Me parece que ha llegado el momento de preguntarle porque, de otra manera, esto se volverá vergonzoso.

Saludos cordiales,

Sybil Van Antwerp

1 de junio de 2014

Estimada señora Van Antwerp:

Me dio mucho gusto conocer a su amiga Millie el miércoles pasado, cuando iba llegando a su casa para asistir a una cena. Sé que su cumpleaños es el 29 de mayo porque, hace muchos años, su hijo, Bruce, llegó cargando un gran ramo de girasoles y un pastel. Esa fecha también tiene un significado especial para mí, así que se grabó en mi memoria de forma automática. Ha habido muy poca gente con la que he podido compartir mis rosas, pero si prefiere no recibirlas, por favor hágamelo saber y no le enviaré más.

Por favor, siéntase con la libertad de llamarme Theodore, tanto por escrito como cuando nos veamos en la calle. No es necesario que le diga cuándo es mi cumpleaños porque odiaría que sintiera algún tipo de obligación de enviarme rosas. Ya tengo demasiadas.

E insisto, por favor, hágame saber si necesita algo, cualquier cosa.

Theodore Lübeck

1 de junio de 2014

Tarjeta postal desde Portugal

Sybil Van Antwerp
17 Farney Rd
Arnold, MD 21012
ESTADOS UNIDOS

Syb: iré a visitarte una semana. Aterrizo en Baltimore el primero de julio a las 3:00 p. m. Llegaré de Francia. Stewart no me acompañará porque tiene cosas que hacer, compromisos con ciertas personas, además de sus clases de cocina. Pero voy porque me estás asustando con tus malditas excentricidades. Arreglaremos un poco tu casa, iremos a comprar ropa, hablaremos del hombre que te corteja y también discutiremos en persona todo este asunto de los orígenes. Me encantaría ver a Bruce y también programar una cena con Trudy y Millie. Que sea, por favor, en algún lugar cerca del río. Un lugar donde cocinen buenas croquetas de cangrejo. Creo que podría ser el Back Porch Café en Eastport. XX— Félix

PARA: customerservice@kindredproject.org
DE: sybilvanantwerp@aol.com
FECHA: julio 5, 2014 05:22 PM
ASUNTO: PROBLEMAS (Atención: Basam)

Hola, Basam:

El día que hablamos por teléfono, fue usted muy servicial. Hablar con los agentes de servicio al cliente en algún lugar en la India suele ser INSOPORTABLE. Usted disipó todas mis dudas, pero ahora tengo preguntas de seguimiento:

1. ¿Qué sucede con mi ADN después de que lo analizan? ¿Me lo devuelven o se deshacen de él? Supongo que no lo guardan, pero me gustaría que me lo confirmaran.
2. Si no doy clic en la casilla para permitir que los otros usuarios se conecten conmigo, ¿cómo puedo asegurarme de que ustedes no ignorarán mi decisión y compartirán la información de todas formas?
3. ¿Tiene algún tipo de registro de contactos de emergencia? Si muero en medio de este proceso en el que mi información e incluso mi ADN estarán en el ciberespacio, ¿podría usted enviarle la información a mi hermano? Por favor, anote su nombre: se llama FELIX WHITNEY STONE, pero no estamos relacionados biológicamente. Le puedo dar su número telefónico y su dirección, si eso le sirve de algo.
4. Si yo decidiera no continuar con el proceso, ¿podría hacerle un reembolso a mi hijo, Bruce Van Antwerp? Él fue el idiota que me compró este elaborado sistema de tortura como regalo de Navidad.

Espero con ansia su respuesta,

Sybil Van Antwerp (mi apellido de adopción es Stone)

Posdata: cuando hablamos, su inglés me pareció bastante bueno, un poco por encima de lo que uno suele escuchar en el caso de los extranjeros, así que ¡continúe así, dondequiera que se encuentre ahí en el este!

PARA: sybilvanantwerp@aol.com
DE: customerservice@kindredproject.org
FECHA: julio 7, 2014 11:57 AM
ASUNTO: RE: PROBLEMAS (Atención: Basam)

Estimada señora Van Antwerp:

No vivo en la India ni soy indio. Llevo viviendo tres años aquí, en California, con mi esposa y mis dos hijos. Tuve que mudarme de Siria a Estados Unidos porque mi hogar fue destruido. Tengo un título de estudios superiores en ingeniería, pero por el momento trabajo en el área de servicio al cliente de Kindred por necesidad, porque mi título no es suficiente para mostrar mis conocimientos en este país.

El laboratorio se deshará de su ADN.

Supongo que confiará usted en que Kindred Project cumplirá con las condiciones del contrato que firmará y que también obedecerá las directrices que usted establezca.

Le sugiero que hable con su hermano sobre su plan de participar en el programa y que le dé la contraseña de su cuenta para que, en el momento de su fallecimiento, no tenga ningún problema para tener acceso a su perfil.

Por desgracia, el período para la realización de reembolsos ya expiró. Bruce habría tenido que solicitarlo en los primeros sesenta (60) días después de la compra. Adquirió el kit el 23 de diciembre de 2011.

¡Por favor, no dude en escribirme si tiene preguntas adicionales!
Gracias por contactar a kindredproject.org.

Basam

Mick Watts

478 Chester Place

Houston, TX 77055

21 de julio de 2014

Estimado Mick:

El ultimátum que me impuso en su carta más reciente, de fecha 4 de junio, es muy osado. Para colmo, como usted tiene setenta y seis años, es bastante más viejo que yo.

En su carta de marzo mencionó que se sentía aburrido. Por supuesto que está aburrido, la mente no fue creada para el ocio. El golf, beber, quedarse en pijama hasta tarde, esforzarse por encontrar maneras de pasar los días son cosas que se supone que deberíamos hacer durante algunas semanas de vacaciones en nuestra vida, no durante décadas. Hace muchos años, Guy y yo participamos en el caso de un respetado médico que se retiró a los sesenta y dos años, y que, en solo dos años, se involucró en una intriga relacionada con la práctica de la prostitución en Cleveland. Luego lo arrestaron y perdió todo su dinero.

Dicho lo anterior, retirarme joven ha sido maravilloso en mi caso.

Saldré a cenar con usted cuando llegue aquí, a finales de agosto. Lo haré porque parece usted dispuesto a seguir pidiéndolo hasta el fin de sus días o de los míos. No obstante, debo decirle que Capital House, el restaurante que sugirió, es un pretencioso establecimiento que le saca provecho a la buena reputación que alguna vez tuvo gracias a sus filetes. Ahora únicamente lo frecuentan turistas que leen guías turísticas obsoletas y los estudiantes que salen a cenar antes de su fiesta de graduación. Lo veré en Harry Browne's el 31 de agosto a las 6:00 p. m. en punto y no me quedaré pasadas las 8:00 p. m. porque no manejo después de que oscurece.

Saludos,

Sybil Van Antwerp

Colegio de Inglés,
Universidad de Maryland, College Park,
College Park, MD 20742

PARA: Melissa Genet, decana de la Facultad de Inglés
DE: Sybil Van Antwerp, la señora que solicita permiso para
      asistir como oyente a un curso de la UMDCP

21 de julio de 2014

Estimada Melissa:

Le escribo de nuevo para pedirle que reconsidere su postura respecto a mi asistencia como oyente a los cursos de la Facultad de Inglés de la UMDCP, actividad que he realizado en <u>nueve</u> ocasiones gracias al entusiasta apoyo de sus predecesores. ¿Me permitiría añadir que, desde el inicio de mi participación como oyente en la vida de su universidad, he otorgado generosas donaciones a la Facultad cada año y que he pagado sin quejarme la tarifa de oyente a pesar de que mi presencia en el salón de clases no tiene ningún efecto? Es decir, no intervengo a menos de que me pidan que lo haga y los profesores no califican mis trabajos. ¡Bien podría yo ser el intendente o un ratón que pasa por ahí!

Mi hijo me hizo el favor de explorar en su sitio de Internet y, de acuerdo con la información que encontró en la oficina del secretario de admisiones, la UMDCP aún mantiene una cuota de ciudadanos que, sin estar inscritos en la universidad, asisten como oyentes a los cursos <u>con autorización del decano de cada facultad</u>. Al parecer, no es un asunto de política, sino un capricho de su parte. A pesar de esta brusca carta, me gustaría reiterar mi solicitud de autorización para asistir como oyente a un curso de literatura.

Imagino que es usted una mujer razonable. Espero con ansias su respuesta.

Sra. Van Antwerp

17 Farney Rd

Arnold, MD 21012

1 de agosto de 2014

Estimada señora Van Antwerp:

Lamento no haberle escrito el 1 de julio. Estábamos de vacaciones en Alaska con mis hermanas y no me di cuenta de qué día era. Cuando vi que se me había pasado el 1 de julio, pensé que lo mejor sería esperar hasta el primer día del mes siguiente en lugar de cambiar el patrón de nuestra correspondencia. ¿Cómo va su vista? ¿Ya le dijo a su hermano o a sus hijos que se está quedando ciega? ¿Cómo va a vivir sola cuando ya no vea nada? ¿Aprenderá a leer Braille? Empecé a aprenderlo en caso de que necesite ayuda. Es bastante simple y creo que ya aprendí casi todo. Mi madre escucha libros en CD. Se pueden conseguir en la biblioteca, pero también hay un programa de trueque en Cracker Barrel, el restaurante al lado de la carretera. O puede comprarlos, pero son <u>extremadamente</u> caros.

Esto es lo que pasó en junio y julio:

1. Fuimos en un crucero a Alaska con mis hermanas. Lauren tiene un novio y vino con nosotros. Se llama Steve. No me agrada porque solo habla de fútbol americano profesional y de su trabajo de mercadotecnia. Mi papá finge estar interesado, pero sé que no le importa lo que dice Steve porque no ve deportes en la televisión. Me gustó salir al bosque y ver a los animales (vi un oso comiendo salmones en plena naturaleza). Me gustó que estuviera tan fresco en verano y

que el paisaje fuera tan simple. Todo eso me hizo sentir mucha paz. No me gustó dormir en el barco y tres noches me puse como loco y no pude dormir nada.

2. Escribí una historia sobre un mundo inventado. Son 46 páginas a espacio sencillo con fuente Times New Roman número 12 y márgenes de una pulgada.

3. Mi mamá pasó una semana en el hospital para personas con problemas mentales, así que no la vi todo ese tiempo. No tengo idea de por qué la enviaron ahí. Papá dice que está muy cansada, pero yo no la veo cansada. A él sí. Sé que nadie va a un hospital para enfermos mentales solo porque está cansado, por eso he estado tratando de averiguar qué problema tiene mamá, pero un día Lauren me llamó y me dijo que mi papá se estresa mucho cuando le hago demasiadas preguntas, así que dejé de hacerlo. Esto sucedió a principios de junio, antes del viaje a Alaska.

4. Fui dos semanas a un campamento de verano. Tuvimos que dormir en el lugar todo el tiempo. El tema fue la electricidad y la ingeniería, que son cosas que me gustan. Las actividades del día estuvieron bien. Hicimos muchos proyectos interesantes, no hubo juegos tontos, solo cosas con electricidad y herramientas de verdad. Construimos una maqueta de un hotel con un elevador que funcionaba realmente. Por las noches las cosas no me gustaron. No dormí bien. Creo que únicamente puedo dormir bien cuando estoy en mi casa. El doctor Oliver dijo que todo era parte del asunto, solo que no sé a qué asunto se refiere ni qué quiso decir con eso. Había otros niños raros como yo, pero yo fui del que más se burlaron. Una mañana me puse los zapatos y sentí que estaban mojados. Como

olían a orina, enseguida supe lo que había pasado.
Traté de secarlos con la secadora de cabello que tenían en el baño, pero me tomó mucho tiempo, así que
no llegué a tiempo al desayuno. Luego traté de comer
rápidamente un poco de cereal en el comedor, pero se
me hacía tarde para una de nuestras sesiones, así que
no pasé a recoger a mi compañero y tuve un ataque.
Me puse como loco. No había tenido uno en un buen
tiempo, pero sucedió y todos me miraban y, si no se
habían dado cuenta antes de que yo era raro, ahora
lo sabían. Me sentí avergonzado. Sé que me va a decir
que les cuente a mis padres, pero no lo haré. Por
cierto, todo este párrafo es una piedra.

El 10 de agosto es mi cumpleaños, eso ya lo sabe. Voy a cumplir catorce. En lugar de ofrecer una fiesta, papá se va a tomar
el día y me va a regalar un iPhone, me llevará al Museo Inter-
nacional del Espionaje y luego iremos a cenar hamburguesas.
Regreso a la escuela el lunes 25 de agosto, pero me da pavor.

Afectuosamente,

Harry Landy

Kazuo Ishiguro

c/o Peter Straus /Agencia literaria RCW

20 Powis Mews,

Londres W11 1JN

REINO UNIDO

6 de agosto de 2014

Estimado señor Ishiguro:

Por favor, permítame comenzar por expresar mis condolencias por la inesperada pérdida de la señora Rogers, su agente literaria.

El objeto principal de esta carta es tratar el asunto de su novela <u>Nunca me abandones</u>, que me recomendó una fuente de confianza. Apenas anoche terminé de leerla. Me pareció que evocaba un poco una anterior novela suya, <u>Lo que queda del día</u>, que también leí y disfruté mucho, como le dije en una carta que le escribí hace muchos años. Usted tuvo la gentileza de responder, lo cual aprecio, pero por supuesto no espero que la recuerde ya que seguramente debe verse inundado por la correspondencia de sus lectores. No obstante, ya que estamos en esto, debo decir que <u>Lo que queda del día</u> me agradó más que este libro. Me identifiqué mucho con el mayordomo, pero lo siento, no recuerdo su nombre ahora, tal vez eso signifique que ha llegado la hora de volver a leerlo. Naturalmente, ambos libros tocan ciertos temas universales de la experiencia humana: el aislamiento, la soledad. Todo esto me hace preguntarme sobre el dolor que, como es obvio, ha sufrido usted en su vida. Por otra parte, los dos se ubican en la campiña inglesa y eso me gusta. Mientras leía sus libros, sentí el urgente deseo de ir a Inglaterra, lo que nunca haré a pesar de que imagino que vivir en la campiña coincidiría con mi propia naturaleza.

Pero debería ir al grano. Le estoy escribiendo para decirle lo que pienso sobre su nuevo libro. En efecto, la historia es peculiar. Tuve que leer casi la mitad para entender realmente lo que estaba por venir en Hailsham, porque el libro ¡no está escrito como ciencia ficción! Qué astuto. También me agradó mucho cómo se desarrolló la amistad entre Ruth y Kathy. Me maravilló la forma tan directa en que se narra la historia, he pasado bastante tiempo pensando en esto. Usted logra habitar a sus narradores y contar la historia como ellos lo harían. Por supuesto, el material de la novela es grotesco y aterrador. ¿Cree que algún día la ciencia se desarrollará lo suficiente para realizar clonaciones? Supongo que es ridículo que le pregunte esto, ya que es novelista, no científico ni investigador, pero doy por hecho que realizó una investigación sobre el tema. En cualquier caso, a mi avanzada edad esta posibilidad resulta demasiado compleja para analizarla, ¡Solo espero haber muerto mucho antes de que las cosas lleguen a ese punto! Estoy segura de que lo harán, no falta mucho. Vaya, me pareció una novela muy inteligente, con partes divertidas y otras que me hicieron llorar. Usted es muy buen narrador y su manera de escribir es exquisita, pero eso seguro ya lo sabe, dado que ha ganado numerosos premios literarios. Por cierto, le envío una sentida felicitación también por haber recibido la distinción francesa de la Orden de las Artes y las Letras. ¡Bravo!

Si tuviera algún consejo para un joven aspirante a escritor, por favor dígamelo. Tengo un joven amigo que estudia la preparatoria y está escribiendo algunos fragmentos de ficción, pero no es un chico muy feliz. Me parecería encantador de su parte que le brindara algo que lo alegrara un poco. Estoy ansiosa por leer su próximo libro.

Con mis más cordiales saludos,

Sybil Van Antwerp

Sybil:

Me divertí mucho en nuestra cena del viernes. Hace años que no me reía tanto. Sé que usted no quería divertirse, pero lo hizo, así que repitamos la experiencia. Me quedaré en el área dos semanas más. Acepte verme de nuevo.

Mick

Rosalie Van Antwerp
33 Orange Lane
Goshen, CT 06756

8 de septiembre de 2014

Querida Rosalie:

ATROPELLÉ AL GATO DE THEODORE LÜBECK. AY, DIOS
MÍO. Hoy en la tarde, como a las seis y media regresaba de la
reunión del club de jardinería. Asistí y, como podrás imaginarte, el ambiente fue muy conflictivo. Luego fui a Safeway a
comprar algunas cosas y cuando venía de vuelta por la calle,
el sol del atardecer se colaba entre los árboles y me cegaba, así
que detuve el automóvil en medio de la calle porque además
vi una cierva con sus dos cervatillos y me asusté. Yo creo que
el estúpido e imbécil gato de Lübeck, que es de color gris pizarra y tiene las patas blancas, se deslizó debajo de mi automóvil mientras estaba detenida y no lo vi. ¿Cómo habría podido
verlo? DIOS SANTO. Cuando la cierva salió corriendo hacia
los árboles, apreté el acelerador para continuar y entrar al estacionamiento de la casa. Entonces escuché un ruido sordo
y me quedé desconcertada. Volví a detenerme, miré por el
espejo retrovisor y vi un pequeño montículo retorciéndose,
pero no pude discernir bien qué era. Bajé del automóvil ¡y vi
al GATO en el pavimento! Tú sabes que no tengo sentimientos
por los animales, pero, ay, Señor mío, ese gato estaba teniendo
un ataque y se quejaba de una forma tan aterradora que me
quedé ahí parada, boquiabierta. HORRORIZADA. Ese gato a
veces salía de su casa y venía a visitar mi jardín y el pórtico,
así que me la pasaba ahuyentándolo para que se largara. Bien,
creo que lo ahuyenté por última vez. El señor Lübeck debió

de haberme visto por su ventana cuando me detuve en la calle porque salió y se me quedó mirando. Luego caminó por el
senderito que lleva a la salida de su casa y se acercó, vio al gato
y empezó a decir: "Oh, oh". Yo me disculpé y comencé a explicarle lo que había sucedido, pero solo se acercó, se arrodilló
junto al gato y colocó su enorme y nudosa mano sobre el pelaje
sucio y ensangrentado. Me pidió que trajera una toalla, pero
por supuesto, no iba a sacar una de mis costosas toallas, así que
me metí por su jardín ¡y entré por la puerta de su casa, Rosalie!
Entré como si nada. Nunca había puesto un pie en la casa de
ese hombre (en un momento te hablaré más sobre el lugar),
pero fui directo al baño, tomé una toalla y salí para dársela.
Sus toallas eran de un horripilante color malva y de bastante
mala calidad. Te aseguro que tomé todo esto en cuenta, pero
sabiendo que soy capaz de sacar manchas de sangre lavando la
tela con peróxido y agua fría. Me dije: "qué demonios". Cuando
salí el gato había muerto y el señor Lübeck estaba arrodillado,
es decir, estaba a la mitad de la calle con las rodillas pegadas
al pavimento a pesar de que llevaba unos buenos pantalones
kaki. Desde donde estaba alcanzaba a ver la parte superior de
su cabeza. ¿Te había mencionado que es bastante alto? Es un
hombre grande, como hecho para los deportes, como Lars, y
todavía tiene la cabeza bastante cubierta de cabello canoso.
Me acerqué y, cuando le entregué la toalla, envolvió al gato.
Lo que más me impresionó fue ver que sus rodillas todavía
funcionan bastante bien. Me agradeció por ayudarle, ¡me agradeció! ¡Pero si yo maté a la criatura! En fin, luego entró a su
casa abrazando al gato. Me quedé en la calle un momento. Mi
automóvil seguía encendido, estaba a unos pasos de mi casa y
la cierva se había ido con sus cervatillos. El viento corría entre
los árboles. Qué noche tan hermosa, con todo y la mancha de
tripas en el pavimento.

Ahora bien, en cuanto a la casa de Lübeck: estaba pulcrísima. Junto a su sillón reclinable había una taza de café humeante, algunos libros de la biblioteca y te aseguro que no estaba yo husmeando, pero es obvio que uno no puede NO ver ciertas cosas. El lugar es muy austero y está bien arreglado, pero incluso así noté algunos detalles. Sobre una mesa junto a la entrada hay una antigua fotografía en blanco y negro, enmarcada, de una hermosa mujer con cabello y cejas oscuras, tal vez de, no sé, alrededor de los años veinte. ¿Sería quizá su madre? Tiene algunos cuadros hermosos en las paredes, pero los muebles están bastante maltratados y deshilachados. Vi una fotografía, junto al sillón, de él y su difunta esposa. En ella se ve como de la edad que tiene Bruce ahora. Tengo que admitirlo, entrar a su casa y ver las pocas cosas que posee me entristeció, Rosalie. Vaya, estoy abatida.

Syb

Posdata: Ay, Dios todopoderoso, como habrás visto estoy en un estado deplorable. Estoy leyendo <u>El huérfano</u>, de Adam Johnson. ¿Qué lees tú?

Segunda posdata: Mick Watts quiere que salga a cenar de nuevo con él. Me lo hizo saber en una nota que me entregó en mis propias manos la semana pasada. Por supuesto que es, hasta cierto punto, un imbécil. Elige muy mal sus alimentos, fuma y bebe licores oscuros. Además, no lee ficción..., pero es divertido. Dios mío, ¡es muy divertido! Me hace reír. Trudy y Millie piensan que debería repetir la experiencia, pero claro, ellas no conocieron a Daan. ¿Tú qué opinas?

PARA: sybilvanantwerp@aol.com
DE: jameswlandy@gmail.com
FECHA: octubre 22, 2014 11:11 AM
ASUNTO: HARRY HUYÓ DE CASA

Sybil, traté de llamarte por teléfono, pero tu correo de voz está repleto. Harry huyó de casa. Se llevó a la golden retriever y una mochila. Salió como a las diez de la mañana. ¿Acaso está contigo? Márcame al celular.

PARA: jameswlandy@gmail.com
DE: sybilvanantwerp@aol.com
FECHA: octubre 22, 2014 10:59 PM
ASUNTO: Está aquí

James, escribo esto con prisa Harry dijo que si me atrevía a levantar el teléfono para llamarte se iría de inmediato así que le dije que necesitaba ir al baño y me escapé hasta la computadora. Caminó de tu casa hasta acá llegó 10:30PM por suerte venía bien abrigado con buenos zap atoss. Se ve muy cansado pero alerta y tiene las pupilas dila tadas y no dice gran cosa. Le di un tazón de chili con caaarne y galletas que tenía en una caja y ahora haré que se bañe porque está muy sucio y no sé qué ruto tomó pero lo tengo quí y a Thor y puedes venir por ellos en la ma ñana Per por ahora déjalos dormir Por Favor No llames o se dará cuenta q te contacté y se va a escapar
Creo que habla en serio sybi

PARA: jameswlandy@gmail.com
DE: sybilvanantwerp@aol.com
FECHA: octubre 24, 2014 9:14 AM
ASUNTO: Cámaras de seguridad

Hola, James. En medio del gran escape de Harry, mencionaste que tienes cámaras de seguridad en tu pórtico. Fui a la tienda de herramientas del pueblo, pero no vi a la venta ningún equipo de este tipo. Por favor, envíame instrucciones sobre cómo o dónde puedo conseguir que me instalen cámaras de seguridad como las tuyas.

Espero que la situación con Harry se haya apaciguado, al menos un poco.

Un saludo afectuoso,
Sybil

15 de diciembre de 2014

Tarjeta postal desde Bélgica

Sybil Van Antwerp
17 Farney Rd
Arnold, MD 21012
ESTADOS UNIDOS

Hola desde Bélgica, mamá. Me acordé de ti hoy, en una librería porque encontré una traducción de <u>84 Charing Cross Road</u> de Helene Hanff. ¿Lo has leído? Tomé el ejemplar y leí algunas de las cartas, había olvidado cuán divertidas son, me recuerdan un poco a ti. En fin, te compré esta tarjeta postal y ahora estoy sentada bebiendo un café. La imagen muestra cómo se ve todo por estos lados cuando decoran por Navidad, cómo se ve realmente: casas como galletas de jengibre glaseadas y luces que parecen caramelos. Es muy hermoso. Sabes que no soy mucho de escribir, me cuesta mucho menos trabajo tomar el teléfono y llamar o enviar un mensaje, pero sé que adoras esto. Papá está bien, amable como siempre, pero delgado y más callado, o cansado. Te extrañaré en las fiestas, fue muy dulce de tu parte enviar un suéter para Charles. No te quedes sola. ¿Qué planes tienen Trudy y Millie? Te veré la primera semana de marzo. Charles extraña a su abuelita. Feliz Navidad de parte de Walt y mía.

Fi

P. D. ¿Cómo se encuentra Harry Landy?

(*cont. 25 de diciembre de 2014, páginas anteriores NO ENVIADAS*)

Feliz Navidad. Este año estoy sola. Bruce y Fiona están en Bélgica, lo que me parece bien. Ya sabes, es bueno que estén ahí.

La última vez que te escribí, en octubre, te estaba contando lo que sucedió con Harry Landy y el hecho de que los sucesos del 22 de octubre siguen atorados en mi cabeza, muy por encima de todo. Pienso mucho en Harry, incluso más que antes. Para ser franca, me lo imagino viviendo aquí, aunque aquel día fue horrible porque el chico caminó de Washington a Arnold, porque James y Marly casi se murieron de espanto, y porque habrían podido suceder cosas terribles, pero gracias a Dios no fue así. Debo admitir que el momento en que abrí mi puerta y lo encontré fue maravilloso. También todo el tiempo que pasó aquí, aunque solo fue esa noche. Bueno, supongo que adoré que viniera a pesar de que estoy consciente de que fue en el marco de una situación espantosa, espantosa. ¿Te parece lógico lo que digo?

Esta mañana salí a dar un paseo antes de que comenzara a llover. Cuando me desperté supe que llovería porque percibí el aroma. Era muy intenso, por eso salí con botas. No hacía demasiado frío. El cielo estaba pintado de gris oscuro y se movía con velocidad. Bajé caminando por el sendero hacia el río. ¿Alguna vez te he descrito el sendero? No sé si lo he mencionado siquiera. Me encanta bajar por ahí sola.

Al cruzar la calle desde mi acceso vehicular, encuentras un árbol de magnolia tan alto como los dos postes de luz cercanos y, al lado, hay una pequeña apertura que no notarías si solo fueras pasando, pero se encuentra ahí. Te metes y de pronto ya estás entre los árboles. En invierno es más fácil. En verano, el ambiente es tan denso que es como entrar a un túnel de dríadas, pero de todas formas sigues caminando y, unos pies más adelante, el sendero se aclara. Otras personas de esta calle también lo usan, a veces los chicos del vecindario de atrás pasan por ahí con sus cañas y su equipo de pesca. Me encanta verlos. Me recuerda al pasado, cuando todo estaba bien, ya sabes, por la manera en que caminan los muchachos con la cabeza gacha, las fuertes espaldas extendidas y paso firme sobre la tierra. Pero tomas el sendero y los árboles son altos y delgados. También hay un antiguo roble gigante que se cayó, ay, no sé, como hace quince años. Hubo una intensa tormenta y se quedó ahí nada más, a lo largo del sendero, y tienes que rodearlo o saltarlo. Yo ahora lo rodeo. Está cubierto de denso y resplandeciente musgo verde y de liquen del color de las diminutas pastillas de menta, las Tic Tac, y no es nada raro ver algo pasar corriendo por ahí, como pájaros o ardillas rayadas. En algún tiempo hubo un petirrojo que hizo ahí su nido, en el recodo que formaba una rama; permaneció en el mismo lugar algunos años, pero luego, una mañana, vi que había desaparecido. Lo más probable: un zorro. En fin, me agrada ir más allá del roble caído que, con gran generosidad, hace las veces de anfitrión y ver todas las cosas festivas que resguarda. Ese viejo árbol me hace sentir bien. Un poco más allá, hay un pronunciado descenso que lleva la zona al nivel del agua del río, pero siempre encuentro algunas raíces y piedras que me dan problema, por lo que usualmente llevo un bastón. Ah, olvidaba mencionar eso, mi bastón. Lo encontré hace algunos años al lado del sendero. El sendero, sí, que a lo largo de los bordes y todo el camino hasta abajo se encuentra cubierto de musgo de un verde hermosísimo y luego llega uno al final, y en la ribera del río se puede ver cómo se mueve el agua gris. Me encanta ver todo: el río, lo que hay en el descenso. Luego, por lo general, camino un rato. A veces recojo basura de la ribera y la guardo en mi bolsillo. A veces veo garzas. Esta mañana olía frío, frío y lluvioso, y, por supuesto, también se percibía el salobre musgo del agua; ese olor, los troncos y las hojas del otoño en descomposición. Amo todo esto, pero de cierta forma también es melancolía pura. Resulta difícil explicarlo con exactitud, pero es hermoso y melancólico a la vez. En algún momento ya no podré verlo y, cuando eso suceda, tampoco podré bajar hasta allá sola, que es, en realidad, la única manera en la que me gusta bajar. Pienso que ir acompañada arruinaría la experiencia, aunque, claro, si quisieras venir, te lo permitiría con gusto. Me gusta bajar al río para alejarme de todo lo hecho por el hombre. Ahí siento que estoy lejos, en lo profundo de la naturaleza y, además, me he dado cuenta de que ahí puedo pensar. En cualquier caso, hoy, cuando volví a casa, estaba lista para beber una taza de té y escribir algunas cartas. Más tarde hornearé una tarta de cereza y la llevaré a la cena con las pajaritas, Trudy y Millie. El esposo de Millie murió y Trudy lleva más tiempo que yo divorciada. Jugaremos cartas y escucharemos discos de Navidad. Millie tiene un tocadiscos antiguo.

PARA: customerservice@kindredproject.org
DE: sybilvanantwerp@aol.com
FECHA: diciembre 28, 2014 07:54 PM
ASUNTO: BIEN, AQUÍ VAMOS (Atención: Basam)

Hola, Basam:

Espero que continúe usted trabajando ahí porque he decidido enviarles mi saliva para averiguar qué raza de perro soy. Por favor, una vez que la hayan pasado por sus máquinas y extraído de ella lo que sea que necesiten, asegúrese de que la tiren al cesto de la basura. Odiaría que tomaran el ADN de una anciana como yo y, Dios no lo quiera, trataran de clonarme. Por cierto, me preguntaba, ¿es usted lector? Yo no podría confiar en alguien que no fuera lector a pesar de que mi médico dice que me estoy quedando ciega, que en un futuro no muy distante no podré ver, lo que significa que yo misma dejaré de ser lectora, supongo. ¿Ha leído *Nunca me abandones*, de Kazuo Ishiguro? No puedo dejar de pensar en él. ¿Cuánto tiempo deberé esperar antes de que me contacten para darme los resultados? Por cierto, qué desafortunado lo de su casa en Siria. Por supuesto, le ofrezco disculpas por haberlo ofendido al inicio de nuestra correspondencia al referirme de una forma tan trivial a su condición de extranjero diciendo que era "indio". En ese momento estaba muy alterada y, en general, estos días me descubro con frecuencia comportándome de una forma poco cortés cuando escribo correos electrónicos. Mientras escribo esto, de hecho, me siento bastante avergonzada por mi descuido. Espero que pueda perdonarme. ¿Qué edad tienen sus niños? Yo tuve tres, pero ahora solo tengo dos y una parece decidida a hacer su vida lo más lejos posible de mí. En fin, ellos son la razón por la que me estoy embarcando en esta ridícula aventura de la prueba de ADN. Por cierto, ¿le mencioné que era adoptada? Soy de ascendencia desconocida y ahora mi familia quiere indagar. Incluso mis nietos me acosan con preguntas. ¿En qué institución estudió ingeniería?

Saludos cordiales,

Sybil Van Antwerp

PARA: sybilvanantwerp@aol.com
DE: customerservice@kindredproject.org
FECHA: diciembre 29, 2014 01:19 PM
ASUNTO: Re: ASUNTO: BIEN, AQUÍ VAMOS (Atención: Basam)

Estimada señora Van Antwerp:

Sí, continúo trabajando para Kindred Project. Por favor, permítame aclararle que desarrollo mi labor en una oficina con un equipo de representantes de servicio al cliente de la empresa y que su ADN no llegaría aquí de forma específica. Nosotros no realizamos las pruebas de ADN. Eso lo llevan a cabo en laboratorios externos en todo el país, por lo que yo, de manera personal, no recibiré ni procesaré su muestra. Tampoco me desharé de ella. No obstante, le puedo asegurar que será tratada con profesionalismo y cuidado. Recibirá sus resultados de seis a ocho semanas.

Disculpa recibida y ofensas perdonadas. Usted no es la primera persona que se equivoca en cuanto a mi origen étnico y, por desgracia, tampoco será la última.

Soy lector, pero no he leído el libro que menciona. Lo añadiré a mi lista y veré si está disponible en la biblioteca cerca de mi casa. Mis niños tienen diez y trece años, niño y niña. Lamento mucho lo de su ceguera inminente y también lamento la pérdida de su hijo. Si bien he sido afortunado y no he perdido a ninguno de mis niños, sí perdí a muchos miembros de mi familia. Perdí mi hogar, mi país y mi religión, por eso creo comprender un poco el dolor en general. Mi madre, en cambio, entiende el dolor específico de perder un hijo. Se derrumbó cuando mi hermano murió en la guerra. Estudié en una universidad en Egipto llamada Kafr El Sheikh, donde obtuve mi título profesional.

¡Por favor no dude en escribirme si tiene preguntas adicionales!
Gracias por contactar a Kindredproject.org.

Basam

Sybil Van Antwerp
17 Farney Rd
Arnold, MD 21012

5 de enero de 2015

Sybil:

Estaba deshaciéndome de algunas cosas y encontré cajas llenas de cartas nuestras. Las revisé para ver si podía encontrar las más antiguas y, ¡mírame! Ya había olvidado las circunstancias en que me escribiste la primera vez. Creo que empezamos a escribirnos con más regularidad cuando me mudé a Connecticut, en la preparatoria. La primera es la que me enviaste desde Camp Cedar Ridge, cuando pasaste ahí un mes de verano tras haber terminado la secundaria, cuando tu mamá tuvo cáncer por primera vez. No puedo creer que aún la tenga. Recuerdo que ese verano estaba celosísima porque estabas en un campamento que te permitía dormir lejos de casa, ¡mientras yo hacía de niñera de mis primos! Volví a leer varias de las cartas y tuve sentimientos encontrados. Por una parte, la lectura me hizo volver en el tiempo. Fue un sentimiento hermoso. No fue nostalgia exactamente, más bien algo como confort, quizás un poco de simpatía por quienes éramos entonces. Por otra parte, ahora que soy una mujer adulta, al ver las cosas a través de la lente de las niñas que fuimos, sentí una especie de dolor o incomodidad, sobre todo sabiendo lo que sucedería después debido a la enfermedad de Margaret. Había olvidado también que Félix dejó de hablar cuando ella falleció. Su silencio duró un par de años, ¿no es cierto? No puedo creer que lo olvidé. Aquí te adjunto algunas de las cartas, me dará mucho gusto enviarte más. Espero que no representen una lectura demasiado difícil para ti.

Estoy leyendo <u>Viajes con Charley: en busca de los Estados Unidos</u>, de John Steinbeck. Es un libro encantador sobre un viaje por carretera. ¿Tú qué lees?

Te quiere,

Rosalie

Rosalie Boyd
679 Holtermann Street
Filadelfia, Pa.

1 de agosto de 1953

Querida Rosalie:

Estoy divirtiéndome en el campamento a pesar de que en la cabaña donde dormimos hace un calor del demonio y está demasiado sucia. Duermo en la litera de abajo y Thelma Mariani, la chica que duerme en la de arriba, se mueve toda la noche; la litera se sacude y cruje, así que me despierta todo el tiempo. Algunas chicas son agradables, pero por lo general hago las cosas sola o con Danielle, una de las consejeras. Es una universitaria, estudia en Smith College. Me gustan las actividades de tejido y canotaje, pero también hay algunas actividades grupales obligatorias. Hace unas noches, por ejemplo, jugamos a atrapar la bandera y también hubo una búsqueda del tesoro que tuvimos que hacer con las chicas de nuestra cabaña. Son el tipo de cosas que prefiero no hacer, pero nos obligan a participar. Traje la <u>Trilogía cósmica</u> de C. S. Lewis y un montón de novelas de Isaac Asimov, pero esas las terminaré de leer pronto. Es una estupidez que me encuentre aquí. Si estuviera en casa, podría estar ayudando a Félix. Ayer recibí una carta de papá. El primer tratamiento de mamá acaba de terminar. Dice que el cabello se le está cayendo y que no puede salir de la cama porque se siente tan enferma que vomita muchas veces al día. Creo que me contó todo esto para que no me sorprenda cuando vuelva a casa. ¿La has visto? Ni siquiera puedo imaginar cómo se ve sin cabello. Soñé con eso. Bueno, en el sueño se suponía que era ella sin cabello, pero, más bien, era una Doris Day calva. Fue

un sueño raro. En verdad estoy muy preocupada por Félix. Lo
extraño. A ti también te extraño. Pero, descuida, volveré a casa
el 22 de agosto.

Xoxo,

Sybil

Rosalie Boyd
9 Dover Place
Hamden, Conn.

24 de octubre de 1955

Querida Rosalie:

Gracias por tu carta. Me da gusto que te agrade tu nueva escuela. Lo del maestro de química es terrible. Uno imaginaría que los maestros tendrían mejores cosas que hacer que atormentar adolescentes. ¿Cómo estuvo el baile? ¿Has visto a Lee desde entonces? ¿Te gusta, <u>GUSTA</u> mucho?

Aquí las cosas van bien, pero aburridas. No fui al baile para celebrar nuestro regreso a casa. Nadie me pidió que lo acompañara y habría sido vergonzoso aparecer sola. ¡Incluso NANCY PRUITT consiguió que la invitaran! Fue un chico de Belvedere. Me corté el cabello corto y estoy haciendo algunas labores de archivo en la oficina de mi papá. Tiene una secretaria nueva. ¿Ves lo aburrido que es todo? Tanto que te estoy contando sobre el personal de mi papá.

De acuerdo, lo más interesante que me está sucediendo es que le escribí una carta a C. S. Lewis ¡y respondió! Le escribí para preguntarle si escribiría mundos nuevos y me dijo que no estaba seguro, pero que siempre estaba imaginando cosas nuevas. Me contó que habría más libros de la serie de <u>Las crónicas de Narnia</u> ¡y me dio un par de pistas sobre lo que sucede! También me sugirió que leyera la serie <u>El señor de los anillos</u>, que salió el año pasado. La escribió un amigo suyo, así que compré el primer libro y lo empecé anoche. Hasta ahora me parece excelente, la historia es mucho más densa que las del señor Lewis. La carta que me escribió es maravillosa. Es muy amable e incluso siento que en la voz de sus cartas puedes escuchar la voz de sus novelas. Estoy escribiendo una carta para responderle.

¿Tú qué estás leyendo? Te extraño. Escríbeme.

Sybil

Rosalie Boyd
9 Dover Place
Hamden, Conn.

1 de marzo de 1958

Querida Rosalie:

Mamá murió ayer. Fui a casa el lunes porque papá me llamó para decirme que estaba teniendo un declive repentino y a lo mejor había llegado el momento, así que tomé el autobús. Fue mientras dormía. No estoy segura de cuándo volveré a la escuela, tal vez tenga que dejar pasar este período escolar. Siento que no puedo dejar solo a Félix. No está hablando, no ha dicho una sola palabra desde que mamá murió y no se separa de mí. Cuando yo estaba en la escuela, empezó a dormir en mi cama y ahora no puedo convencerlo de que deje de hacerlo.

El funeral será el domingo en la iglesia. Espero que puedas venir. Te extraño mucho, muchísimo.

Te quiere,

Sybil

Sra. Sybil vanAntwerp

17 Farney Rd

Arnold, MD 21012

31 de enero de 2015

Estimada señora vanAntwerp:

Me llamo Caroline Dobsen, soy estudiante de primer grado en la Preparatoria Broadneck. Este año estoy tomando el curso Gobierno y política avanzada y, como asignación, debemos entrevistar a alguien que haya trabajado en el sistema judicial a nivel federal o estatal y escribir un ensayo entre siete y ocho páginas que debemos entregar al final del semestre. Mi abuelo me contó sobre usted porque le parece que vive cerca de mi casa. Yo vivo en Arundel, en la bahía. Mi abuelo es abogado y me dijo que la conocía debido a algunos casos en los que participó en los setenta y los ochenta. La busqué en el directorio en internet. Vi que su nombre no estaba enlistado, pero encontré su dirección. No vivo lejos de su casa, por eso quería preguntarle si me permitiría entrevistarla y escribir mi ensayo sobre usted. De hecho, he pensado que tal vez me gustaría estudiar Derecho.

Mi número telefónico es 515-5988 y mi dirección de correo electrónico es carocarodobby@gmail.com, si prefiere escribir.

Salgo de la escuela a las 3:15 p. m., pero luego tengo práctica de baloncesto hasta las 5:00 p. m. Podría verla después de eso o un fin de semana. Creo que no me tomaría mucho tiempo entrevistarla. Gracias.

Atentamente,

Caroline Dobsen

16 de febrero de 2015

VAN ANTWE, SYBIL
17 FARNEY RD
ARNOLD MD 21012-1358
ESTADOS UNIDOS

Estimada SYBIL VAN ANTWERP:

Adjunto encontrará los resultados de su prueba de ADN, procesada por LabCorp como parte de su membresía de Kindredproject.org. Estos hallazgos le darán una idea de su constitución genética de acuerdo con los países, en relación con todo el material genético que tenemos. No obstante, sus resultados son independientes y no han sido comparados con los resultados de ningún otro individuo.

Si tiene preguntas, por favor, no dude en escribir al Equipo de Servicio al cliente de KINDRED PROJECT (customerservice@kindredproject.org).

Félix Stone
7 rue de la Papillon
84211 Gordes
FRANCIA

18 de febrero de 2015

Querido Félix:

¿Cómo te encuentras? ¿Cómo está Stewart? ¿Cómo va su recuperación de la cirugía del hombro? Por lo que he escuchado, este tipo de cirugías tienen una recuperación muy difícil. De verdad me apena mucho, Stewart es muy bueno jugando tenis.

Te escribo por una sola razón, para decirte que me escribieron del laboratorio y ya recibí mis resultados de la prueba de ADN. Al parecer, tengo una mitad completa británica, que supongo incluye Escocia y Gales, ¿no crees? ¿Tal vez Irlanda del Norte también? Un cuarto nativo norteamericana, lo que me sorprendió, pero eso explica mi cabello y mis ojos oscuros; y un cuarto de cositas de por aquí y por allá: Rusia y Península ibérica. Pero ¿no te parece poco probable? ¿No crees que podrían solo inventar y añadir cualquier cosa y enviarla? Además, incluso si no es verdad, ¿qué tiene de interesante? Ahora que el mundo es tan pequeño y que todos andan de aquí para allá, aunque no hay ni aquí ni allá. ¿Acaso no somos mezcla de todo, Félix? Entré a mi perfil en el sitio de Kindred Project y encontré un pequeño mapamundi coloreado y la correspondiente gráfica de queso, tan sencilla que hasta un niño de segundo año podría entenderla. Te pone a pensar, pero no es tan relevante. De todas formas, llamé a los muchachos para contarles y les dio gusto saber. Fiona me preguntó si estaba contenta de haber hecho la prueba y le dije que, para mí, no hace gran diferencia. Así que eso es todo. Un poco británica, un poco nativa norteamericana y un poco rusa. ¡Un clásico perro mestizo estadounidense!

¿Sabes? Como ya les envié mi saliva y tienen mi ADN, al entrar al sitio y husmear un poco encontré varios servicios más. Le pedí a mi amigo Basam, un ingeniero refugiado sirio que trabaja como representante en el departamento de servicio al cliente, que me contara un poco más sobre la casilla en que puedes dar clic para que comparen tu ADN con el de otras personas. Pero, naturalmente, no pienso hacer eso porque parece de lo más tonto del mundo, ¿no crees? Y, como dije, ¿cómo sé que no es un fraude y que no me van a decir que fulano y mengano ahora son mis parientes, pero en realidad no lo son? Es probable o, más bien, lo más probable es que todo este sistema se base en la poco realista esperanza de personas idiotas e ingenuas que están desesperadas por tener una familia. Gracias, pero no, gracias. ¿Cómo saber si es posible confiar en sus aseveraciones? Además, me parece irrelevante. Confieso que ha sido intrigante hasta cierto punto, pero no llevaré las cosas más allá.

Cambiando de tema, no te había contado que hace algunas semanas me reuní con una estudiante de preparatoria para que me entrevistara. Está escribiendo un ensayo sobre mi trabajo como asistente legal en los tribunales. Cuando vino a la casa y la vi llegar vestida con un conjunto deportivo de algodón como cinco tallas más grandes, con el cabello mojado y hecho un chongo incomprensible sobre la cabeza, pensé que, bueno, se veía inteligentísima: tan brillante como mazmorra medieval. Pero, sorpresivamente, terminó haciéndome muy buenas preguntas. Esta chica sabía una o dos cosas sobre gobierno y política, y disfruté bastante pensando de nuevo en todo aquello. Grabó la conversación como si fuera periodista del <u>Washington Post</u>. Vaya, como si fuera el mismísimo Bob Woodward. Se tomó las cosas con mucha seriedad, lo cual en realidad aprecio. Por alguna razón, terminamos hablando sobre cartas. Creo que fue porque le mencioné que ser asistente legal en un tribunal exige una gran calidad de escritura y luego ella quiso saber cómo aprendí a escribir tan bien, así que le expliqué que, como todo, solo era cuestión de práctica. Luego me preguntó con quién tenía correspondencia y le confesé: ¡con todo el mundo! Por supuesto, las cartas que más amo no son interesantes para ella, pero le mostré algunas de las más relevantes, como la de Jackie Kennedy y la de Walt Disney. Estaba <u>asombrada</u>, le parecía increíble que de verdad la gente respondiera y, por supuesto, le dije lo que pienso: la gente es gente. Sea famosa o no. Te parecerá una tontería, pero en ese momento fue muy divertido viajar al pasado. Después de que terminó de mirar algunas de las cartas que he guardado, me quedé ahí sentada el resto de la tarde. Hay cientos, pero espero se conviertan en miles ¡Y pensar que cada una tiene su contraparte en algún lugar! Incluso si solo forma parte de un montículo de basura.

En cuanto lo tengas, por favor, envíame tu programa para junio. No espero que pases un mes entero de ocio en mi casa, pero sería agradable hacer una especie de plan. La segunda semana habrá una serie de visitas a casas históricas del centro, pero también puedo echar un vistazo en el sitio de Internet de la Cámara de Comercio para ver si hay algo más que valga la pena hacer. Durante el verano, los viernes y sábados por la noche hay muchas festividades en exteriores y, por supuesto, las pajaritas, Trudy y Millie, no han dejado de graznar desde que supieron que vendrías. Recuérdame, por favor, el día primero

¿aterrizas en Washington o en Baltimore? Volveré a salir con Mick Watts. No digas nada. No digas absolutamente nada.

Con cariño,

Syb

PARA: customerservice@kindredproject.org
DE: sybilvanantwerp@aol.com
FECHA: marzo 6, 2015 11:32 PM
ASUNTO: HOLA (Atención: Basam)

Hola, Basam. ¿Cómo le va a tu esposa con su curso de inglés? ¿Renunció a su empleo en el restaurante? Lo que le está haciendo su jefe es acoso, pero estoy segura de que podrá encontrar con facilidad otro restaurante donde trabajar. ¿Y cómo están los niños? ¿Zoha ya tiene sus lentes? Estoy segura de que ese era el único problema.

Bruce, mi hijo, tiene un amigo que trabaja en planeamiento urbano en el norte de Virginia, en una agencia con sucursales en todo Estados Unidos. Dijo que podría echarle un vistazo a tu currículum. Hace el mismo tipo de trabajo para el que estudiaste, infraestructura de transporte. Este hombre se llama Dale Woodson y, para ser franca, es bastante soso. Además, el pobre tartamudea y hace hasta lo imposible por tratar de ocultarlo. Dale ha sido amigo de Bruce, o sea, de Bruce, mi hijo, que es abogado y que, una vez más para ser franca, también es un poco soso, pero es confiable, gentil y me cuida. Bueno, te decía que ha sido amigo de Bruce desde la primaria, así que lo conozco desde hace mucho tiempo. Es una persona práctica y ha logrado crear una buena vida. Le expliqué tu situación, pero NO LE DIJE CÓMO FUE QUE NOS HICIMOS AMIGOS, ASÍ QUE, POR FAVOR, NO MENCIONES LA PRUEBA DE ADN COMO SI FUERA YO SUJETO DE INVESTIGACIÓN CIENTÍFICA.

Me parece que la mejor manera de hacer esto es que me envíes tu currículum. Lo leeré y lo corregiré como dijimos que haríamos, luego te enviaré el documento corregido y podrás contactar a

Dale de manera directa y darle el nombre de Bruce como referencia.

Respecto al ADN: ¿qué es lo que sucede exactamente cuando uno
da clic en la casilla? Supongo que, una vez que lo haga, no habrá
vuelta atrás, que no es algo de lo que podría retractarme.

Saludos cordiales,
Sybil Van Antwerp

Sybil Van Antwerp
17 Farney Rd
Arnold, MD 21012
ESTADOS UNIDOS

30 de mayo de 2015

Querida Sybil:

Ayer fue tu cumpleaños. Siempre que pienso en ti, te imagino en la casa que compartimos, aunque sé que no has vivido ahí en casi treinta años. Como no puedo imaginar ningún otro lugar, con frecuencia pienso en ella y siento como si nuestra vida en ese lugar hubiera sucedido hace poco. A veces, como una especie de prueba, doy un paseo mental y trato de ver si todavía puedo abrir todas las puertas y ver lo que hay dentro. Me aseguro de recordar toda la casa, incluso detalles como las fotografías que teníamos sobre la repisa de la chimenea o cómo estaban organizados los gabinetes de la cocina. El cereal estaba junto al refrigerador. Las tazas y los boles, sobre la estufa. Luego bajo por los escalones de piedra de la puerta trasera de la cocina, que lleva al jardín.

Los muchachos me dijeron que ya estás enterada de que tengo cáncer, que Rosalie te contó. Me da gusto que haya sido ella. Rosalie siempre fue para ti más una hermana que una amiga y yo me siento agradecido por ello. Tuvimos la suerte de contar con ella y con Lars como familia y también como amigos. Creo que es algo raro. En los últimos meses, los muchachos han estado yendo y viniendo a Bélgica, pero supongo que eso ya lo sabes. El hecho es que no viviré mucho tiempo más. Han intentado todo tipo de tratamientos y, aunque no me dicen que nada está funcionando, yo siento el cáncer. A Bruce le gustaría que yo viajara en avión de vuelta y me atendiera en la Clínica Mayo, pero no tengo ningún deseo de volver a Estados Unidos. Quiero permanecer aquí, en casa, el mayor tiempo posible.

Le dicen "luchar", luchar contra el cáncer. Luchar con el tratamiento. Dar batalla. Pero tú sabes que yo no soy un hombre beligerante, que tengo mayor inclinación a rendirme. Estoy listo para partir, pero no se lo digo a nadie. A veces imagino que estás aquí. Creo que tú me dejarías ir. Lina se aferra, me lleva al cementerio a visitar las tumbas de mis padres y eso me brinda mucho confort. Recuerdo que, cuando era joven y visitaba ese lugar, sentía un gran dolor, como si el pecho se me llenara de arena mojada. Ahora, sin embargo, solo siento paz porque estoy seguro de que volveré a ver a mi madre, a mi padre y a Gilbert. Lina no está muy bien. Da la impresión de que, estando yo enfermo de cáncer, ella se ha enfermado de otra cosa. Está delgada, triste. Félix vino a visitarme. ¿Estabas enterada? Vino en tren. Fue encantador volver a verlo, ya lo conoces. Me hizo reír y ese fue un regalo como ningún otro. Me siento triste porque no volveré a ver a mi hermano. La última vez que nos encontramos fue en nuestra reunión en Londres y ya han pasado muchos años. No recuerdo cuántos.

Eres una mujer extraordinaria, Sybil. Sólida como una montaña. Inteligente. Desde el principio me enamoré de tu inteligencia, del destello de agudeza en tus ojos, de esa mirada que tenías cuando te conocí, como si estuvieras lista para lo que viniera, preparada para todo. Contigo me sentía formidable. Tú dices realmente lo que quieres decir. Estás mucho más hecha que yo para las cosas difíciles. Tuviste una carrera deslumbrante. Me siento orgulloso. Todavía habitas un gran espacio en mí. Me siento honrado de que, todos esos años que pasamos juntos, me hayas confiado tus piedras. Las continúo guardando. Quiero que sepas todo esto a pesar de que no es la razón por la que te estoy escribiendo. Quiero que sepas que mantengo tus piedras guardadas, tan seguras como siempre, pero lo que trato de decir es algo a lo que no sé bien cómo llegar. No estoy seguro de qué es precisamente.

Que Gilbert muriera se convirtió en todo. Tú, Bruce y Fiona, mi hermano, nuestros amigos, mi empleo, la casa, nuestra vida, todo eso se quedó esperando a un lado mientras yo continuaba <u>en el ring</u> luchando ensangrentado, medio muerto. Criar a los otros dos, tratar de ayudarles con su propio duelo fue una especie de actuación. Era capaz de decir lo que necesitaba decirse, pero en realidad solo pensaba en mí mismo y en cómo seguía en el ring luchando con la muerte de Gill. Le pregunté a Bruce y a Fiona respecto a ese período y me sorprendió descubrir que ambos están en terapia. Creo que ni tú ni yo fuimos capaces de guiarlos en esos primeros meses cruciales porque estábamos completamente inmersos en las aguas pantanosas de la desesperación. Ambos necesitábamos lo mismo. Tú y yo necesitábamos un templo en dónde ocultarnos para desaparecer de la tierra, para vivir el luto en el altar de nuestra desolación. Pero teníamos a los niños, así que no podíamos hacerlo. ¿Habríamos podido aferrarnos el uno al otro? A veces me lo pregunto. Hicimos todo lo que pudimos, pero no bastó. Los cuatro salimos muy lastimados, pero ¿acaso hay otra forma en que alguien podría salir? Ay, Gilbert. Espero que esté en el cielo como siempre lo he creído. Espero verlo y reconocerlo. Creo que, de cierta forma, incluso he estado ansiando la muerte.

Aquí estoy finalmente, recorriendo mi camino, aunque muy lento. Esta es la razón por la que tuve que irme, porque no estaba a la altura de lamentar la muerte de Gilbert y continuar siendo un padre o un esposo digno. Sé que, para cuando nos separamos, eso era lo que ambos queríamos. La situación se había vuelto muy desdichada, pero quien fracasó fui <u>yo</u>. Me arrepiento incluso ahora. Es uno de mis arrepentimientos. Me siento agradecido de haberme enamorado de Lina, pero eso solo fue posible porque ella estaba muy distante de todo aquello que dejé. En fin, lo que quiero decirte ahora es que no puedo retractarme de las cosas que te dije en esos primeros días tan oscuros. Oh, ¡si tan solo hubiéramos obtenido la sabiduría de la edad años antes! Lo que le sucedió a Gill le habría podido pasar a cualquier niño. Yo te culpé, pero no fue culpa tuya. Los accidentes terribles suceden todo el tiempo a mucha, mucha gente. El dolor que se desborda del mundo es incomprensible, pero nuestra diminuta dosis se sentía tan colosal como el sol, ¿no es cierto? Y aún persiste. Nunca olvidaré el día en que murió, la forma en que te arrodillaste en el suelo y lloraste; que te dejé ahí, incapaz de tocarte, culpándote, aunque no había culpa que asignar. Sybil, ¡perdóname!

Ahora que estoy muriendo, esto se ve mucho más simple que nunca. Me refiero a vivir. No hay un universo paralelo, no hay ningún "lo que habría sido si tan solo...". De cierta forma, esto me ha brindado mucha paz y, de otra, resulta muy amargo. La crueldad de la vida solo dura esto y, ahora que lo veo con claridad, me gustaría tener más tiempo. Pero no puede ser así. No puedo explicarlo con exactitud, pero siento cómo estoy muriendo. ¿Leíste aquel extraordinario libro sobre el cáncer, <u>El emperador de todos los males</u>? En efecto, el cáncer es el emperador de todas las enfermedades. Qué extraordinario Siddhartha Mukherjee. Sobresaliente, pienso con frecuencia en él. Escribir esta carta me ha tomado toda una tarde y, además, tuve que tomar una siesta cuando terminé el tercer párrafo.

Yo estoy listo para irme, pero creo que Fiona no está bien, por favor, asegúrate de que lo esté. Te quiero, querida Sybil.

Los muchachos tienen la fortuna de no perderte. Has sido una madre extraordinaria para ambos. Lo primero que haré será besar a Gilbert de tu parte.

Otra posibilidad sería:

Me gustaría saber de ti. Esto no es una exigencia, es solo una esperanza. Pero de cualquier manera, hasta que nos volvamos a encontrar porque creo que lo haremos, que debemos hacerlo.

Te quiere,

Daan

(cont. 6 de junio, 2015, páginas anteriores NO ENVIADAS)

¡AMERICAN PHARAOH GANA LA TRIPLE CORONA!

Un descendiente, un cuarto nieto de Secretariat. ¿No es maravilloso? Oh, fue un gran éxito, estoy encantada. Y, por supuesto, estoy pensando en ti. Por supuesto.

PARA: sybilvanantwerp@aol.com

DE: dna@kindredproject.org

FECHA: junio 17, 2015 11:52 PM

ASUNTO: CONOZCA A SU PARIENTE. ¡Felicidades! Tiene una coincidencia de ADN.

Estimado miembro de Kindred:

Tiene usted una coincidencia de ADN. Para acceder a los detalles de esta información, por favor, ingrese a su perfil de Kindred dando clic aquí.

Atentamente,

El equipo de Kindred Project

Sra. Van Antwerp

17 Farney Rd

Arnold, MD 21012

28 de junio de 2015

Estimada señora Van Antwerp:

Gracias por brindarme el tiempo para hablar de su carrera como asistente principal del juez Donnelly en el tribunal de circuito. Su carrera fue genial. Ya me dieron mis resultados del trimestre. El ensayo representa el 50 por ciento de la calificación ¡y saqué <u>A</u>! Mi maestra no sabía que usted vive a la vuelta de la escuela y me dijo que le gustaría que viniera a hablar con su grupo del próximo año. Lo lamento, pero le dije que usted detestaba hablar en público. Solo quería que supiera que disfruté mucho el entrevistarla e incluso cuando escribí el ensayo que, por cierto, ¡terminó siendo de once páginas! Hice una copia para usted... Espero le agrade y, claro, espero no haber escrito ninguna información errónea. El papá de mi mamá murió cuando yo tenía cuatro años y su mamá hace aproximadamente dos años. Tenía Alzheimer, usted me recordó un poco a ella. De hecho, sus vasos de jugo son iguales a los de mi abuela. Mamá me dijo que eran muy cool en los setenta y los ochenta. Ahora, ese tipo de objetos son vintage y, por supuesto, se han vuelto cool otra vez.

Me encantó ver sus cartas. ¿Cuántas cree haber escrito en toda su vida? ¿Cuándo comenzó? ¿Cómo decide a quién escribirle? Creo que nunca he recibido una carta de verdad. Ni siquiera sé cómo escribir una bien. ¿Cómo empieza usted y qué dice? Si acaso tiene tiempo, me gustaría pedirle algo, ¿cree que podría escribirme? Si está demasiado ocupada, no hay ningún problema, pero si lo llegara a hacer, le prometo que le escribiré de vuelta.

Atentamente,

Caroline Dobsen

PARA: customerservice@kindredproject.org
DE: sybilvanantwerp@aol.com
FECHA: junio 30, 2015 07:04 AM
ASUNTO: HOLA (Atención: Basam)

Basam:

¿¿Estás ahí?? ACABO DE VER ESTO. ¿Cómo es posible que yo tenga una coincidencia de ADN? ¡¡¡¡¡¡Ni siquiera le he dado clic a la casilla del formulario!!!!!!

PARA: sybilvanantwerp@aol.com
DE: customerservice@kindredproject.org
FECHA: junio 30, 2015 02:34 PM
ASUNTO: Re: HOLA (Atención: Basam)

Estimada señora Van Antwerp:

Espero que se encuentre bien. Acabo de entrar a su perfil y parece que alguien dio clic en la casilla. ¿Recuerda haberlo hecho usted? ¿Le dio acceso a su cuenta a alguien más? ¿Tal vez a su hermano? La fecha de la aceptación de este servicio es el 15 de junio.

¡Por favor, no dude en escribirme si tiene preguntas adicionales! Gracias por contactar a Kindredproject.org.

Basam

PARA: customerservice@kindredproject.org

DE: sybilvanantwerp@aol.com

FECHA: junio 30, 2015 06:01 PM

ASUNTO: RE: Re: HOLA (Atención: Basam)

NO

PARA: customerservice@kindredproject.org

DE: sybilvanantwerp@aol.com

FECHA: julio 1, 2015 06:43 AM

ASUNTO: RE: RE: Re: HOLA (Atención: Basam)

Demonios. Creo que sé lo que pudo haber pasado. Verás, mi hermano vino de visita de Francia y yo dejé que las tareas se acumularan, ni siquiera toqué la computadora. Se fue el 15 de junio y, ese día, en la pila de correspondencia que tenía pendiente de contestar, encontré una carta de mi exesposo. No hemos hablado en años, pero está agonizando. Era una carta muy perturbadora. Abrí una botella de ron (algo que rara vez hago) y me senté frente a la computadora a navegar sin objetivo. Creo que en ese momento pude haber dado clic en la casilla. ¿Qué se puede hacer? No tengo interés alguno en esa COINCIDENCIA DE ADN. ¿PODRÍAS ELIMINARLA? AYUDA, POR FAVOR. SYBIL

PARA: sybilvanantwerp@aol.com
DE: customerservice@kindredproject.org
FECHA: julio 1, 2015 11:03 AM
ASUNTO: RE: RE: RE: Re: HOLA (Atención: Basam)

Estimada señora Van Antwerp:

Me temo que no puedo borrar la coincidencia porque, bien, es difícil decir esto, pero si hay una persona con coincidencia de su ADN, esa persona existe fuera de nuestro sistema. Espero estarlo explicando de manera correcta. La persona con la que usted comparte ADN está, de hecho, viva en este mundo. Además, cuando le enviaron a usted la notificación, ese miembro también debió de recibir un correo similar. Puedo preguntarle a mi gerente si existe la posibilidad de bloquear el contacto entre esa persona y usted. ¿Quiere que lo haga?

¡Por favor, no dude en escribirme si tiene preguntas adicionales! Gracias por contactar a Kindredproject.org.

Basam

PARA: customerservice@kindredproject.org
DE: sybilvanantwerp@aol.com
FECHA: julio 5, 2015 02:41 PM
ASUNTO: RE: RE: RE: RE: Re: HOLA (Atención: Basam)

¿El bloqueo de la comunicación sería reversible?

Caroline Dobsen
7864 Windmere Rd
Annapolis, MD 21403

Querida Caroline:

Me da mucho gusto saber que obtuviste una buena calificación por tu ensayo. Me pareció bien escrito, aunque un poco
exagerado. Confundiste algunas fechas, pero eso no le impor-
taría a nadie más que a mí y a la universidad donde estudié la
licenciatura. Fue Bryn Mawr, en Pensilvania. Salvo por eso, me
pareció bien redactado. Conciso, con lenguaje eficaz, buena
ortografía y una estructura intrigante, diría yo. Noté que me
retrataste bajo una luz heroica. Es muy amable de tu parte,
pero yo no fui ninguna heroína, Caroline, cometí errores y
tomé decisiones que tuvieron efectos duraderos en la vida
de desconocidos. No importa si no aparece en tu ensayo. De
hecho, no importa en absoluto, pero para mí es fundamental
que tú lo sepas.

Espero que estés teniendo un verano agradable. Me parece
que mencionaste que trabajarías como salvavidas en las vacaciones. Creo que debes ser una nadadora SOBRESALIENTE
para ponerte a cargo de la vida de los niños. ¿En qué albercas
comunitarias estarás realizando esta labor? ¿Vas a viajar? No
recuerdo si mencionaste tener hermanos o hermanas.

Lamento que hayas perdido a tu abuela por culpa del Alzheimer. Mi cuñado está lidiando con lo mismo y sé que es
muy, muy aterrador. Es horrible ser testigo y quizá sea aún
peor si es uno quien está en el interior de ese cuerpo, pero es
imposible saberlo y eso hace que esta enfermedad sea incluso
más terrible. Me da mucha pena que un niño o una niña tenga
que ser testigo de algo así.

En efecto, los vasos de jugo con la franja y el círculo tuvieron su momento. Los he tenido durante tantos años que me asombra que el color no se haya desgastado, pero claro, tampoco los meto al lavavajillas, sino que los lavo a mano con un paño suave.

Ahora abordaré tus preguntas sobre la escritura epistolar. Comenzaré por decir que tu nota me conmovió y me infundió ánimo, así que te contaré un secreto: mis cartas han sido, para mí, mucho más significativas que cualquier cosa que tenga que ver con la ley. Las cartas son el pilar de mi vida y, el derecho, en cambio, solo lo practiqué unos treinta años. Ser asistente legal en el tribunal fue nada más un empleo. Las cartas, por otra parte, representan quién soy en realidad. No tengo, pero... ni la más mínima idea de cuántas he redactado. Naturalmente, no he llevado la cuenta de lo que he escrito y tampoco he contado las que he recibido. Más de mil, creo. He escrito cartas desde que era niña. Les escribía a ciertos escritores o a alguna maestra, a primos que rara vez veía. Le escribí al jefe del departamento de bomberos local, a Harry Truman y a otras personas como ellos. También tuve una amiga por correspondencia. Era también mi amiga fuera de las cartas y vivía en la misma calle que yo, pero luego se mudó, cuando comenzamos la preparatoria. Todavía nos escribimos cada mes o cada seis semanas, más o menos. Lo hemos hecho durante sesenta años. Nos casamos con dos hombres que eran hermanos, pero yo me divorcié. ¡Ah! Justamente su esposo es quien tiene Alzheimer. Así fue como comenzó todo, creo, pero nunca había pensado en ello de esa manera, no hasta ahora. Ella se llama Rosalie Boyd. Bueno, ahora también es Van Antwerp y es la madrina de mi hija. Qué complicaciones, ¿no te parece?

Le escribo a toda persona que me interesa. Amigos, legisladores, editores, maestros, diplomáticos, escritores. Los escritores son mis favoritos. Por supuesto, en la actualidad es más difícil porque, con el Internet, la gente prefiere enviar correos electrónicos. Es más rápido y simple, y menos problemático, ya que no se requiere contar con materiales, con bolígrafos, timbres postales, un poco de tiempo para sentarse al escritorio, etcétera. Ahora también es más difícil encontrar una dirección, pero casi siempre, si de verdad te esfuerzas, lo logras. Y deberías esforzarte porque ningún correo electrónico puede reemplazar una carta escrita. A mí me preocupa que, algún día, el avance de la tecnología provoque que desaparezca la correspondencia postal, pero espero haber muerto y que haya pasado mucho tiempo para entonces.

Respecto a tu pregunta sobre el "cómo", te diré que me siento en mi escritorio con un montón de papel para cartas y los bolígrafos que me gustan. Mi escritorio da hacia una pequeña ventana desde la que se puede ver el río y bajo la cual hay arbustos de madreselva que atraen a los colibríes en el verano. Más allá de eso se encuentra mi jardín. La casa suele estar en silencio, pero si me siento un poco apasionada, se escucha a Tchaikovski o a Stravinski en el reproductor de CD. Mientras escribo, bebo un vaso de agua o una taza de té. Por lo general escribo lunes, miércoles y viernes, unas dos horas en cada ocasión. Todo lo que no acabo lo dejo para el sábado y, por supuesto, si me siento con ánimo debido a que estoy enojada o por algún suceso impactante, también me siento a escribir sin importar el día ni la hora. El papel para cartas lo ordeno por correo. Es de una marca que viene desde Inglaterra porque, desde que la descubrí, dejé de intentar escribir en cualquier otra cosa. Una vez al mes voy a la oficina postal para comprar sellos. Nunca compro los sellos de temporada, solo los clásicos con estrellas y franjas porque creo que se debe obedecer cierta estructura, cierto ORDEN. Si mantienes el mecanismo en orden, entonces el contenido de la correspondencia, es decir, el material de las cartas puede viajar y llegar a cualquier lugar. Puede llegar a ser cualquier cosa que desees. Puedes escribirle a cualquier persona, decirle lo que quieras.

Yo escribo lento, una sola carta puede tomarme una hora o más. No me apresuro, pienso bien cada oración y mi mano no se cansa. No debes apresurarte porque, cuando lo haces, escribes cosas que en realidad no quieres decir y, además, te agotas. Expresar con precisión lo que uno quiere decir exige paciencia, necesitas pensar en las palabras correctas. A veces escribo un borrador y hago cambios, luego copio el texto correcto en limpio y ese es el que envío. Creo que uno debería cuidar la comunicación como algo valiosísimo. Recuerda que las palabras, en especial las que se plasman por escrito, son inmortales. A veces, Caroline, la manera más sencilla de abrir una puerta es con un agradecimiento, ¿sabes? Por un regalo, por un detalle amable que alguien tuvo contigo o, precisamente, por una primera carta y luego llevas las cosas a otro lugar a partir de ahí. Responde todas las preguntas que te hagan y haz tus propias preguntas. De esa manera podrás crear un circuito interminable de curiosidad y aprendizaje.

Si así lo deseas, puedes escribirme de vuelta, pero yo te sugeriría que mejor pienses en alguien que se encuentre muy lejos, alguien a quien no veas con frecuencia o con quien hables a menudo por teléfono, pero con quién preferirías tener un intercambio epistolar. Te deseo lo mejor.

Saludos cordiales,

Sybil Van Antwerp

Colegio de Inglés
Universidad de Maryland, College Park
College Park, MD 20742

PARA: Melissa Genet, decana de la Facultad de Inglés
DE: Sybil Van Antwerp

5 de agosto de 2015

Le escribo por quinta y última vez antes de verme forzada a ir más allá con respecto a la petición de que reconsidere su postura sobre mi asistencia a los cursos de la Facultad. Han pasado dos años desde su primera negativa, dos años de mi vida que no puedo repetir y me gustaría pensar que solo estaba dándose algún tiempo para encontrar su lugar como decana. Preferiría un curso de literatura moderna, no anterior al siglo diecinueve. Mi paciencia comienza a menguar.

(cont. 12 de septiembre, 2015, páginas anteriores NO ENVIADAS)

Daan murió anoche. Solo quería decírtelo.

Rosalie Van Antwerp

33 Orange Lane

Goshen, CT 06756

12 de septiembre de 2015

Querida Rosalie:

No te dije que Daan me escribió en mayo una carta bastante extensa en la que dijo mucho. La leí una y otra vez. Es una carta terrible y maravillosa. Daan nunca le escribió a nadie y, al leer su carta, solo pude preguntarme por qué. En varias ocasiones me senté a responderle, pero tenía la mente en blanco, algo que nunca me había sucedido. Fiona me llamó esta mañana para avisarme que había muerto. Se encontraba a su lado. Y yo nunca contesté su carta. Sobre mi escritorio está todavía el papel con su nombre en la parte superior y un garabato inadecuado que empecé a escribir. Lo estoy viendo ahora mismo. Ay, Rosalie, siento que he tenido una vida enorme, pero ¿qué me queda como prueba?

Esta mañana bajé al río y pensé en nuestro viaje al lago Saint-Pierre. Lo hice a propósito, como castigo tal vez, como una especie de autoflagelo, y ahora estoy aquí obligándome a escribirte. Rara vez me permito pensar en ello, Rosalie. Si hay un mapa del mundo en mi mente, no miro la frontera entre Canadá y Estados Unidos, pero esta mañana traté de recordar. Incluso me puse a buscar fotografías del viaje, pero supongo que las tiré todas a la basura. Intentaba recordar cómo éramos antes de que Gilbert muriera, cómo fuimos por última vez. Esa mañana, esa semana, ¿cómo era mi familia?. Daan había estado conversando con alguien respecto a dar clases en Boston College. Ya lo había olvidado, pero de pronto recordé. Era un puesto en la escuela de idiomas. En las semanas previas al viaje hubo mucha tensión entre nosotros porque él quería aceptar el puesto y yo, por supuesto, no estaba dispuesta a dejar mi empleo ni a considerar dejarlo. No obstante, habíamos logrado dejar ese punto muerto en casa, incluso recuerdo que reímos mucho durante el viaje. ¿Recuerdas? Estabas bastante embarazada. Usaste esos espantosos vestidos sin forma que parecían cortinas y los tobillos se te hincharon muchísimo. También recuerdo que, una noche, estuvimos en el patio con una botella de whiskey y que nos reímos de tus tobillos hasta llorar. Acordarme de toda esa risa debe significar que las cosas estaban bien. Además, los niños tenían una edad maravillosa en ese momento. Me obligué a pensar en el día que murió. Volví a esa fecha y recordé lo que llevaba puesto, logré llegar así de lejos. Recordé los pantalones de mezclilla y la blusa blanca, pero luego, cuando traté de seguirme a mí misma de vuelta al muelle donde estaba cuando se lanzó al agua, no pude hacerlo. Es como si en mi mente hubiera un centinela parado afuera de la habitación cerrada con llave que es este recuerdo y no me dejara pasar. ¡Es mi recuerdo! Pero no me permite entrar, solo está ahí parado sin ceder. Es como la ceguera, por eso solo llegué hasta ahí y no pude entrar. Pero sé lo que sucedió. Se lanzó al lago, se golpeó con la placa de piedra y se rompió el cuello. Tengo en mi mente la imagen de mi hijo yaciendo de lado y de su espalda resbaladiza y bronceada, cubierta de gotas de agua. Es su cuerpo. Deben haber halado para sacarlo y luego lo colocaron de costado sobre el muelle, pero ¿quién? ¿Fui yo? Tenía dos lunares en la espalda y creo que me quedé mirándolos porque veo su espalda bronceada y mojada, y los lunares. ¿Grité para pedir ayuda? ¿Quién lo sacó del lago? ¿Yo? En mi mente solo hay silencio. Ha pasado mucho tiempo desde la última vez que volví a ese recuerdo. Años. Tal vez décadas. ¿Qué recuerdas tú? De pronto me siento hambrienta de estas reminiscencias. Escríbeme y dime de qué te acuerdas.

El funeral de Daan será en tres semanas, el primer sábado de octubre, pero no hay manera de que yo vaya. Bruce dijo que volaría conmigo. Por supuesto, él, los niños y Marie asistirán. Acabo de hablar por teléfono con Félix y piensa que yo debería ir. Dice que uno siempre va al funeral y, claro, en principio estuve de acuerdo. Tal vez vaya. Siempre quise conocer el lugar donde nació.

Syb

Posdata: He estado leyendo <u>Rebecca</u> de Daphne du Maurier, pero me está tomando años. ¿Qué estás leyendo tú?

Kindredproject.org PORTAL DE MENSAJES

PARA: Henrietta Gleason
DE: Sybil Van Antwerp
FECHA: septiembre 21, 2015

Buenos días.

Hace poco más de dos meses recibí una notificación de este sitio de internet respecto a una coincidencia de ADN. Fue un error,
no tenía la intención de abrir mi información sobre la conexión
con otros usuarios de Kindred. Hice clic en la casilla del formulario por error, porque estaba ebria. También me estoy quedando ciega. Pero no soy alcohólica, rara vez bebo, solo fue una
desafortunada combinación de circunstancias. Planeaba ignorar
la información, pero hace algunos días abrí la notificación y me
parece que su ADN y el mío coinciden.

Me llamo Sybil Stone Van Antwerp y vivo en Annapolis, Maryland,
capital del estado de Maryland. Crecí hasta cierto punto en Filadelfia. Tengo dos hijos mayores y tres nietos. Fui adoptada en
Estados Unidos.

Tal vez esta cuestión de la coincidencia de ADN no sea nada importante. De hecho, para ser honesta, pasé casi todo el año pasado
dando por hecho que se trataba de una estafa. Y, sin embargo,
aquí estoy, contactándola a pesar de todo. Creo que me gustaría
saber de usted para, al menos, poder cerrar finalmente esta válvula en mi mente.

Saludos cordiales,
Sybil Van Antwerp

<ERROR> <Usuario VAN ANTWERP, SYBIL>
Re: Mensaje para Henrietta Gleason
DE: KINDRED PROJECT Servicios de cuenta
FECHA: SEPTIEMBRE 21, 2015

La cuenta del usuario que está usted tratando de contactar está
suspendida temporalmente o desactivada. Su mensaje será entregado solo cuando el usuario la reactive.

Si desea más información, por favor escriba a la siguiente dirección:
accounts@kindredproject.org.

PARA: customerservice@kindredproject.org
DE: sybilvanantwerp@aol.com
FECHA: septiembre 25, 2015 10:00 AM
ASUNTO: NECESITO TU AYUDA (Atención: Basam)

Buenos días, Basam. ¿Ya tienes listo el currículum? Como te dije, me dará gusto revisarlo, solo envíame la información esencial. Por supuesto, si cambiaras de empleo le convendría mucho a tu familia. El salario sería mucho más elevado de lo que sea que estés ganando en Kindred y tu esposa podría dejar de trabajar si eso es lo que desea, pero no me has contado mucho al respecto. ¿Podrías echar un vistazo a mi perfil y ver el mensaje que le envié a Henrietta Gleason, la mujer con la que, supuestamente, tengo una coincidencia importante de ADN? Me aparece un error. ¿Crees que podrías entrar a su perfil como lo haces a menudo con el mío y averiguar su dirección de correo? ¿O tal vez su número telefónico o dirección postal? Ahora que por fin decidí hablar con ella, no puedo ponerme en contacto. Y, bueno, te imaginarás que ni siquiera estoy segura de querer hablar con ella, pero me gusta tener opciones. Mi esposo falleció hace algunas semanas. Bueno, mi exesposo. Se supone que asistiré a su funeral en Bélgica, dentro de diez días más o menos. Tengo miedo de ir, pero ¿sabes?, de pronto, cuando siento pena por mí, pienso en ti y recuerdo que todo siempre puede ser mucho peor. En fin, te digo esto ahora para que sepas que podría ausentarme de mi computadora algún tiempo. Envíame tu currículum en el momento que te convenga.

Saludos cordiales,
Sybil Van Antwerp

(cont. *1 de octubre, 2015, páginas anteriores NO ENVIADAS*)

Daan ha muerto, como te dije. Si lo escribo una y otra vez, tal vez llegue a asimilarlo. El funeral será en Bélgica, ya tengo mi boleto de avión. Viajo el 3 de octubre. Excepto por aquel maldito viaje a Canadá, que nunca tomo en cuenta, esta será la primera vez que salga del país.

Me veo a mí misma en la iglesia del pequeño pueblo, rodeada de gente que habla un idioma que desconozco y lo imagino en el féretro con la tapa abierta. La última vez que lo vi fue hace un cuarto de siglo. Eso creo, poco más, poco menos. Lo veo el día que se fue. Lo veo entrando al túnel del aeropuerto acompañado de Fiona. Tenía el cabello rubio y, en aquella época, lo llevaba más bien largo. Siempre se mantuvo bastante esbelto. Lo veo alejándose junto a ella, vistiendo pantalones de mezclilla y los mocasines que tanto le gustaban. Llevaba un saco de lana y su bolso de viaje. Recuerdo que Fiona volteó y me miró por encima del hombro, agitó la mano, pero solo un poco. No fue un gesto dramático, sabía que volvería en el verano. Pero hay un detalle singular que recuerdo: cuando Fiona volteó de nuevo hacia adelante, comenzó a decirle algo a Daan. Yo veía sus labios moverse, pero por supuesto, estaba demasiado lejos para saber qué decía. Tenía la esperanza de que le estuviera diciendo a su padre algo sobre mí, sobre el hecho de que estaba ahí parada o algo así, y esperaba o más bien anhelaba que respondiera. Deseaba que volteara a verme como ella, pero no lo hizo. Supongo que, hasta ese momento, yo no había comprendido del todo lo que estaba sucediendo. Hasta ese instante no había creído que fuera cierto. Pero entonces, Daan se fue sin mirar atrás y una oleada, una fuerte conmoción me recorrió el cuerpo hasta la médula. Sentí como si vibrara de la misma forma que el aire tiembla alrededor del gong percutido por la baqueta.

¿Por qué empecé a hablar de todo esto?

Ah, sí, porque no estoy segura de que físicamente pueda soportar que esa imagen que tengo de él, partiendo aquel último día con toda su estatura de catedrático, sea reemplazada por la del cuerpo marchito de un anciano devastado por la enfermedad. Creo que mis pensamientos han estado dándole vueltas a esto. Estoy aterrada, pero es un deber ir al funeral. No se me ocurre nada más importante que darle un lugar prioritario a este último adiós.

Alguien me ha estado acosando. Después de que el juez Donnelly falleció, un individuo me contactó a través de una carta, una carta vulgar y vengativa que me perturbó mucho. Llevaba mucho tiempo sin recibir comunicaciones de este tipo. Sin embargo, me recordó nuestros años en los tribunales, cuando Guy, yo y otros recibíamos, de vez en cuando, misivas repulsivas de parte de personas contrariadas y llenas de odio por la manera en que terminó un juicio. Esa era precisamente la razón por la que en aquella época mi dirección no aparecía en los registros públicos. Después de la carta llegó una nota que, a pesar de incomodarme, no me atemorizó, así que solo traté de olvidarme del asunto. Sin embargo, el tiempo pasó y, creo que un año después, recibí la tercera comunicación diciendo que había visitado mi casa. Creo que es cierto porque él, o ella, aunque más bien creo que se trata de un hombre, describió mi jardín y mi buzón, que es bastante singular. Tal vez te preguntes si tengo alguna idea de quién podría ser, pero no, no la tengo. Las cartas han llegado firmadas con dos iniciales, eso es todo. Esta persona ha amenazado con volver a venir a mi casa. Me da la impresión de que su propósito no es en realidad hacerme daño, solamente atemorizarme y lo está logrando. Cuando leí la tercera misiva me asusté mucho,

mucho, Potro. No recuerdo cuándo fue la última vez que me sentí así. Detesto tener miedo, creo que no hay nada más abrumador. Imagino que esta persona me observa mientras voy perdiendo la vista poco a poco. Para colmo, cuando de verdad me quede ciega, ni siquiera sabré si me vigila. Estoy segura de que todos me recomendarán que llame a la policía, pero no lo haré. Porque, ¿qué harán además de enviar una patrulla a rondar la casa de vez en cuando? Si les dijera a Bruce y a Fiona, solo se inquietarían y me presionarían para mudarme. De hecho, ya están tratando de enviarme a un hogar para ancianos y a mí no me interesa. He pensado en alertar a mi vecino, Theodore Lübeck. También instalé un sistema con cámaras de seguridad, pero como estoy un poco confundida y no sé cómo funciona, rara vez lo enciendo.

Bueno, basta. Ya te iré contando cómo van las cosas del funeral.

Sra. Joan Didion
30 E. 71st #5A
Nueva York, NY 10021

6 de octubre de 2015

Querida Joan:

Hoy es el funeral de Daan, mi exesposo y aquí sobre mi escritorio, encima de una torre de libros, tengo el boleto de avión. Hace tres días, en el último minuto, decidí no ir al aeropuerto. Simplemente no fui. Si después lamento mi decisión, que así sea. De cualquier forma, estoy en el invierno de mi vida y, si me arrepiento, solo será por poco tiempo. Retomé su libro <u>El año del pensamiento mágico</u>. Recuerdo que la primera vez que lo leí, hace mucho, pensé que algún día volvería a él y, aunque mi situación es distinta a la suya, con todos los años que nos separan a Daan y a mí, descubrí que buena parte del libro explica cómo me siento ahora, tenga o no el derecho de sentirme así. Pero, por supuesto, no, no lo tengo.

Por favor, dígame cómo van las cosas para usted.

Sybil

PARA: sybilvanantwerp@aol.com
DE: Fiona.VanAntwerpBeau@cgemarchitects.com
FECHA: noviembre 1, 2015 06:15 AM
ASUNTO: Funeral de papá

Mamá, regresé a Londres. Walt trajo a Charles la semana pasada, pero yo me quedé para ayudar a Lina a revisar algunas de las cosas de papá. El funeral fue perfecto. Se llevó a cabo en una antigua iglesia católica, un lugar hermoso. Ahí se casaron Oma y Opa. Conocí a algunos primos lejanos y otras cosas pasaron.

Me está costando mucho trabajo comprender por qué no viniste. Bruce dijo que se debió a tu miedo a volar y, de acuerdo. Sé que no viajas, así que me he dicho que es la misma razón por la que no has venido a visitarme. Sin embargo, con todos tus principios de lo que es correcto, con todos tus dogmas sobre cómo debemos comportarnos... ¡Lo lógico es que asistas a un funeral! Incluso si se trata de alguien a quien no conoces muy bien, incluso si tienes algún resentimiento. Entiendo, papá ya no era tu marido, pero fue mi padre, el padre de Bruce y el padre de Gilbert. Debiste estar presente. ¿Sabes? Usualmente, si estoy molesta, me tomo un poco de tiempo y mis sentimientos se aplacan. En esta ocasión, en cambio, entre mientras pensaba en tu ausencia, más me enfurecía. Lina me dijo que papá te escribió una carta y estuvo esperando una respuesta, pero no le respondiste. Tú, que te refugias en casa, que pasas horas sentada todos los días escribiéndole cartas a quién sabe quién; tú, que sabías que se estaba muriendo, no le escribiste. No te comprendo. Nunca te he comprendido.

En fin, papá te dejó algunas cosas: un collar de su madre que seguramente alguna vez dijiste que te gustaba y un libro, creo. Tal vez hay algo más. Bruce tiene todo, me dijo que te verá en un par de semanas.

Fiona

Sra. Sybil S. Van Antwerp
17 Farney Rd
Arnold, Maryland 21012
ESTADOS UNIDOS

9 de noviembre de 2015

Estimada señora Van Antwerp:

Mi nombre es Angela Bleeker, soy abogada del bufete Drost & Drost, en Bruselas, Bélgica. Quisiera empezar por expresar mis condolencias por la pérdida de su exesposo, Daan Van Antwerp. Durante muchos años trabajé para él y para varios miembros de su familia. En las ocasiones en que nos reunimos para conversar asuntos relacionados con sus finanzas y de su herencia, ya al final de su vida, Daan siempre fue un hombre muy amable y respetuoso.

Tal vez le sorprenda, o tal vez no, saber que usted forma parte de la lista de herederos del señor Van Antwerp, que están en su último testamento. Se trata de una cantidad considerable de dinero proveniente de las acciones de Daan, heredadas de su tío, que crecieron de manera sustancial hace unos años. Necesitaré hablar con usted por teléfono para definir los requerimientos y poder transferir los fondos al banco de su preferencia. Le escribo porque en los documentos que nos entregó su exesposo no encontramos ningún número telefónico. Adjunto encontrará un formulario. Por favor, llénelo lo más pronto posible con su información de contacto actualizada y envíelo por fax al número que se encuentra en la parte superior de la página. Si no, también puede llamar al número en la parte inferior de esta carta o correo electrónico, o simplemente responder por esta misma vía.

Me dará mucho gusto hablar con usted en cuanto le sea posible.

Angela Bleeker, abogada

Drost & Drost Abogados, Bélgica

Sra. Van Antwerp
17 Farney Rd
Arnold, MD, 21012

18 de diciembre de 2015

Estimada señora Van Antwerp:

Gracias por el libro de juegos mentales, lo terminé en cinco días. Me sorprendió ver que siguió escribiéndome cada día 15, a pesar de que yo no he escrito en cuatro meses. ¿Por qué siguió haciéndolo? Lo que estaba tratando de decirle, sin escribirle de nuevo, es que no quiero continuar, pero parece que no entendió. Esta es mi última carta para usted.

Esto es lo que ha sucedido en los últimos cinco meses:

1. Empecé el décimo grado en mi nueva escuela, Maxwell Academy, aquí le llaman segundo año. Las clases son bastante buenas y el edificio es increíble. Me dejan mucha más tarea. Me ubicaron en la clase más avanzada de matemáticas e incluso en un curso especial en el que solo hay unos cuantos chicos, pero yo soy el mejor. Aquí sirven muy buenos almuerzos, tan buenos como los que prepara nuestro cocinero en casa o tal vez mejores. Hay un equipo de waterpolo, ya me inscribí, soy mejor que el 60 % de los jugadores. Patrick era mi único amigo en el equipo. Lo conocí cuando llegué, al final del primer año, pero se mudó a Delhi, India, porque su padre aceptó el puesto de embajador que le ofreció el presidente Obama.

2. En mi escuela hay varios niños que se burlan de mí
   por diversas razones: porque mi cabello es grasoso
   o porque las palmas de las manos me sudan muchísimo. A veces me sudan tanto que dejan huellas. Todo
   esto comenzó en verano. Vi a un médico y trataron
   de inyectarme bótox en las manos, pero solo me ayudó
   siete u ocho días. Dicen que huelo mal y me llaman "el
   gritón" por el ataque que me dio el año pasado, cuando
   me puse como loco, ¿recuerda? Se lo conté en mi carta
   de marzo de 2015. Por cierto, ¿sabía que le saco foto-
   copias a todas las cartas que envío para mantenerlas
   en orden y luego entender bien las cosas y referirme
   a las cartas pasadas para verificar y ver lo que usted o
   yo hemos escrito? Las guardo en dos carpetas de tres
   anillos. Detesto que me llamen "el gritón". Siempre
   que se me acercan, trato de imaginar que estoy esca-
   lando hacia dentro de mí mismo. Es difícil de explicar,
   o sea, siento como si me estuviera desdoblando. Por lo
   general me quedo callado, pero lo más extraño es lo
   que siento, es decir, por dentro estoy gritando.

3. Estoy construyendo una réplica en miniatura del Lu-
   sitania. Lo estoy haciendo con un kit que Susannah
   ordenó y que me enviaron desde Londres.

4. Estoy escribiendo una nueva historia.

5. Mi mamá estuvo de nuevo en un hospital para enfermos mentales, uno distinto. Pero luego salió y se fue a
   vivir con sus padres a Santa Bárbara. Se fue el 6 de octubre. No sé si volverá para Navidad. Mi hermana Lauren vendrá a casa, pero Susannah no porque comenzó
   un nuevo proyecto filantrópico en Perú. Lauren se
   comprometió con Steve el Día de Acción de Gracias,
   pero cada vez que habla con papá al respecto, se pone

a llorar, así que no sé si está triste o feliz. Aunque entiendo que la gente puede llorar por ambas cosas, yo creo que está triste. Su boda será el 14 de junio de 2016.

6. Thor es fabuloso. Todos los días, cuando salgo de la escuela, lo llevo a dar un largo paseo. Como es superinteligente, no tengo que ponerle correa. Hace poco le enseñé la orden "escóndete", así que, si se lo ordeno, va y se esconde detrás de un arbusto o un auto o algo, y cuando le digo "sal", aparece dando un salto y viene hacia mí. ¡Es asombroso!

7. Estoy leyendo la Serie de la Fundación de Isaac Asimov por segunda vez.

Creo que esta será mi última carta. No olvide el pacto que hicimos hace mucho tiempo, cuando me prometió que no le diría a mi papá nada de lo que yo le escribía en mis cartas a menos de que estuviera en peligro. Siempre me ha gustado escribirle porque me siento bien. Me agrada recibir una carta el quince del mes porque es bonito y equilibra los días, bueno, más o menos, ya que algunos meses tienen más de treinta días y uno solo tiene menos, pero ya no quiero seguir. Tal vez podría escribirme una vez más para terminar este año, dado que yo fui el primero que escribió. Pero ¿podría tratar de que me llegue para el 31 de diciembre de 2015? Eso en verdad emparejaría las cosas, aunque claro, también rompería el patrón de los últimos meses. Si me vuelve a escribir, me gustaría saber (a) cómo va su visión, (b) si la decana de la Facultad de Inglés de la Universidad de Maryland le permitió inscribirse en un curso, (c) si sigue asistiendo al club de jardinería y (d) si fue a cenar otra vez con el señor de Texas.

Saludos cordiales,
Harry Landy

PARA: jameswlandy@gmail.com
DE: sybilvanantwerp@aol.com
FECHA: diciembre 28, 2015 05:55 PM
ASUNTO: Harry

Hola, James:

Bien, por lo general me mantengo al día con las noticias de los Landy gracias a Harry, que me pone al día. Sin embargo, en los últimos meses no lo había hecho. Era algo que ya me esperaba desde hace tiempo porque nuestra costumbre de escribirnos empezó cuando estaba en la primaria y, ahora que está en la preparatoria, es menos probable que quiera mantener correspondencia con una anciana. Yo continué escribiendo, pero a principios de esta semana, justo cuando pensé que había llegado el momento de rendirme, abrí una carta suya que me sorprendió por varias razones. ¿Marly se fue y te dejó de manera definitiva? Supe que volvió a Sheppard Pratt el invierno pasado, pero Harry me dijo que estuvo ahí de nuevo y que ahora vive con sus padres, ¿es cierto? James, tus hijas estarán bien, pero Harry es frágil. Le prometí que no divulgaría el contenido de sus cartas, pero me inquieta su bienestar. Recuerdo que me dijiste que era necesario cambiarlo de escuela y lo comprendo, pero ¿estás al tanto de lo que le está sucediendo en la nueva? Trata de que te lo cuente, James, por favor.

Por supuesto, te escribo con mucho cariño, te envío mis mejores deseos tardíos para una feliz Navidad y mis mejores deseos adelantados para el Año Nuevo.

Sybil

Posdata: Iré a Washington con Mick Watts. Sinfónica y cena.

Segunda posdata: Estoy viendo al tal Donald Trump tratando de ser presidente y no me lo creo. Parece que esto va a durar, James. Dios salve a la reina, creo que ahora lo he visto todo. Supongo que llegó el momento de cambiar mi tarjeta de registro y de hacer oficial mi obediencia al partido. Nunca pensaste que verías ese día, ¿verdad? Sybil Stone se vuelve demócrata. Este debería ser el título de mi biografía.

PARA: customerservice@kindredproject.org
DE: sybilvanantwerp@aol.com
FECHA: enero 6, 2016 10:05 AM
ASUNTO: ESTOY DE VUELTA (Atención: Basam)

Querido Basam:

AY, DIOS SANTO, vaya temporada. Esto es lo que sucedió. La última vez que te escribí un correo electrónico, en otoño, solicité la dirección de Henrietta Gleason. Se suponía que en octubre asistiría al funeral de mi exesposo, víctima del cáncer, pero decidí no ir. Es una larga historia. Poco después de eso tuvimos un huracán y al transformador eléctrico de mi calle le cayó un rayo que produjo una descarga general: llegó a los tomacorrientes de la casa e hizo estallar mi computadora. Fue una PESADILLA. La pobre cosa hizo un POP ruidoso y empezó a echar humo, solo grité y salí corriendo a la calle. No sabes lo humillante que fue. Tuve que botarla entera, ni siquiera pude venderla como chatarra. Te imaginarás que fue un infierno. Tenía la impresión de que todos mis correos electrónicos habían desaparecido junto con mis fotografías, los sitios de Internet que había marcado y mi cuenta de la biblioteca, pero resulta que se pueden recuperar casi todo el archivo porque no estaba almacenado en el disco duro, sino en Internet, así que, en efecto, Dios existe. A pesar de todo, me ha tomado meses volver a mi velocidad de costumbre y, por si fuera poco, he estado involucrada en una larga y encarnizada lucha con la decana de la Facultad de Inglés de la Universidad de Maryland, entre muchas otras cosas.

¿Trataste de enviar tu currículum? Nunca me llegó.

Por último, decidí NO involucrarme, pero me pregunto si obtuviste
la dirección de Henrietta Gleason. Lamento mi larga ausencia.

Saludos cordiales,
Sybil Van Antwerp

PARA: sybilvanantwerp@aol.com
DE: customerservice@kindredproject.org
FECHA: enero 6, 2016 07:07 PM
ASUNTO: Re: ESTOY DE VUELTA (Atención: Basam)

Estimada señora Sybil Van Antwerp:

¡Gracias por contactar al departamento de servicio al cliente de
Kindred Project! Nos dará gusto ayudarle. Henrietta Gleason no
es un miembro activo de Kindredproject.org y no podemos pro-
veerle información personal sobre esta persona, salvo por lo que
se encuentre en su perfil individual si él/ella decide reactivar su
cuenta.

¡Por favor, no dude en escribirme si tiene preguntas adicionales!
Gracias por contactar a Kindredproject.org.

Shelley

PARA: customerservice@kindredproject.org
DE: sybilvanantwerp@aol.com
FECHA: enero 8, 2016 10:07 AM
ASUNTO: Re: RE: ESTOY DE VUELTA (Atención: Basam)

Shelley:

Me gustaría que le reenviaran este correo electrónico a Basam,
el representante que ha atendido mis problemas desde el inicio.
Desconozco su apellido, pero es de Siria, está casado, tiene dos
niños y un impresionante título de ingeniería de una universidad

en Egipto. Creo que no debe haber muchas personas en su oficina con estas características.

Atentamente,
Sra. Van Antwerp

PARA: sybilvanantwerp@aol.com
DE: customerservice@kindredproject.org
FECHA: enero 8, 2016 09:12 PM
ASUNTO: Re: RE: RE: RE: ESTOY DE VUELTA (Atención: Basam)

Hola, señora Van Antwerp:

Basam ya no trabaja en Kindred. ¡Me dará mucho gusto ayudarle con cualquier duda que tenga!

¡Por favor, no dude en escribirme si tiene preguntas adicionales! Gracias por contactar a Kindredproject.org.

Shelley

PARA: customerservice@kindredproject.org
DE: sybilvanantwerp@aol.com
FECHA: enero 9, 2016 06:43 AM
ASUNTO: RE: Re: Re: RE: ESTOY DE VUELTA (Atención: Basam)

Hola, Shelley. De acuerdo, ¿a dónde se ha ido ese hombre, por Dios santo? ¿Tendrá usted un número telefónico o dirección postal?

¿O tal vez una dirección de correo electrónico a la que pueda escribirle?

Sra. Van Antwerp

PARA: sybilvanantwerp@aol.com
DE: customerservice@kindredproject.org
FECHA: enero 11, 2016 04:44 PM
ASUNTO: RE: RE: Re: Re: RE: ESTOY DE VUELTA (Atención: Basam)

Hola, señora Van Antwerp:

Me temo que no.

¡Por favor, no dude en escribirme si tiene preguntas adicionales! Gracias por contactar a Kindredproject.org.

Shelley

Rosalie Van Antwerp
33 Orange Lane
Goshen, CT 06756

18 de febrero de 2016

Querida Rosalie:

Sírvete un buen brandy y busca una silla cómoda porque
tengo una historia que contar. No estoy bromeando, Rosalie,
ve y sírvete el trago. Asegúrate de que Paul y Lars no te inte-
rrumpan.

Sufrí una caída. Pero por favor, no entres en pánico porque
estoy bien. Permíteme contarte lo que sucedió. Hace cinco días
me desperté como a las cuatro de la mañana y no pude volver a
dormirme. Por lo general, a las cinco enciendo la luz para leer,
pero seguía recostada en la cama porque me sentía agitada.
Fue como si me hubiera despertado un ruido, pero ya no pude
oírlo otra vez. Me quedé ahí, escuchando el viento y luego decidí salir para asegurarme de que todo estuviera en orden. La
luna brillaba. Como hacía ese intenso frío de febrero, antes
de salir me puse un suéter, abrigo y botas. Fue muy extraño
estar en el jardín de la entrada mirando esos árboles inmensos,
viendo las sombras de sus ramas moverse como bastones, en
un silencio total excepto por el viento que pasaba entre las
hojas; sintiendo el jardín que tan bien conozco como un lugar
ajeno por completo. Fue de una belleza inusual. Me pregunté
si alguna vez había salido una mañana de febrero a esa hora.
En fin, decidí bajar por el sendero hasta el río y pasear un poco.
Podrás imaginar que todo se veía muy hermoso bajo la luz de
la luna. Bajé, caminé un rato, luego me senté cerca del río y
me quedé pensando; reflexionando, ya sabes, sobre mi edad.

Haciendo un balance de mi vida. Pensando en mi carrera, en las cosas que habría hecho de manera distinta, cosas que durante años no pude admitir. También pensé por qué no pude. Por miedo, supongo. Pensé en mis hijos. En Gilbert, por supuesto, pero sobre todo me pregunté cuál sería la razón por la que me llevo bien con Bruce, pero, al parecer, no tengo ningún entendimiento con Fiona. Me quedé sentada analizando el por qué.

Cuando volví a subir por el sendero, había muy poca luz, eran como las seis de la mañana y, ¿cómo imaginarlo, Rosalie?, de pronto Theodore Lübeck bajó por el sendero y me dio un susto que medio me mata. No, no medio, CASI me mata. Llegué a estar como ochenta por ciento muerta del susto. Salió detrás del árbol de magnolia que bloquea el sendero, llevaba su gorra y una chaqueta oscura. Al verlo grité, salté y, naturalmente, me tropecé. Me fui de lado sobre el pie, mi tobillo se dobló y estallé de dolor. Caí y alcancé a apoyarme en la mano derecha. Gracias a Dios de todos los cielos, no fue con la izquierda. ¿Te imaginas lo que sucedería si no funcionara mi mano izquierda? Mejor mátenme. ¡Sentí el CRAC! Recuerdo que te rompiste el pie, en 1994, ¿no es cierto? Pero creo que fue porque te lo aplastó aquella rueda, ¿verdad? Lo siento, qué vulgaridad. Bueno, el punto es que mi muñeca se quebró como una rama. Fue un momento espantoso, el tobillo y la muñeca empezaron a palpitarme. Entonces Theodore bajó a toda velocidad por el sendero, se tiró al suelo apoyándose en las manos y las rodillas, igual que cuando maté a su gato porque, oh, sí, las humillaciones no dejan de acumularse. Comenzó a disculparse mientras me ayudaba a levantarme. Logré hacerlo apoyándome en su brazo y, por supuesto, me llevó de vuelta a mi casa que, bueno, estaba a menos de cien yardas, en la cima de la colina. Me sentó en una silla, pero estaba perdiendo el control, tratando de llamar al 911 mientras yo lo regañaba. ¡Qué estupidez!

Llamar a la caballería cuando bastaba con que nos subiéramos al automóvil. Porque, después de todo, no era que me estuviera desangrando. De pronto noté que estaba en dificultades. Sabía que la muñeca estaba rota y que necesitaría que Theodore Lübeck me llevara al hospital. Y eso fue lo que sucedió. Me ayudó a subir a <u>MI automóvil</u> porque él tiene un antiguo Porsche bajo y pegado al suelo. Me explicó que me costaría trabajo entrar y salir, lo cual me pareció muy grosero de su parte. ¡Fue como decirme que no podría hacer algo que a él le resultaba natural! En fin, tomó las llaves y me llevó a la sala de emergencias de un hospital de Annapolis. Me sentí MORTIFICADÍSIMA, Rosalie. Cada cinco minutos, el personal daba por hecho que Theodore era mi esposo. Me examinaron el tobillo y la muñeca, pero ya sabes cómo son. También presionaron mi estómago y escucharon los pulmones, o sea, una revisión completa y ni siquiera había amanecido. De hecho, me tocó el personal nocturno. De pronto estaba ahí, aullando como idiota y acompañada, nada más y nada menos, por Theodore Lübeck, que no dejaba de preguntarme si quería agua o si debería llamar a mis hijos para avisarles. O sea, como si en lugar de tener un esguince en el tobillo y la muñeca rota, me estuviera muriendo. Terminé en los rayos X y luego en la máquina de resonancia magnética que confirmó lo que yo ya sabía. Luego vino un cirujano y me dijo que existía la posibilidad de que me tuvieran que operar si los huesos no soldaban de manera correcta. El cirujano resultó ser hijo de una amiga, Helen Dittmyer, por lo que luego tuvimos que sostener una conversación completa sobre su madre. Benji, que ahora es el doctor Dittmyer, me dijo que mis huesos se veían fuertes para una mujer de mi edad y me hizo sentir maravillosa. Excepto por eso, fue una experiencia horrenda. Me pusieron una férula que parece la tarea de un niño para su clase de manualidades, pero al fin estoy en casa. Volveré dentro de unos días para una nueva serie de radiografías e indicaciones a seguir. Me da miedo que me sugieran que debo someterme a una cirugía, te lo juro. Tendría que pasar una o dos noches en el hospital, y supongo que me vería forzada a pedirle a Bruce que venga a ayudarme, cosa que de verdad preferiría no hacer. No quiero agobiarlo.

Cuando salimos del hospital eran casi las dos de la tarde y, como estaba muerta de hambre, pasamos por el autoservicio de McDonald's y comimos en el automóvil, en el estacionamiento de mi casa. Fue gracioso. Theodore se portó muy bien y me hizo reír. Nos carcajeamos con el hecho de que por fin estábamos almorzando juntos: un elegante primer almuerzo con hamburguesas en bolsas de papel, sobre nuestras piernas. Me habló un poco de su esposa, que murió siendo bastante joven, a los sesenta y ocho. Tiene una hija que vive en California. También me enteré de que es judío, así que le pregunté por qué me había estado trayendo regalos de Navidad todos estos años y me explicó que celebraba ambas fiestas, que también encendía su menorá. De cualquier forma, me pareció muy dulce. ¡Y esa es toda la historia! A pesar de las circunstancias, pasé un buen momento con Theodore. Te mantendré informada sobre el asunto de mi muñeca. El tobillo tendrá que sanar solo. Lo tengo vendado, pero puedo quitarme las vendas por la noche. Por el momento, necesito el apoyo de un bastón, pero me niego a seguirlo usando el fin de semana. Prefiero arrastrarme en cuatro patas si es necesario.

Escríbeme,

Syb

29 de febrero de 2016 (año bisiesto)

Estimada señora Van Antwerp:

Gracias por el streusel de cereza que pidió que me enviaran de la pastelería alemana en Baltimore. No era necesario que se tomara la molestia, ya me ha agradecido en múltiples ocasiones. Por otra parte, quería decirle que significó mucho para mí que recordara lo que le conté sobre mi madre. En años, no había pensado en ella con tanto detalle. Por cierto, si el pastel que envió no hubiera aparecido en mi puerta, creo que no me habría enterado de la existencia de la pastelería. Me sorprendió que se viera idéntico al de mi madre y que supiera casi tan bien. Busqué la pastelería en el directorio telefónico. La joven que respondió me dijo que su abuela fundó el lugar cuando vino de Alemania a Baltimore. Me contó que su familia era del centro del país. La mía es de Küssaberg, que se encuentra justo en la parte más baja, casi en Suiza. Le dije que, a pesar de eso, los pasteles eran casi iguales, el de ella solo un poco más dulce. Le dio gusto que la llamara y conversamos un buen rato. Nunca ha ido a Alemania. Creo que en algún momento iré en mi automóvil a Baltimore para conocer la pastelería, beber un café y ella me dará muestras de otros tipos de pasteles. Es una chica amable, como lo era Katharina, mi esposa. Callada, aunque en el caso de Katharina, había un poco de travesura detrás del silencio. En su rostro siempre se dibujaba una incipiente sonrisa que la hacía parecer muy joven, incluso cuando su mente se había quedado vacía debido a la demencia. Incluso entonces, me miraba como si estuviera riéndose un poco de mí.

También fue muy agradable conversar con usted esa mañana que pasamos juntos, aunque, claro, no fue un buen día para su muñeca y su tobillo. De la misma forma en que usted parece decidida a seguir agradeciéndome, yo estoy decidido a continuar disculpándome por haberla asustado y causado el accidente. ¿Cómo le va con la férula? Me alegra saber que no tendrá que someterse a cirugía. Cuando me operaron del hombro, hace dos años, las cosas fueron muy difíciles durante meses, de maneras que ni pienso explicar. Comprendo su reticencia a arrastrar a sus hijos a su vida, siendo que la de ellos, de por sí, es bastante complicada. Mencionó tener tres, pero creo que solo he conocido a dos, Bruce y Fiona.

Si no está ocupada esta noche, ¿le gustaría venir a jugar gin rummy? Podemos comer el streusel. También tengo una botella de whisky, si gusta. Rara vez tengo compañía, pero sacudí y trapeé esta mañana. No necesita confirmar que vendrá, puede simplemente llegar como a las siete si está disponible. De lo contrario, mañana por la mañana pasaré a dejarle algunas rebanadas del pastel después de mi caminata por el río.

Esta es la nota de agradecimiento más larga que he escrito en mi vida. Por cierto, si voy a la pastelería alemana, ¿le gustaría acompañarme? Creo que sería un trayecto de treinta minutos. Podemos hablar al respecto si viene esta noche.

Su vecino,

Theodore

Sybil Van Antwerp
17 Farney Rd
Arnold, MD 21012

19 de abril de 2016

Querida Sybil:

Lamento haber tenido que acortar nuestra conversación telefónica la semana pasada y que me haya tomado tanto tiempo
escribirte. A la mañana siguiente de que habláramos, me tocó
llevar a Paul a la sala de emergencias. De nuevo tiene neumonía.
Tuve que pedirle a una vecina que se quedara un rato con Lars.
Fue complicado, pero Paul ya está bien y por fin pude dormir
una noche completa, así que finalmente estoy aquí. Gracias
a Dios que ya casi dejaste atrás el asunto de la muñeca rota.
Me alegra que no hayan tenido que operarte y que solo debas
usar la férula algunas semanas más. Era el mejor escenario
posible. Acabo de volver a leer la carta de la semana en que te
caíste y me reí mucho, pero claro, solo ahora que sé que estás
bien. Válgame, todo indica que el señor Lübeck es un hombre
maravilloso, ¿no? Honestamente, Sybil, ya sabes lo que opino,
así que no insistiré, pero... ¡SYBIL! Bueno, esto no tiene nada
que ver, pero por un momento, mientras volvía a leer la carta,
pensé en todas las que nos hemos enviado, ¡en las cajas llenas que tengo en el armario! Pensé que, si las ordenamos y
unimos, tendríamos una historia DESCOMUNAL que contar.
Aunque seguramente no le interesaría a nadie más que a nosotras.

En fin, sé que no te agrada que hablemos sobre tu vista y
por eso casi no toco el tema, pero ahora aprovecho porque lo
mencionas en tu carta. ¿Cuáles son las noticias más recientes?

¿Cuándo fue la última vez que consultaste al doctor Jameson? Y, ya que estamos hablando de tu salud, sé que bromeabas respecto al bastón, pero debes tomar tu recuperación muy en serio. Eres una mujer muy necia y me parece que es una cualidad maravillosa, excepto cuando deja de serlo. Me preocupa que estés sola y con problemas de movilidad.

Ahora, otro asunto. También mencionaste la tensión en tu relación con Fiona y, aunque sé que no era el tema principal de tu carta, me quedé pensando en ello. Estoy segura de que si tuviera una hija o un hijo, del sexo que fuera, me sería más fácil identificarme con la situación, pero no es el caso. Cuando nos elegiste a Lars y a mí como padrinos de Fiona, y sabiendo desde entonces que yo nunca tendría lo que ustedes, tu elección fue para mí un regalo invaluable. Me quedaba claro que en ese momento me estabas ofreciendo una misión relevante y permanente, y, como sabes, siempre me he tomado muy en serio mi papel de madrina. Mi relación con Fiona es algo muy preciado para mí y, quizá precisamente porque no soy su madre, ella ha sentido o siente un fuerte vínculo conmigo que no se ve afectado por la complicada dinámica que, al parecer, plaga de manera inevitable las relaciones madre-hija. De hecho, siempre he tenido la impresión de que, desde que era pequeña, Fiona sabía que al permitirme ser parte de su vida, me estaba proveyendo de algo que yo no podría tener de otra manera. Sobra decir que estoy increíblemente agradecida contigo por ese regalo.

A lo largo de los años ha habido ocasiones en que he necesitado hacer piruetas entre Fiona y tú. Le tengo una lealtad muy fuerte a tu familia, pero también a mis relaciones individuales con ambas. Por lo general, he encontrado la manera de hacerlo respetándolas y mostrándoles, a ambas, lo que considero integridad y honestidad puras, y créeme que me he esforzado en ello. Sin embargo, después de leer la carta, me siento obligada a decirte algo que te había ocultado.

Después de la muerte de Daan, en el otoño, Fiona vino a visitarme en Connecticut. Estaba pasando por un momento muy difícil por la partida de su padre y, unas semanas antes de Navidad, tuvo que asistir a una conferencia en Boston, así que añadió unos días más a su viaje para verme. Fue una sorpresa enorme. Me llamó el día anterior y me preguntó si podía venir a la casa. Yo desconocía que tú no estabas enterada de su viaje hasta que llegó y me pidió que no te contara nada. Acepté y me arrepiento. En realidad, solo hablamos. Fue lo único que hicimos durante dos días. Nos sentamos en la terraza y hablamos y hablamos. Sobre todo ella. Habló mucho sobre el fallecimiento de Daan. Seguía conmocionada, en un estado sensible y muy emocional. Se sentía afligida por la muerte en general, pero también se lamentó profundamente por la agonía que había implicado para ella la infertilidad, lo que obviamente entiendo a la perfección. Me habló de todos esos años de pruebas negativas de embarazo y de los abortos espontáneos que sufrió antes de empezar la fecundación in vitro. Sybil, ¡yo no sabía nada al respecto! Me sorprende que no me hayas contado. En fin, Fiona estaba lidiando con demasiadas cosas en ese momento y una de ellas era su relación contigo. No me corresponde revelar los detalles de lo que me contó y quiero que sepas que siempre he privilegiado mi lealtad hacia ti, y así lo hice cuando hablé con ella, pero debes darte cuenta de que, así como te sientes decepcionada de lo que sucede con tu hija, ella se siente decepcionada de tu actitud. Yo creo que una conversación honesta podría solucionar todo esto. En tu carta del 25 de mayo dijiste que parecía que no podías tener una buena relación con Fiona y reflexionaste un poco sobre el porqué. Darme cuenta de que este asunto te estaba quitando el sueño me incomodó y luego recordé que mencionaste que, después del funeral de Daan, ella te escribió una nota mezquina. Ahora siento que estoy en medio de un campo de batalla, pero al mismo tiempo me parece que, si te sugiero que lidies con esto, mi difícil posición entre ustedes finalmente podría servir de algo. ¡Porque tú y Fiona se quieren!

Muy bien, creo que eso es todo lo que quería decir. Te ofrezco disculpas por no haberte contado de la visita de Fiona. Ocultártelo me ha tenido con el estómago revuelto los últimos seis meses. Por supuesto, imagino que al leer esta carta te sentirás lastimada y lo siento muchísimo. Quedo en espera de tu respuesta.

Rosalie

Posdata. Estoy leyendo <u>Inferno</u>, la novela más reciente de Dan Brown. ¿Tú qué lees?

PARA: sybilvanantwerp@aol.com

DE: MansourBas850@hotmail.com

FECHA: mayo 22, 2016 05:13 PM

ASUNTO: Aquí Basam Mansour de Kindred

Hola, señora Van Antwerp:

Siento mucho contactarla desde mi dirección de correo personal. Poco antes de Año Nuevo, me despidieron de mi puesto en Kindred. Ahora trabajo como conductor de Uber y también entrego comida a domicilio para un restaurante vietnamita. Sigo buscando un empleo en mi área de trabajo.

Cometí un gran error: traté de enviar mi currículum desde la cuenta de correo electrónico de servicio a clientes de Kindred. Había un *firewall* en el sistema del que yo no estaba al tanto y el sistema revisa los documentos adjuntos. Fue una torpeza de mi parte no haber pensado en eso. Mi supervisor hizo una auditoría de mis correos electrónicos y le pareció que mi correspondencia con usted era inapropiada, así que cortó mi acceso a las cuentas de servicio y me puso a trabajar dos semanas en un puesto en el que no tenía contacto con clientes. Después terminó mi contrato. Fue algo terrible, por supuesto, pero también lo comprendo. Sé que no es ético enviar mi currículum desde ahí.

Hace varios meses le envié un correo, pero como no recibí respuesta, di por hecho que usted no quería tener comunicación conmigo fuera del contexto de Kindred, lo cual me parecía comprensible. Esta mañana, sin embargo, regresé a mi cuenta y consideré la posibilidad de haber escrito mal su dirección. La había escrito de memoria y, como mencioné, en cuanto me ubicaron en

otra área de la empresa, ya no tuve acceso a ninguna información en Kindred. ¡Entonces descubrí el problema! Había escrito
su apellido con "von" en lugar de "van".

Si esta es su dirección de correo electrónico correcta, espero que
me pueda contestar y, por favor, discúlpeme por contactarla de
esta manera tan poco convencional. Por fin le puedo enviar mi
currículum, lo encontrará adjunto. Agradeceré mucho su ayuda si
aún está dispuesta a proveérmela.

Espero tener noticias suyas,
Basam Mansour

Posdata. Revisé la cuenta de la persona con quien usted tenía
coincidencia de ADN. No recuerdo su nombre, pero sí que vivía en
Fort William, Escocia. Cuando trabajaba en Kindred, enviarle esta
información me inquietaba por el aspecto ético, pero ya no estoy
bajo contrato con la empresa.

Félix Stone
7 rue de la Papillon,
84211 Gordes
FRANCIA

6 de julio de 2016

Querido Félix:

He tenido una semana infernal. Pensé llamarte por teléfono porque hay demasiados temas de qué hablar e, incluso a mí, que estoy acostumbrada, me pareció abrumador verterlo todo en una carta. Sin embargo, el hecho de que estés de excursión en Argentina me obliga a escribir de todas maneras, pero no importa porque, de cualquier forma, me parece mejor. Había planeado pasar esta tarde desbrozando el jardín, pero se acerca una tormenta y parece que lloverá todo el día, así que ahora me encuentro sentada en mi escritorio. Eso me da tiempo para reflexionar sobre las ideas que voy plasmando en la página, en lugar de solo parlotear por teléfono de forma apresurada y tropezarme con mis propias palabras.

Félix, he estado descendiendo por la escalera de caracol que lleva al infierno.

Hace diez días recibí una carta de la <u>asistente administrativa</u> de la decana de la Facultad de Inglés de la UMDCP. SE DESHIZO DE MÍ PASÁNDOLE EL ASUNTO A SU SECRETARIA. La joven, que se llama Ellie, me dijo que la postura de Melissa respecto a permitirme asistir como oyente a una clase de inglés no había cambiado. En el último párrafo, Ellie dice que la doctora Genet apreciaría muchísimo que yo "dejara el asunto en paz", dado que "ya tomó una decisión final". Pero, <u>como tú bien sabes</u>, si hay algo que NO PIENSO HACER es dejar el asunto en paz.

Al día siguiente recibí una llamada de James Landy. No sé si lo recuerdas, James era asistente de Tom Buggs y luego se fue a trabajar a los tribunales federales. Ahora tiene su propio despacho. Me he estado escribiendo con su hijo durante casi diez años, creo, y el chico se encuentra muy afligido. Sus padres creen que está demente de alguna forma, pero siempre he creído que el único problema es que no lo comprenden. Este chico es un genio para las matemáticas. Hasta cierto punto, se comporta de forma peculiar en los contextos sociales, igual que yo. Se llama Harry, es encantador, inteligente y amable, pero a veces le dan ataques de alguna especie; él dice que "se pone como loco". En la escuela lo maltratan los chicos típicos. Ya sabes, los de tipo atlético, los crueles. Los conoces porque a ti también te maltrataron. Harry tiene dieciséis años, hace tiempo dejó de escribirme, pero yo continué la correspondencia. Lo hice porque, verás, por un lado, me parecía que, aunque él no quería, se sentía obligado a dejar de escribirle a una anciana como yo y, por otro, porque me daba la impresión de que las cartas eran una especie de terapia para él. Lo digo porque en ellas me habla sin reservas de sus problemas. No sé si alguna vez te conté, pero hace algunos años huyó de su casa y apareció en la mía. Creo que esto te da una idea de por qué siento que tenemos un vínculo. En fin, para colmo, su madre ha perdido la razón. Siempre fue una mujer peculiar, pero en los últimos años empezó a pasar temporadas en instituciones mentales. Tiene un problema de ansiedad que parece haberse extendido como la vid kudzu. Empezó a crecer y crecer y crecer, y luego, la semana pasada, James me llamó para preguntarme cuándo había sido la última vez que me escribí con Harry. Le dije que su última carta la recibí en las fiestas de fin de año, porque así fue. Luego me contó que el niño había tratado de suicidarse ingiriendo pastillas. Lo habría logrado de no ser porque la empleada doméstica lo encontró y llamó a una ambulancia. Ahora está en el hospital recuperándose, pero cuando se sobreponga lo enviarán a un hospital para enfermos mentales para que se rehabilite y eso puede durar semanas o meses. Ay, Félix, a veces me siento muy fatigada.

Mick Watts me invitó a visitarlo en su casa en Houston. Dijo que quería llevarme a practicar tiro al blanco, ¡imagínate! Y al club de golf para "comer las mejores croquetas de cangrejo de mi vida", ¡EN TEXAS! Por supuesto, le dije que eso era una verdadera ofensa. En cualquier caso, me invitó mientras hablábamos por teléfono y, tú sabes bien, Félix, que detesto la simple noción de Texas con cada partícula de mi ser porque me parece una tierra baldía, candente, desbordante de matojos rodantes y de gente que anda por ahí levantando polvo con botas vaqueras y pistolas. Y, a pesar de todo, estoy considerando ir. Pero estoy en un dilema. ¿Cómo confesártelo sin sonar como una chiquilla banal y cabeza hueca? También he estado haciendo algunas actividades con Theodore Lübeck. Hemos jugado gin rummy algunas noches, y, hace varias semanas, fuimos a Baltimore en su automóvil para probar una pastelería alemana que se llama Oma. A veces, cuando el clima es agradable, paseamos juntos. No le he contado a Theodore sobre Mick, NO PORQUE HAYA ALGO QUE CONTAR, pero cuando Mick me invitó a Texas, el estómago me dio vueltas. Me di cuenta de que después de una sequía de un cuarto de siglo, ahora, a mis setenta y siete años, ¡dos hombres me cortejan al mismo tiempo!

Bueno, y aquí va la guinda del pastel. Esta mañana encendí la computadora, entré a mi cuenta y me sorprendió encontrar un correo electrónico de mi buen amigo Basam. ¿Recuerdas todo el asunto? Basam me orientó durante algunos años cuando trabajaba en el sitio de Kindred. Es un hombre maravilloso. Vino de Siria, es ingeniero y yo iba a tratar de ayudarle a encontrar un empleo decente, pero luego, el otoño pasado, cuando la descarga eléctrica por la tormenta destruyó mi computadora, no pude contactarlo durante varios meses y, cuando volví en la primavera, le envié un correo, pero me contestó otra persona de Kindred y me dijo que Basam ya no trabajaba ahí. Me pareció muy extraño, pero así es la vida y eso fue todo.

Y hoy, ¡oh sorpresa! Recibí un correo electrónico de Basam, enviado desde su cuenta PERSONAL. El mensaje estaba ahí esta mañana como un conejito asustado, con los ojos bien abiertos y esperándome. LO DESPIDIERON de Kindred debido a los correos electrónicos que ME envió. En realidad, trató de mandarme su currículum para que yo le ayudara a encontrar un buen empleo, pero bueno, LA CUESTIÓN ES QUE... espera, te dije que tenía mucho que escribir, así que me saltaré algunos detalles e iré a lo importante:

Tuve una coincidencia de ADN. De hecho, es algo que he sabido desde hace algún tiempo, pero ¿qué iba a hacer con esa información? Te lo diré: durante un largo período, no hice nada. ¡Porque mis padres no me quisieron! ¿Para qué hurgar más? Pero nada, pasados los meses, la curiosidad me venció y contacté a la persona en cuestión. Se llama Henrietta Gleason. Su cuenta, sin embargo, estaba suspendida, por lo que le pedí a Basam que me ayudara a encontrarla. Como eso fue justo antes del prolongado período sin contacto, por un tiempo no supe nada, pero ahora Basam ha vuelto y resulta que, antes de irse de Kindred, logró reunir algo de información. Me dijo que la mujer con la que comparto 49 % de ADN vive en Escocia. Sí, Henrietta Gleason es su nombre. ¿Qué se supone que debo hacer con esa información o con lo que te he escrito? Este asunto había estado sucediendo durante años sin provocar una sola reacción en el radar y, de pronto, ¡PUM! ¡CAOS TOTAL!

Llámame cuando vuelvas de Argentina.

Syb

Posdata: Fiona y yo hablamos por teléfono esta semana. Fue la primera llamada real en un mes, no por mensaje de texto o correo electrónico. Llamó para decirme que lograron implantar un embrión y que va a tener otro bebé. Gracias a la ciencia saben que es una niña y la llamarán Frances, pero le dirán Frannie. Te juro que no le diré a nadie más, pero odio el nombre que eligieron.

PARA: sybilvanantwerp@aol.com
DE: Roy@coastaleyepartners.com
FECHA: julio 20, 2016 8:23 AM
ASUNTO: Seguimiento tras su consulta

Querida Sybil:

Me dio mucho gusto verla ayer, aunque, como le dije, las gotas
no están manteniendo su visión de la manera que esperábamos
y la pérdida se está produciendo más rápido de lo esperado. Por
desgracia, esa es la naturaleza de esta bestia: puede mantenerse
latente sin hacer gran cosa durante años, y luego, de repente,
producir un declive importante. Las miodesopsias o cuerpos
flotantes que ve podrían empeorar o mantenerse estables, pero
es poco probable que desaparezcan. La visión comenzará a ir
y venir. Algunos días podría experimentar una pérdida dramá-
tica de la visión de uno o ambos ojos y al día siguiente podría
recuperarla. No es nada agradable. Quiero reiterar lo que ya le
dije: me preocupa que viva sola, que ni su hijo ni su hija estén al
tanto de la situación. Para ser sincero, dentro de poco no podré
permitir que continúe manejando. La última vez que se cayó, el
resultado fue bastante perjudicial, una muñeca rota. ¿Qué tal si
las cosas empeoran en el futuro? ¿Qué tal si se cae de las es-
caleras o de una banqueta? Me pregunto si no podría contratar
algún tipo de compañía, una enfermera que le ayude por lo menos una parte del día. Me temo que, en casos como el suyo, los
pacientes ni siquiera se dan cuenta de cuán profundos son los
efectos colaterales mientras la enfermedad avanza. Los dolores
de cabeza que mencionó, por ejemplo, se deben a la tensión que
experimentan sus ojos al leer y escribir, pero a estas alturas la
conozco demasiado bien y sé que, aunque se lo prohíba, no dejará
de hacerlo.

De verdad creo que debería contactar a la organización de la que le hablé, Servicios de Baltimore para la Ceguera. Ellos cuentan con personal muy competente y muchísimos recursos de ayuda para todas las etapas de la pérdida de la visión.

Por otra parte, quisiera agradecerle el libro artístico de campos de golf que me hizo llegar. Fue muy amable de su parte, no debió molestarse. Con él, me dio usted también un proyecto. Tengo cuarenta y un años, ¿en cuántos de esos campos cree que podría yo llegar a jugar?

Dr. Jameson

Sybil Van Antwerp

17 Farney Rd.

Arnold, MD 21012

ESTADOS UNIDOS

21 de julio de 2016

Sybil, acabo de hablar por teléfono contigo y ahora estoy aquí sentado conversando con Stew respecto a todo el asunto. Entre más pienso lo de la tal señorita Henrietta, más me parece que sería una lástima que descubrieras que tienes un pariente consanguíneo y nunca lo contactaras. Qué desperdicio. Además, no fue ella quien no te quiso, ¿o sí? Ella ni siquiera había nacido. ¡Encontraste un tesoro! No puedes solo dejarlo ahí y tirarlo a la basura.

Félix

PARA: MDWattsIV@gmail.com
DE: sybilvanantwerp@aol.com
FECHA: agosto 19, 2016 8:23 AM
ASUNTO: Cancelación visita

Saludos, Mick. Te escribo para darte no muy buenas noticias. Después de todo, tendré que retractarme y cancelar el viaje a Houston la próxima semana. Un amigo muy querido está atravesando una especie de crisis en este momento y su hijo adolescente se quedará en mi casa una temporada. No estoy segura, pero podrían ser varias semanas, te estaré informando. Tengo muchos años conociendo a este muchacho. Su padre es el honorable juez James Landy. ¿Llegaste a conocerlo? Es un hombre encantador a pesar de que suele ser algo estirado y de que se aferra a este republicanismo moderno que he llegado a detestar. De cualquier forma, lamento no poder ir. Espero que puedas recibir un reembolso por los boletos de avión. Por supuesto, estaré en contacto de nuevo en cuanto pueda. Lamento mucho perderme la práctica de tiro.

Saludos cordiales,
Sybil

Rosalie Van Antwerp

33 Orange Lane

Goshen, CT 06756

1 de octubre de 2016

Querida Rosalie:

Harry ha estado en mi casa poco más de dos semanas. Llegó con un aspecto terrible, muy demacrado y con unas ojeras tremendas. Parecía que le habían untado una barra entera de mantequilla en el cabello y su rostro está cubierto de granos. Lo trajo James y, cuando abrí la puerta, estuve a punto de gritar azorada. El chico ha crecido mucho. Mide casi lo mismo que Daan, solo que está demasiado delgado. Fue una visión dolorosa, es obvio que este niño necesita una madre. Se veía muy débil, como si se fuera a quebrar, parecía una lechuga podrida. James me miraba conteniendo el aliento. Creo que tenía miedo de que cambiara de opinión al ver a su hijo. Sin duda está prosperando mucho en lo profesional, pero es obvio que se siente muy desgraciado viendo cómo su familia se va a la mierda. Al infierno y sin escalas, como dicen. Se culpa de lo que está pasando y, en efecto, siempre es necesario que uno haga una reflexión personal, pero yo no podría decir que sea culpable de todo.

El chico es muy taciturno y duerme bastante, pero James me dijo que se debía a los medicamentos, que antes no dormía más de cinco horas por la noche. Tiene deberes escolares y cumple con ellos sin problemas, no tengo que forzarlo en absoluto. Es quisquilloso para comer y no habla mucho conmigo. Por lo que leía en sus cartas me parecía que sería más parlanchín, pero en los últimos meses mataron algo en él o, como les sucede a muchas personas, todo ese tiempo sintió confianza solo porque lo protegía el velo de la tinta sobre el papel. Pasa mucho tiempo arriba, en la habitación. Creo que resuelve rompecabezas matemáticos o lee, adora ambas cosas. De hecho, está obsesionado con la fantasía y la ciencia ficción. También pasa mucho tiempo en su computadora. Juega World of Warcraft, un juego de magia y batallas. También hace "programación", trató de explicarme, pero fue inútil. A veces sale a pasear. Ah, no había mencionado que trajo a su perra. Es un animal enorme llamado Thor. Se le cae tanto el pelaje que tengo que aspirar dos veces al día. Asiste a terapia dos veces a la semana y conduce hasta el consultorio. Harry, no la perra. Creo que, por el momento, no tiene instintos suicidas. Hemos hablado en ocasiones del tema porque, cada tercer día, le pregunto sin reservas: "¿Entones no tratarás de suicidarte?", porque quiero asegurarme de que todo sea muy, muy claro y me dice que no lo intentará de nuevo y yo le creo. Es un chico poco convencional, pero no miente. También es muy práctico. Por lo general, logro que juegue conmigo una o dos partidas de algo por la noche. Es muy hábil para los juegos de cartas y otras cosas. Me está enseñando a jugar Mahjong. También estamos viendo una serie documental de un hombre que escala superficies empinadas sin equipo. Estoy tratando de intuir qué podría motivarlo, pero es plano como una panqueca. Sin embargo, me da gusto que esté aquí. Creo que esto responde a tu pregunta sobre cómo van las cosas.

Me cuesta trabajo encontrar tiempo para escribir ahora que tengo de nuevo un niño en casa, pero me esforzaré. Sigo leyendo <u>La casa redonda</u>, de Louise Erdrich.

Sybil

PARA MansourBas850@hotmail.com:
DE: sybilvanantwerp@aol.com
FECHA: noviembre 11, 2016 08:21 PM
ASUNTO: Empleo + el niño en mi casa

Querido Basam:

Quiero ponerte al día con mi búsqueda de empleo para ti. Le
envié el currículum a Dale Woodson a través de mi hijo, Bruce.
Bruce dice que Dale ha estado metido en un gran embrollo debido al derrumbe de un puente en Pittsburgh. Afortunadamente,
como fue por la mañana, solo fallecieron tres personas. El estado
de Pensilvania está demandando a la empresa que realiza las
inspecciones de seguridad. Bueno, el caso es que Bruce le dará
seguimiento al asunto con Dale en algunas semanas, cuando las
cosas caigan por su propio peso. Y no, no fue mi intención hacer
un mal juego de palabras.

También quiero ponerte al día con otras noticias. Como te dije en
un correo anterior, he estado muy ocupada porque estoy alber-
gando a un adolescente durante una temporada. Bien, resulta
que este chico, que se llama Harry, se mostró muy interesado
cuando le hablé un poco de Kindred, las pruebas de ADN y todo
eso. Cuando mencioné que tenía una coincidencia con Henrietta
Gleason, su rostro se iluminó. Me dijo que 49 % era un porcentaje
bastante alto y que apostaba a que éramos hermanas. En cuanto
lo escuché me quedé en *shock*, pero traté de no perder la cordura.
Harry se metió a internet una noche, cuando yo estaba dormida,
y la encontró. Fue a través de un artículo en un periódico local
en línea sobre una mujer que se volvió famosa porque estaba
realizando investigaciones revolucionarias sobre la ciencia de
los suelos. Se llama Henrietta Nell Gleason, "Hattie". Sí, así le

gusta que le llamen, Hattie. Harry siguió el inimaginable rastro del conejo en línea hasta que encontró su dirección, en Fort William, Escocia, como recordarás. Ahora me encuentro frente a esta información y debo tomar una decisión. ¿Qué opinas?

Saludos cordiales,
Sybil Van Antwerp

Querido Theodore:

Gracias por las castañas que dejaste en mi puerta ayer. Aunque tardíos, te envío mis mejores deseos por Navidad y, claro, por el tercer día después de Jánuca. Todos disfrutaron muchísimo de los dulces. Fiona no volvió a casa. Bruce y su familia solo estuvieron aquí ayer, así que hoy estoy limpiando. Te ofrezco disculpas por no haber podido asistir al concierto de la sinfónica contigo en diciembre. Parece que Harry volverá mañana o pasado mañana, y cuando vuelva me tocará cuidarlo de nuevo.

Cuando regrese, ¿te gustaría venir a cenar y a jugar Aventureros al Tren?

Saludos cordiales,
Sybil

Cada vez que el calendario pasa a un nuevo año, caigo en la introspección. Es como si entrara a la alacena a revisar lo que hay, a hacer inventario: qué tengo, qué necesito, en qué estado se encuentran los víveres. Es lo que hago cada año, el primer día de enero. Así pues, ayer pasé todo el día pensando y decidí que, después de todo, voy a escribirle a esa mujer en Escocia. ¿Sabes lo que creo? Que existe un Dios inteligente con planes, que controla muy bien lo que sucede aquí abajo y si el plan supone que hable con ella, lo haré. A veces me parece una locura confiar en una cosa como una supuesta prueba de ADN, pero confío. Tengo que...

Mi vida se ha vuelto muy extraña en tiempos recientes. A mediados de septiembre, cuando llegó Harry, di por hecho que solo estaría unos días o una semana, pero aquí nos encontramos, varios meses después. Regresa el domingo. Fiona está preocupada, cree que me están usando, pero no es así. Soy yo quien ha insistido en que se quede el tiempo necesario para recuperarse. Y ahora también está el asunto de la mujer escocesa con quien espero poder ponerme en contacto, una personita allá afuera, en un mar de miles de millones y que, en teoría, forma parte de <u>mi familia</u>. Me siento muy extraña. Esta mañana estoy frente a mi escritorio. Afuera la temperatura es de menos 30 grados, la nieve cae aquí y allá. Me protege un techo, estoy bien arropada, bebiendo té, asombrada y preguntándome: ¿he sido una mujer solitaria? Nunca habría dicho que lo soy, pero ahora que me encuentro aquí, pensando, me pregunto, ¿siempre estuve sola? Ni siquiera estoy segura de haberme sentido como en casa en este mundo, pero, por otra parte, no creo que solo yo me sienta así. No lo sé, no tengo claro que quería decir cuando me senté en esta silla. Es como si todo lo que estuviera, o me parecía, muy bien organizado, hubiera recibido una buena sacudida. Por primera vez en mucho tiempo no sé qué encontraré a la vuelta de la esquina.

Srita. Henrietta Gleason
Hoply
The Yule Road
Fort William PK98 4FC
Escocia
REINO UNIDO

6 de enero de 2017

Estimada señorita Gleason:

Por favor, permítame comenzar comentando que esta es, por mucho, la carta más extraña que he escrito en mi vida y créame que he escrito bastantes. Me llamo Sybil Stone Van Antwerp y nací en Estados Unidos el 29 de mayo de 1939. Poco más de un año después, fui adoptada por Lawrence y Margaret Stone. Me gustaría empezar por decir que yo nunca, pero jamás, pensé hacer algo como esto.

Hace algunos años, Bruce, mi hijo mayor, me dio como regalo de Navidad una membresía y un kit para realizar una prueba de ADN con una organización llamada Kindred. Creo que su intención era doble. En ese momento, su padre, mi exesposo, estaba agonizando y él y mi hija Fiona se enfrentaban a la intransigencia de la mortalidad. Como todos lo hacemos, quisieron aferrarse a algo. Constatar que su padre desaparecería con la inminente marea, los hizo aferrarse a mí de cierta forma y, supongo, a la noción del linaje o la historia de uno mismo. En cualquier caso, me tomó algún tiempo aceptar no solo el regalo, sino también el hecho de que a ellos les hacía falta algo. Finalmente, envié la muestra de saliva y me sorprendió lo ansiosa que me sentí mientras esperaba, un sentimiento que nunca pude terminar de definir. Luego, llegaron los resultados por correo. La gráfica en queso de mi supuesta ascendencia despertó algo que yo no sabía, que permanecía dormido, algo profundamente oculto. Debo admitir que incluso lloré. ¿Acaso se está usted preguntando por qué le cuento todo esto? Así que permítame ir directo al asunto.

Nunca tuve la intención de abrir la opción de compartir los datos sobre mi ADN. Al descubrir que mi linaje biológico se extendía hacia las islas británicas, Rusia e incluso a los nativos norteamericanos, me bastaba y sobraba. A pesar de la vaguedad, la información me dio una cálida sensación de tener raíces. Una noche, sin embargo, atravesé un momento muy emocional. Me encontré de pronto en un estado mental casi eléctrico y fuera de lo común, y le parecerá una locura, pero encontrándome así di clic en la casilla del formulario que autorizaba que se estableciera cualquier conexión existente entre mi ADN y el de los otros usuarios. En menos de una semana, en la que yo no imaginé nada, recibí un correo electrónico de Kindred anunciando que habían encontrado a un usuario con una coincidencia de ADN de 49 %. Estoy segura de que ahora sabe adónde me dirijo con todo esto: creo que esa persona era, o es, usted.

Por diversas razones en las que no vale la pena ahondar, no la contacté en ese momento, pero varios meses después intenté hacerlo. Recibí de inmediato un mensaje de error desde el sitio diciendo que usted ya no era usuaria. Sé que corro el riesgo de asustarla, pero para ser irreprochable, debo confesar que le pedí a un amigo que trabajaba en Kindred que tratara de averiguar su dirección. Y verá, todo esto sucedió a lo largo de varios meses porque, en realidad, me enteré de su existencia a mediados de 2015. Después perdí el contacto con ese amigo y, por supuesto, en ese tiempo reflexioné de forma muy profunda sobre estas decisiones. Hace algún tiempo, averigüé que usted vivía cerca de Fort William y luego, el mes pasado sucedió algo que no esperaba. El hijo de un querido amigo está viviendo conmigo. Es un muchacho que se encuentra confundido, pero es muy inteligente. Ya imaginará usted, está creciendo en la era de Internet. En fin, este muchacho encontró su dirección y... VOILÀ.

Mi ADN coincide con el suyo en un 49 %. Yo no sé nada sobre mi familia biológica, solo que fui adoptada en los Estados Unidos y me criaron principalmente en Filadelfia.

Espero que me escriba, incluso si solo es una misiva breve para decirme que me vaya al diablo. Porque, verá, ahora que esta curiosidad se despertó en mí, no puedo arrullarla y hacerla dormir de nuevo.

Saludos cordiales,

Sybil Stone Van Antwerp

17 Farney Rd
Arnold, Maryland
21012
ESTADOS UNIDOS

sybilvanantwerp@aol.com

Sra. Diana Gabaldon

8930 North Muir Circle

Scottsdale, AZ 85262

2 de febrero de 2017

Estimada señora Gabaldon:

Escribo para decirle que acabo de llevarme la sorpresa de mi vida. Para ser más precisa, fue al leer el primer libro de la saga, <u>Outlander</u>. Esto fue lo que sucedió: tengo dos buenas amigas a quienes llamo "las pajaritas": Trudy y Millie. Las conozco desde hace más de tres décadas y comparto con ellas un diálogo constante sobre literatura. Nuestros gustos no siempre coinciden. Yo prefiero la ficción literaria moderna y la no ficción. De vez en cuando, también disfruto clásicos del siglo diecinueve y veinte. Trudy lee ficción cristiana y ficción histórica, específicamente de la Guerra de Independencia, la Guerra Civil y las Guerras Mundiales. Millie prefiere los clásicos, pero también lee algo de ficción convencional o el tipo de cosas que recomiendan Oprah y Reese Witherspoon, o lo que encuentra en Costco cuando va los jueves por la mañana. Pero bueno, ya estoy ahondando demasiado. Lo que quería decir es que les mencioné a las pajaritas, es decir, a estas dos amigas, que quería leer algo sobre Escocia y, en particular, que se situara en las Tierras Altas. Entonces Millie me preguntó si había leído su primer libro, <u>Outlander</u>. Le dije que no y Trudy intervino sonrojada, haciendo eco a la pregunta de Millie: ¿no había leído <u>Outlander</u>? Entonces comprendí que ambas habían abordado la obra y, no solo eso, habían leído las ocho novelas de su serie. Les pregunté por qué ninguna de las dos me había mencionado la saga y vi que Trudy se sonrojaba aún más, como si se acabara de asar bajo el sol, mientras que Millie, a quien usted sin duda adoraría porque parece no sentir vergüenza alguna y, de hecho, es de Long Island, me miró fijamente a los ojos y dijo: PORQUE CONTIENE MUCHÍSIMO SEXO. Por supuesto, a la mañana siguiente Trudy ya estaba dejando su copia de bolsillo de <u>Outlander</u> en la entrada de la casa, justo cuando yo terminaba de leer otro libro por tercera ocasión: <u>Stoner</u>, de John Williams. Como verá, llegó en el momento perfecto, así que pude sumergirme en su libro de inmediato.

Bien, leí todo el día. No fui a mi club de jardinería, continué leyendo en la noche, desperté, leí toda la mañana y, a pesar de que el libro pesa lo que una cuña de fierro para evitar que se cierre la puerta, terminé de leerlo esa noche. Luego salí a la parte trasera de mi casa parpadeando como zarigüeya con los ojos empañados. Resulta que la aseveración de Millie, "muchísimo sexo", no le hace justicia. Y no pienso fingir que no lo disfruté, aunque debo confesar que me salté algunos pasajes violentos. Solo algunos, se lo juro. Lo que me conmovió, sin embargo, fue EL LUGAR. Desde la comodidad de mi silla de lectura, con los pies sobre mi otomana, la luz dirigida con suavidad a mi cabeza y con la humeante taza de té a mi lado, viajé directo al corazón de Escocia. ¿Cómo podría agradecerle? Amé la descripción del lugar, la historia, los maravillosos personajes y su forma de narrar. Adoré su libro y por eso creo que AHORA puedo confesarle que tengo un vínculo especial con Fort William. Es un lazo que descubrí hace poco y que hizo que la historia me resultara aún más interesante. Me identifiqué mucho con el personaje de Claire, dado que soy una persona, digamos, sin filtro. En fin, fue una sorpresa muy grata y lo mejor de todo es que ¡aún me quedan siete libros por leer!

¿Continuará añadiendo textos a la serie? ¿Es usted historiadora? Su conocimiento sobre la historia de Escocia es vasto, también sobre su dinámica con Inglaterra, la que hace que uno casi odie a los ingleses, ¿no es cierto? Y, dígame, ¿comenzó como escritora o como historiadora? Me encantaría tener noticias suyas, en caso de que sea el tipo de persona a la que le agradan los intercambios epistolares. A la mayoría no le gustan, pero de vez en cuando pico piedra y me baña un chorro de petróleo.

Saludos cordiales,

Sybil Van Antwerp

Sr. George Lucas

c/o Lucas Film Ltd

Letterman Digital Arts Center

1 Letterman Dr.

Presidio de San Francisco

CA 94129

24 de febrero de 2017

Estimado señor Lucas:

Espero que esta misiva lo encuentre disfrutando de buena salud. Por lo general, cuando le escribo a una celebridad tengo mucho que decir, pero en este caso, me encuentro un poco en desventaja porque nunca he visto las películas de <u>La guerra de las galaxias</u>. Me siento un poco torpe porque sé que son toda una institución estadounidense, es que rara vez veo televisión y no disfruto mucho de la ciencia ficción. No obstante, sé que su trabajo es muy, muy bueno y que le ha permitido alcanzar un éxito enorme.

Señor Lucas, mantengo los dedos cruzados, espero que su personal le pase este mensaje embotellado que ahora lanzo hacia el Pacífico. Soy una mujer mayor y me encuentro en una situación singular. Le estoy dando albergue en mi casa, durante algunos meses, a un joven que estudia la preparatoria. Este chico es inteligente al extremo, pero está muy triste. Aunque no es mi nieto, si nos viera juntos, usted creería que lo es. Vino a quedarse conmigo para convalecer tras un intento de suicidio. Espero que pueda mantener esta información confidencial. El chico es MUY inteligente. De hecho, fue aceptado en Stanford, en el Massachusetts Institute of Technology, Harvard y otras instituciones. Me parece que su comprensión de las matemáticas tuvo mucho que ver con el hecho de que lo aceptaran.

Ahora, respecto a la razón por la que le escribo, le diré que, en los últimos años, Harry ha estado trabajando en un libro. Creo que, más bien, ha estado inmerso en la creación de un mundo entero. Tiene cuadernos y cuadernos repletos de información. En algún momento comenzó a tejer todo esto para formar una historia y, esta semana, me permitió leer ciento cuarenta páginas del material. Quedé asombrada. Yo sabía que escribía historias, pero no tenía idea de cuán lejos había llegado gracias a su esfuerzo. Es <u>muy bueno</u>, sumamente creativo. Desde la primera página reconoce uno el vigor y la calidad de la intriga. Es tremendo. Dado que yo no soy una persona creativa, no podría contribuir en nada, por eso pensé en usted. Hace tiempo leí una entrevista que concedió hace varios años y me pareció encantador, un hombre sencillo y común hablando sobre cómo criaba a sus hijos. Lo he tenido presente desde entonces. Por eso de pronto se me ocurrió contactarlo y preguntarle si podría escribirle a Harry, solo eso. El muchacho idolatra su trabajo. Por favor, dele un poco de ánimo para continuar. Sería maravilloso si pudiera hacer algo por él, pero claro, sobra decir que sería mejor si lo hiciera sin mencionar que le dije que trató de suicidarse.

Harry, Harry Landy, así se apellida. Estará conmigo viviendo en mi casa hasta el verano. De otra forma, puede escribirle a su casa, esta es la dirección:

98 Dumbarton St. NW,
Washington, DC 21001

Le agradezco mucho su consideración, señor Lucas.

Muy cordialmente,

Sybil Van Antwerp

PARA:_sybilvanantwerp@aol.com_
DE: jameswlandy@gmail.com
FECHA: marzo 3, 2017 05:25 AM
ASUNTO: Marly

Sybil:

Gracias por invitarme a cenar anoche. Fue muy agradable descubrir que el semblante de Harry se ha relajado desde que lo
recibiste en tu hogar.

Quisiera darle seguimiento a varios asuntos. Si no cobras los che-
ques que he enviado, traeré a Harry de vuelta a casa. Ya haces
bastante con tenerlo contigo y no permitiré de ninguna manera
que, además de eso, se convierta en una responsabilidad financiera para ti. Continuaré enviando un cheque cada mes y me re-
servaré la prerrogativa de definir la cantidad. No me importa lo
que hagas con el dinero, Sybil, sé que no lo "necesitas". Tal vez
podrías instalar un techo nuevo. Me da la impresión de que es
necesario reemplazar el que tienes. Compra un velero, planea
un viaje a Italia o contrata a un carpintero para que construya
estantes para tus libros en la terraza cubierta.

Nunca fue mi intención dejar que Harry permaneciera tanto
tiempo contigo y sé que esto no puede durar para siempre, pero
ahora que Marly está de vuelta, confieso que es como tener un
empleo de tiempo completo. Está agitada y grita todo el tiempo
o, si no, tiene ataques de ira o duerme el día entero. Camina por
la casa en las noches. Me parece que no estoy durmiendo, no
estoy seguro. La situación es insoportable, pero cada vez que veo
que Harry está mejorando, que está más contento y tranquilo,
sumado a tu insistencia en que no te molesta tenerlo en casa, me

siento inclinado a permitir que continúe ahí. Que, por cierto, es justo lo que quiere. Ya falta poco para que acabe el año escolar. En la escuela me dijeron que puede continuar y terminar el año a distancia. ¿Estás segura de que no te molesta? Haré planes para que venga a casa en el verano, a mediados de mayo, si no es un inconveniente para ti, claro.

Por último, yo diría que Theodore Lübeck está enamorado de ti. Qué hombre tan interesante. ¿Conoces los detalles sobre por qué su familia dejó Alemania? Yo diría que es gracioso también. Ya sabes, lo digo por esa costumbre de vestirse como si todavía fuera 1978 y de usar ese sombrero europeo. Además, es inteligente y se interesa en todo lo que dices. Estoy seguro de que está enamorado de ti, pero por lo que me ha dicho Harry, tienes una especie de relación con un abogado retirado de Texas.

Voy a llevar a Harry a California para que visite Stanford otra vez, antes de que tome su decisión final. Tenía la esperanza de que se quedara en la Costa Este, pero veo que Stanford le atrae mucho más. Lo llevaré en un par de semanas, el jueves 16 de marzo.

Gracias por las flores que cortaste para Marly, le encantaron. Tu jardín parece sacado de una revista de propiedades en la provincia inglesa. Hablamos pronto. James

Decapitaron las flores. Cercenaron cada brote, cada botón. Todo quedó tirado sobre el césped, marchitándose. Harry salió temprano para llevar a Thor a hacer sus necesidades, pero enseguida volvió a entrar muy agitado. Cuando salí, vi todo verde, como una selva monótona y las flores esparcidas en la tierra como los dulces de una piñata. Recorrimos el jardín para recogerlas, pero luego tuvimos que tirar todas a la basura porque, como no tenían tallo, ni siquiera podíamos colocarlas en floreros. Me sentí paralizada. O, más bien, resignada ante lo inevitable.

Mi vecino Theodore, que también hace un poco de jardinería, llegó poco después y tocó la puerta. Estaba azorado por la masacre. Empezó a hacerme preguntas junto con Harry y terminé contando sobre el furioso individuo que escribe bajo las iniciales DM. Les dije que, como había pasado bastante tiempo desde la última vez que recibí una nota suya, pensé que la situación había llegado a su fin. Confesé que era alguien que me conocía por mi trabajo en los tribunales y que me había estado acosando, pero fui incapaz de mostrarles las cartas. Les dije que las había tirado a la basura, pero por supuesto, aún las tengo. Theodore insistió en que llamaría a la policía, pero no se lo permití porque cortar flores de sus tallos no es ningún crimen. Apenas es abril, muchos de los arbustos florecerán de nuevo. No tengo más evidencia que las cartas y, francamente, no soportaba la idea de mostrarlas.

Harry, sin embargo, es muy distinto. Él tiene suerte, carece de la corrección y civilidad que hace que las personas comunes se autocensuren. Debido a eso, continuó interrogándome en la noche. Sentí cierta apertura porque somos muy parecidos. Además, hemos establecido un compromiso que nos permite confiar el uno en el otro y mantener la discreción, por eso le mostré las cartas. Las analizó en silencio y lo primero que me preguntó fue quién era DM. Le dije que no creía saber. Hay algunos casos que recuerdo, uno en particular y... Ay, Potro, ¡si pudiera volver el tiempo atrás y hacer algunas cosas de manera distinta! Verdaderamente me he equivocado mucho a veces. Después de observarme un rato, Harry se puso de pie y me trajo un vaso de agua fría. Lo dejó sobre la mesa. Luego se dirigió al cajón debajo del teléfono, sacó una libreta y un lápiz que colocó frente a mí, junto al vaso. Escribí el nombre y la fecha del caso y entonces me preguntó qué necesitaba. Enzo Martinelli. Todavía puedo verlo. Le dije que con una dirección bastaría. Me fui a acostar y, por la mañana, encontré sobre la mesa una lista con varias opciones que investigó en la noche. Así que ahora lo tengo.

Ay, Potro.

PARA: sybilvanantwerp@aol.com
DE: debbakescakes@yahoo.com
FECHA: abril 28, 2017 08:10 AM
ASUNTO: Tu puesto en el club de jardinería

Buenas tardes, Sybil:

Debido a que no has asistido a las últimas tres reuniones del club de jardinería Severn River ni a la reunión de liderazgo que se realizó antes de la asamblea general la semana pasada, las líderes han decidido retirarte del puesto de secretaria del club de manera inmediata. Dado que soy la encargada de hacer las fichas de membresía tengo mis propias responsabilidades, pero a pesar de ello me ofrecí a hacerme cargo de las tuyas, así que puedes enviar la hoja de Excel con la lista más reciente de membresías. Asimismo, ordenaré que se fabrique una nueva ficha de membresía general con tu nombre para que reemplaces y botes la que dice "secretaria" y que tiene borde dorado.

Atentamente,
Debbie Banks

PARA: grandmaalicelivingston@yahoo.com
DE: sybilvanantwerp@aol.com
FECHA: abril 28, 2017 10:49 AM
ASUNTO: Depuesta

Alice, desde hace tiempo sabíamos que esto sucedería. Ahora que lo analizo en retrospectiva, lo veo con claridad. Debbie Banks es una mujer formidable y, además, ¿acaso no llevaba AÑOS buscando mi talón de Aquiles? Supongo que lo encontró y está bien. No tengo problema, puede quedarse con el puesto. No lamento haber faltado. Resulta que el club de jardinería se reúne por las tardes, justo cuando los peces comienzan a morder la carnada y, como te dije, desde el otoño he tenido en casa un invitado especial. A mi invitado le agrada pescar antes de cenar y, para ser honesta, disfruto muchísimo más su compañía que nuestras reuniones del club. Seamos honestas: se han convertido en un espacio para mujeres que, en lugar de reflexionar sobre la jardinería, comen pastelitos y galletas, despotrican contra sus exmaridos, se lamentan de sus articulaciones desbordantes de artritis y lloriquean mientras describen sus dificultades intestinales. Espero que no sientas la necesidad de renunciar a tu puesto como tesorera por tu lealtad hacia mí. ¡Quédate, Alice! De todas formas, tienes a Mary en el club. Si yo tuviera una nuera ahí, probablemente me comportaría de maravilla. O, bueno, tal vez no, pero si tuviera una hija o algo parecido cerca, aprovecharía todo momento para estar con ella.

Sybil

Sybil Van Antwerp
17 Farney Rd
Arnold, MD 21012

16 de mayo de 2017

Querida Sybil:

Llevo bastante tiempo sin tener noticias tuyas ni por carta ni
por teléfono y, para colmo, las últimas veces que nos comunicamos fue cosa de minutos. Sé que estás muy ocupada porque
tienes a Harry en casa y por el problema con el club de jardinería, ¡pero mi vida es simple y aburrida! Extraño nuestra
correspondencia. ¿Está todo bien?

Programaron la cirugía de espalda de Paul para la primera
semana de junio y, aunque estoy aterrada, solo desearía que
la realizaran para poder volver a casa y continuar con nuestra
vida. La recuperación será complicada, pero en teoría, el proce-
dimiento eliminará a largo plazo buena parte de la incomodidad que siente ahora. Tomando en cuenta este panorama y las
exigencias físicas que implica cuidar de él, cada vez me debato
más entre mantener a Lars en casa o llevarlo a una residencia
para ancianos. El hombro derecho se me ha debilitado de tanto
levantar a Paul. Acabo de consultar a un médico que piensa
que necesito que me inyecten algo para mitigar el dolor de
la espalda. En fin, hice una visita a Greenmont Village para
que me mostraran el sitio y me reuní con la directora. Parece
una persona inteligente y empática. No puede creer que no
haya actuado antes, pero bueno, todos me dicen lo mismo. Estoy segura de que si no estuviera en esta situación, si no fuera
yo, también lo diría "envíalo a un hogar", pero cuando estás
dentro, las cosas son distintas. Es muy extraña la sensación de

encontrarme aquí con Lars, de que solo quedemos nosotros y ni siquiera conservemos los mismos recuerdos. Viéndolo desde fuera, a los demás les debe de parecer un inútil descerebrado, pero yo estoy con él. Lars es mi pareja y compañero. Internarlo en una institución me hace sentir como si me diera por vencida. Como si estuviera renunciando a todo lo que él representa.

En otras noticias, te dará gusto saber que he estado limpiando mi armario y los cajones; que he revisado toda la ropa que ya no volveré a usar y que la he estado llevando a una sucursal de Goodwill. Para darme una especie de premio, la semana pasada manejé toda una hora para ir a Nordstrom y dejé a la enfermera en casa, a cargo durante todo el día. Una vendedora muy joven y agradable me ayudó a elegir dos pares de pantalones muy cómodos, unos jeans, un vestido nuevo y unos tenis para vestir, no para hacer ejercicio. Me divertí mucho.

¿Recibiste respuesta a la carta que le enviaste a tu pariente en Escocia? ¿Cómo van las cosas con Mick? Estoy leyendo <u>El mundo de abajo</u>, de Sue Miller. ¿Tú qué estás leyendo?

Te quiere,

Rosalie

Querida Sybil:

Feliz cumpleaños. Espero que hayas podido disfrutar y estés libre de preocupaciones. Me siento inquieto por ti. Me gustaría que me permitieras contratar a un detective o algo parecido. Sigo con los ojos bien abiertos como una lechuza. Manteniéndome fiel a mi palabra, te diré por qué esta fecha tiene un significado importante, aunque es una historia que rara vez he sentido la necesidad de volver a contar. Recuerdo cuando dijiste que, en ocasiones, era más fácil escribir que hablar. Lo que sucedió el 29 de mayo de 1941 me produce tanto dolor como vergüenza. Sin embargo, con la edad y el paso de los años, he descubierto que, tristemente, no soy el único. A veces pasan cosas terribles. Todos tomamos decisiones y no podemos volver el tiempo atrás. Para colmo, lo poco bueno que resulta de lo malo puede llegar a ser insoportable.

Bien, mi padre estaba en ese tiempo en un estado de negación total respecto a la situación de los judíos a pesar de que, como dicen los estadounidenses, los indicios eran muy claros. Nos prohibió hablar del asunto durante la cena. Continuaba riendo a carcajadas a pesar de que la gente del pueblo se había vuelto callada y sombría. No quería aceptar lo que significaba ser judío bajo el régimen nazi. Un día, sin embargo, un hombre que trabajaba para él desapareció. Se llamaba Levi Holz. También era judío y no apareció la mañana en que tenía que reunirse con mi padre para hablar sobre las reparaciones de un edificio en los límites del pueblo. El hombre nunca llegó a la cita. Mi padre llamó a su casa. Contestó el ama de llaves y le dijo que, cuando llegó en la mañana a trabajar, no encontró a nadie más que al perro encerrado en la alacena. En ese momento mi padre empezó a sacar la cabeza de la arena. Despertó de pronto e hizo algunas llamadas. Encontró la manera de sacarnos de Alemania y organizó todo para finales de mayo. Se la llevaba bien con todo tipo de personas: judíos y cristianos por igual, no importaba. Era el alma de la fiesta. Siempre sonreía y decía "sí" porque, según él, era bueno para los negocios. Incluso fue obediente cuando impusieron las nuevas reglas y fue amigable con los nazis porque pensaba que, si se comportaba, nos tratarían mejor. Había construido casas, edificios y otro tipo de inmuebles. Les agradaba a todos porque decía las cosas que los demás querían escuchar. Mi padre me enseñó a ser así, a decirle a las personas lo que esperaban escuchar, no necesariamente la verdad. Aunque la mayoría insiste en que lo que quiere escuchar es la verdad, no es cierto y, si la dices, te sale el tiro por la culata. Recuerdo que nos repetía esto todo el tiempo a mi hermano y a mí, pero, para ser franco, a mí no me agradaba porque mi madre nos enseñaba lo opuesto. Nos decía que si no decíamos la verdad, no teníamos nada, no éramos nada.

Como mencioné, cuando Levi Holtz desapareció, mi padre encontró la manera de sacarnos de Alemania. Partiríamos un 29 de mayo. Un automóvil llegó muy temprano a la casa, como a las cuatro de la mañana. Teníamos dos maletas y algunas bolsas. Mi padre cerró la puerta del frente como si fuéramos de vacaciones, pero había visto a mi madre empacar cosas extrañas como nuestras actas de nacimiento y un dije de su hermana que nunca usaba, así que no había necesidad de fingir. Mi hermano, mi madre, mi padre y yo abordamos el automóvil y nos fuimos. El sol empezó a salir, hacía frío y nos envolvía una densa neblina. El automóvil avanzó en silencio, lo conducía una mujer joven, más joven que mi madre. Al principio pensé que era un hombre porque tenía el cabello corto y llevaba una gorra de hombre. Mi madre tenía treinta y un años. La joven nos sacó del pueblo, nos llevó por caminos estrechos que nunca había recorrido. Subimos por algunas colinas hasta que se detuvo frente a una casa, junto a un lago. Había un molino y un automóvil encendido. Nos bajamos y un hombre salió del lado del conductor del otro auto. Nos miró y luego volteó a ver a la joven que nos había conducido. Dijo que solo llevaría a un adulto y a un niño, ninguna maleta ni bolsa. Engañaron a mi padre. Él había pagado para que nos sacaran a los cuatro, pero en algún momento cuando pasó el dinero de una mano a otra, solo hubo suficiente para dos. He vivido una vida larga. Ahora tengo ochenta y un años y, cuando miro hacia atrás, ese continúa siendo el peor momento. No había cumplido ni seis años. Mi padre lloró, miró incrédulo al hombre, le suplicó que nos llevara a los cuatro, pero dijo que tenía que irse de inmediato y que solo llevaría a un adulto y a un niño. Al escuchar esto, mi madre cayó al suelo. Se aferró al hombre con las uñas, le suplicó que nos llevara a mi hermano y a mí. Yo era solo un niño y sentí vergüenza de verla arrastrándose como un animal, con la blusa desaliñada. Durante muchos años pensé que ese hombre era peor que el mismísimo diablo, pero crecí, me casé y tuve a mi hija. Entonces aún lo odiaba, pero finalmente comprendí. Me pregunté a cuánta gente habría llevado a un lugar a salvo. No conozco su nombre ni sé nada sobre él. Dijo que solo llevaría a un adulto y a un niño, de otra forma, se iría solo. Mi madre se puso de pie, sacó algunas cosas del bolso, las guardó en sus bolsillos y me subió al automóvil. Aunque comprendí lo que eso significaba, no me opuse, no luché. Porque quería escapar. En el asiento del frente había otra mujer y, en el de atrás, una adolescente con el cabello rizado. Mi madre besó a mi padre y a mi hermano, que era cinco años mayor que yo, se despidió de ellos y subió al automóvil. Permaneció en silencio. Tenía el cabello revuelto y la blusa blanca sucia tras haberse arrastrado en la tierra. Mi hermano se quedó parado junto a mi padre y a la joven que parecía un hombre. Estaba muy callado, no se movía. Mi padre cayó detrás del automóvil cuando comenzó a avanzar. Mamá miró por la ventana todo el tiempo. El trayecto duró cuatro horas. Volvimos a cambiar de automóvil. Sin hablar. Fuimos a Suiza. Mi padre y mi hermano fueron al campo de concentración de Dachau y murieron. Se llamaban igual: Joh. Recuerdo que alguna vez mi madre fue una mujer radiante, honesta y hermosa, pero todo eso se extinguió. Desearía haber hablado y ofrecerle a mi hermano un viaje seguro, pero no lo hice. Era solo un niño y apenas estaba descubriendo la vastedad existente en el corazón de los hombres.

Tenías razón cuando dijiste que, a veces, es más sencillo escribir algo difícil.

Desde aquella mañana del 29 de mayo de 1941, he sufrido en silencio. Año tras año corto flores, las pongo en un florero en conmemoración de mi padre y mi hermano, pero también corto rosas para celebrar tu cumpleaños, lo cual me hace muy feliz. Me siento afortunado de que nos hayamos vuelto amigos estos últimos años. Había llegado un punto en mi vida en el que creí que nada volvería a sorprenderme.

Tracey dijo que este es el mejor pastel que hacen en la pastelería, que es bueno como postre o incluso para el desayuno. Espero que lo disfrutes.

Atentamente,

Theodore

Félix Stone
7 rue de la Papillon
84211 Gordes
FRANCIA

31 de mayo de 2017

Querido Félix:

Harry se ha ido. No sé qué hacía conmigo misma antes de que llegara. ¿Cómo llenaba mis días? ¿Leía? ¿Escribía cartas? ¿Eso era todo? Había empezado a anhelar que mi vida recuperara su antiguo orden, pero ahora que no está aquí, el silencio se siente como soledad y antes no era así. O, si lo era, no me había dado cuenta de ello. Sobre la mesa del comedor queda un rompecabezas de dos mil piezas armado a la mitad. No es tan divertido sin Harry. Creo que lo guardaré en su caja.

En fin, Mick Watts volvió a invitarme a Texas y me quedé sin excusas, así que tendré que ir. Salgo el 16 de junio y pasaré una semana allá. Voy en avión, lo que me da miedo, pero Trudy y Millie vendrán a ayudarme a empacar y me llevarán al aeropuerto. Están encantadas con la idea de que tenga algo que ver con Mick a pesar de que, obviamente, no lo conocen en persona. Es un vuelo directo de Baltimore a Houston, Mick dijo que me esperaría en el aeropuerto. Félix, me pregunto por qué insistirá tanto en que vaya, por qué quiere que una vieja como yo lo visite. Estoy segura de que hay una hilera de mujeres más jóvenes que compiten por la atención de un soltero como él y con su dinero.

Por favor, envíame tus fechas de noviembre para que pueda organizar mi calendario. Naturalmente, puedo prestarte el automóvil. No te había dicho, pero he estado manejando muy

poco porque ahora casi siempre me traslado con las pajaritas
o con Theodore, mi vecino.

> Tu hermana
> (de setenta y ocho años)
> que te quiere,
>
> Syb

Rosalie Van Antwerp
33 Orange Lane
Goshen, CT 06756

5 de junio de 2017

Hola, Rosalie. Te escribo porque sé que la cirugía de Paul es el viernes. Espero que te hayas preparado bien y hayas previsto contar con ayuda de algún tipo. Ahora respondo a tus preguntas. Harry se ha ido, no he sabido nada de mi coincidencia de ADN en Escocia y las cosas van bien con Mick Watts. Estoy leyendo <u>Al faro</u> de Virginia Woolf.

Por último, me preguntas si todo estaba bien. No, no todo está bien. No puedo dejar atrás el hecho de que tú, mi mejor amiga, la persona a quien más he querido, me traicionara; que recibieras en tu casa a mi hija, a quien, como bien sabes, solo veo una vez al año si tengo suerte y que ME LO HAYAS OCULTADO. Qué humillante que a ti y a ella les haya parecido que era necesario reunirse de forma clandestina. Estoy segura de que para ti debe de ser maravilloso tener un vínculo tan fuerte con Fiona, una relación tan íntima y llena de confianza. No imagino lo que se sentirá gozar de tal placer, pero suena MARAVILLOSO. Por supuesto, me deleito con la idea de Fiona sintiéndose tan bien acogida en tu sala de estar y haciéndote el recuento de todas las maneras en que le he fallado como madre, de lo feliz que debe sentirse de tenerte como sustituta. Detesto pensar en lo abandonada que se sentiría si no fuera por ti, Rosalie.

Ambas hemos disfrutado de una amistad honesta y beligerante durante sesenta años, lo cual celebro. Buena suerte con Paul la próxima semana. Espero que todo salga bien para todos.

Sybil

Posdata: Para que sepas, antes de que me enviaras la carta en que confiesas todo sobre tu reunión sorpresa con mi hija, a mis espaldas, yo no estaba al tanto de los abortos espontáneos ni de los problemas de infertilidad de Fiona, así que gracias por brindarme esta información.

Sybil Van Antwerp Stone
17 Farney Rd
Arnold
MD 21012
ESTADOS UNIDOS

11 de junio de 2107

Saludos, Sybil:

Recibí su carta fechada en enero a finales de abril porque
llegó a una dirección antigua y, al parecer, estuvo dando vueltas y vueltas sin encontrar el camino hasta que por fin llegó
muy arrugada, como si la hubieran aventado y abandonado
por ahí todo este tiempo. No le hablé a nadie de esta carta. La
guardé varios días en los que la leí demasiadas veces, tantas
que el papel empezó a suavizarse. Así de asombrada estaba
yo. Me inscribí en Kindred solo para rastrear la línea familiar
de mi padre, un estadounidense sobre el que sé muy poco,
luego empezaron a realizar pruebas de ADN y me ofrecieron
hacerme una de forma gratuita, así que envié la muestra sin
pensarlo mucho. Me avergüenza un poco decirlo, pero así fue.
Suena tonto, ¿no es cierto? En fin, poco después, tuve que revisar algunas facturas, arreglar mis asuntos y reducir gastos.
Como para entonces ya había recibido casi toda la información
existente sobre mi ascendencia del lado paterno, solo imprimí
la historia familiar que encontré y cerré mi cuenta. No volví a
pensar en Kindred, sino hasta que recibí su carta.

Soy botánica y, por lo tanto, estoy familiarizada con el
concepto del ADN. Al principio pensé que su carta era una
especie de engaño porque una coincidencia de 49 % es excesiva-
mente elevada y el hecho de que usted se hubiera materializado

de la nada me parecía increíble. Sin embargo, ahí estaban su inmaculada caligrafía plasmada sobre el papel color crema y los nombres de sus hijos. No hay otra manera de decirlo: le creí. Pasadas varias semanas, tomé la carta y visité a mi hermano. Es gerente del pub local y de una ferretería. Ambos reflexionamos algún tiempo. Luego fui a Glasgow a dar un curso de verano en la universidad y el asunto continuó dándome vueltas en la cabeza sin cesar. Al volver, me fijé como primera tarea en casa escribirle.

Nací en octubre de 1943. Declan, mi hermano, nació al año siguiente. John y Douglas los gemelos, nacieron en 1948. Si no es mucha molestia, ¿podría enviarme una copia de su reporte de coincidencia de ADN? Por favor, no lo tome a mal, es solo que necesito verlo con mis propios ojos.

Si puede, por favor, envíe la copia a mi dirección actual:

Hattie Gleason
Bodney Cottage
Fassfern
Fort William PH33 7NP
Escocia

Disculpe que la haya hecho esperar tanto tiempo, la próxima vez no tardaré tanto en responder. Espero que no me castigue dejando pasar seis meses para escribirme. Estoy al borde del asiento, como dicen. Sybil, me ha abierto usted un mundo de posibilidades.

Con mis mejores deseos,

Hattie

PARA MansourBas850@hotmail.com:
DE: sybilvanantwerp@aol.com
FECHA: junio 26, 2017 10:15 AM
ASUNTO: ME ESCRIBIÓ

Querido Basam, Hattie Gleason POR FIN me escribió, te lo juro. La carta llegó el mismo día en que llegué a casa de un viaje. Pasé una semana en Texas con un hombre. Es botánica y vive en Escocia. Tiene varios hermanos que se llaman Declan, John y Douglas. Es cuatro años menor que yo. Quiere ver una copia de la coincidencia de ADN. ¡Claro que quiere pruebas! Fue una ESTUPIDEZ de mi parte no enviar el documento junto con la carta. Bueno, creo que también quise ser cautelosa. No me pareció buena idea enviar algo tan personal, pero vaya, no importa, enviaré la copia ahora. Contiene toda la información personal que ella ya tiene, como nombre y fecha de nacimiento. Pero, por supuesto, mira todos los meses que esperé encontrar en mi buzón su carta. Creo que debió ser una conmoción tremenda, ¡para mí lo fue! Tal vez no le sentó bien la información, quizá quemó la carta o la tiró a la basura creyendo que era un fraude. Porque PARECE un fraude, aunque ella le llamó "engaño".

Dijo que mi caligrafía era inmaculada, lo cual es cierto. Es una lástima que nosotros solo nos hayamos escrito por correo electrónico todo este tiempo. Nunca has tenido la oportunidad de verla, tampoco el exclusivo papel color crema importado. ¿Sabes?, siento que los correos electrónicos los escribo sin reflexionar de manera tan profunda como cuando escribo una carta. Tendré que pensar sobre ese asunto, pero lo haré otro día. Ahora estoy frenética, Basam. Me siento feliz, nerviosa, agitada. Creo que llegó el momento de poner al tanto a Félix, mi hermano. O tal vez no. Quizás a mis amigas. Bueno, no sé, no sé, porque van a querer participar en la escritura de mis cartas. Tal vez le cuente a mi vecino. Es un individuo amable y sabe escuchar.

Cuéntame qué es de tu vida.

Sybil

Sra. Van Antwerp

17 Farney Rd.

Arnold, MD, 21012

18 de julio de 2017

Estimada señora Van Antwerp:

Este mes estrenarán una nueva película. Cuando vi los avances, pensé en usted. Es sobre una mujer mayor que vive sola, como ermitaña. Es excéntrica y grosera, pero luego uno se entera de que fue asistente personal de un presidente de Estados Unidos. No sé si se supone que es un presidente real anterior como Kennedy o alguien así, o si es un presidente ficticio. Después, parece que la mujer resulta ser una espía rusa o algo parecido.

Me emociona saber que Hattie Gleason respondió a su carta. ¿Finalmente le escribió a Dezi Martinelli? Si lo hizo, ¿recibió una respuesta? ¿Melissa Genet le permitió ser oyente en uno de los cursos de inglés después de todo?

Mi papá enmarcó la nota que me envió George Lucas y ahora la tengo en mi escritorio.

Saludos cordiales,

Harry Landy

Sr. Harry Landy
98 Dumbarton St. NW
Washington, DC 21001

1 de agosto de 2017

Querido Harry:

Gracias por escribirme. La película suena interesante. No he escrito la carta que me sugeriste. Creo que esta te llegará en una fecha incorrecta, pero me parece que tú mismo has dejado de apegarte al calendario que habíamos mantenido hasta hace poco, lo cual me resulta útil porque necesitaba escribirte hoy y no podía esperar. El próximo jueves, 10 de agosto, pasaré por ti para que vayamos juntos a ver a Melissa Genet. Por favor dile a tu padre que, para celebrar que vas a la universidad, te llevaré al Smithsonian y luego a comer. Espero que no te sientas usado a pesar de que creo que eso es justo lo que estoy haciendo. Te esperaré afuera de tu casa a las 9:00 de la mañana en punto. Por favor espérame listo y vístete con propiedad, nada de shorts deportivos o camisetas con dibujos. Tal vez unos pantalones kaki y una camisa polo: el jueves estaremos a más de treinta y siete grados. Harry, asegúrate de peinar bien tu cabello y de cepillarte los dientes.

Te veré el jueves. No le digas nada a tu padre.

Sra. Van Antwerp

Posdata: Mi visión se deteriora, ¿te parece que mi caligrafía está empeorando?

Sybil Van Antwerp

17 Farney Rd.

Arnold, MD 21012

20 de agosto de 2017

Ay, Sybil, tengo muchísimo que decir y planeo hacerlo sabiendo que, una vez que lo leas, tal vez no me escribas por algún tiempo. Julio y agosto han sido muy pesados para mí. Por eso, en parte, no he contestado tu horrible carta. El hecho es que también necesitaba pensar sobre lo que realmente quiero decir.

Es obvio que, a pesar de que me dijiste que estabas bien, cuando escribiste seguías enojada porque Fiona me visitó. Yo traté de darte tiempo para pensar las cosas, pero evidentemente no lo hiciste. Te ofrecí disculpas por no haberte dicho que vino y lo hice de corazón, pero no pienso volver a pedirte perdón. Es más, ni siquiera voy a disculparme por cosas que volvería a hacer de nuevo sin pensarlo.

Cuando Fiona vino a verme en Navidad, tras la muerte de Daan, se encontraba muy triste y deprimida. Llegó a casa con el rostro desencajado, los ojos se le veían cenizos, con el cabello aplastado y las raíces canosas. No parecía ella, Sybil y, en cuanto me vio, se desmoronó. De hecho, pensé que le había pasado algo horrible, que Walt la había engañado o que tal vez ella misma había malversado dinero sin pensarlo o alguna otra cosa que podría destruir su vida por completo. Así de mal se veía cuando llegó a mi puerta. Como ya te expliqué, yo no sabía que vendría sino hasta que llegó. Además, no es como si Fiona y yo hablásemos por teléfono con frecuencia o nos reuniéramos a cada rato. Me irrita sentir la necesidad de explicarte esto, pero por lo que veo, es necesario. Fiona me envía un correo electrónico o un mensaje de texto de vez en cuando y yo hago lo mismo. Claro que le hago llegar tarjetas en los cumpleaños o fechas importantes, de vez en cuando nos ponemos al día por teléfono, pero había pasado bastante tiempo sin que habláramos. Creo que le envié un mensaje antes del funeral de Daan y eso fue todo. Por eso, cuando se presentó en mi casa, me quedé perpleja. Me parece que no la había visto en más de cinco años y me destrozó verla en tan mal estado. No estoy segura de que estés consciente de lo mucho que le afectó la muerte de Daan y créeme que, tras tu última carta, pienso mucho en decirte algo de lo que no estés enterada, pero tu hija se encontraba en un luto demasiado profundo y perturbador. Tanto, que su inmenso dolor me recordó cómo te pusiste cuando murió Gilbert. Me recordó lo tormentoso que fue para ti. Cuando empezó a hablar de su tristeza, noté que mucho de lo que me estaba diciendo tenía que ver con su relación contigo o, para ser franca, Sybil, de la no existencia de una relación verdadera.

Aunque no me corresponde decirte esto, lo haré. En efecto, Fiona se sentía muy dolida porque no asististe al funeral de Daan, pero durante su estancia en mi casa me pareció que ahondó más y más. Descubrió una ira contra ti profundamente acumulada a lo largo de su vida. Quiero que sepas que lo que hice fue escuchar y que, cuando hablé, fue sobre todo en tu defensa, pero por supuesto, no pude ni puedo hablar por ti ni en tu nombre. Claro que te defendí porque eres mi mejor amiga, sin embargo, aunque de pronto me descubrí a mí misma reviviendo recuerdos de aquel día tan horrible y los días subsecuentes, sentí que no era mi responsabilidad <u>explicar</u> ciertas cosas, sobre todo respecto a la muerte de Gilbert. Sentí que ustedes necesitan tener una conversación honesta para que ella exponga sus sentimientos, te dé tiempo de responder y le ayudes a comprender mejor las cosas. Fiona es egoísta, ¡por supuesto que lo es! Todos lo éramos a su edad, ¿no es cierto? No tiene idea de lo que perder a Gilbert representó para ti ni de la manera en que el divorcio te afectó por una simple razón: ¡nunca se lo dijiste! Sybil, por motivos que no comprendo, has alejado a Fiona de ti. ¿Por qué? Lo que me resulta evidente y, al parecer, tú no notas, es que, si te acercaras a ella, podrías reparar esto. Fiona no me necesita, ¡te necesita a ti! Da un paso hacia ella y conviértete en la madre que le falta. Eres una mujer maravillosa, interesante, desbordante de amor y amabilidad, pero eres increíblemente testaruda y estás convencida de que sabes a la perfección cuál es la manera correcta de actuar en cada situación. Yo estoy dispuesta a sacrificar mi relación entera contigo, mi más querida amiga, si acaso eso sirve para abrirte los ojos y ayudarte a rescatar tu relación con Fiona. Arréglala, Sybil. Repara lo que está roto.

Ahora bien, como dije, no espero saber más de ti después de esto, pero quiero terminar recordándote que te quiero. Desearía no haber sido quien te informara sobre los abortos espontáneos de Fiona; estoy segura de que fue algo muy difícil para ti. La cirugía de Paul no fue nada fácil, han sido seis semanas infernales, pero creo que por fin logré superarlo.

Rosalie

D. Martinelli
138 South Carrington St.
Hasbrouck Heights, NJ 07604

6 de septiembre de 2017

Dezi:

Cualquier cosa que crea que necesite decirme, lo invito a hacerlo. Puede escribirme a esta dirección o enviarme un correo electrónico. Espero que, al ofrecerle la oportunidad de expresarse, la tome y luego me deje en paz.

Atentamente,

Sybil Van Antwerp
sybilvanantwerp@aol.com

Félix Tone
7 rue de la Papillon
84211 Gordes
FRANCIA

3 de octubre de 2017

Querido Félix:

Siento mucho no haber estado en contacto, creo que he tenido la cabeza en otros lugares. He estado bastante ocupada, pero como siempre, me encantó recibir noticias tuyas. No puedo creer no haberte puesto al día aún respecto al gran fiasco de la Facultad de Inglés de la UMDCP. Déjame contarte o creerás que me he vuelto loca.

No hay otra forma de explicarlo, Félix, algo se apoderó de mí. Pasé buscando a Harry por su casa y me presenté en la Facultad en College Park. Fue un jueves, yo sabía que ella estaría en la mañana porque Harry, con su gran conocimiento del Internet, encontró el calendario del departamento y vio que habría una reunión de hora y media y que comenzaría a las 10:30 a. m. Ya sabes cómo me pongo cuando algo se me mete a la cabeza. Dejé al chico debajo de un árbol, junto al automóvil, y me planté afuera del auditorio donde se estaba llevando a cabo la reunión.

Todos salieron del lugar conversando como si nada, con sus vasitos de papel llenos de café. Nadie notó mi presencia. Ese es el problema de medir cinco pies y una pulgada, siempre ha sido el problema, pero TÚ bien sabes que, por dentro, tengo una GRAN ESTATURA. En fin, vi a dos profesores con quienes he tomado cursos como oyente, pero mantuve la vista en otro lado y no vi a Melissa. Sabía cómo era porque Harry me había mostrado su fotografía. Está la página de la universidad y también aparece en el comunicado de prensa que hicieron cuando la contrataron. Continué, sin suerte, buscándola , pero ¿sabes?, no podía sacarme el asunto de la cabeza. Cuando casi todos los profesores y el personal de la Facultad de Inglés o de lo que sea terminaron de salir, la vi. Félix, ¡es incluso más bajita que yo! No podía creerlo. Es una mujer diminuta. Llevaba pantalones negros y un encantador cárdigan tejido color amarillo, de una talla como para niña de doce años, te lo juro. Supongo que llevaba un suéter así de grueso porque la temperatura en el edificio era bajísima. Claro, los hombres programan el termostato en otoño y las mujeres se convierten en paleta de hielo. Bueno, el caso es que me quedé donde estaba, un poco lejos y esperé a que terminara su conversación con un hombre monstruoso como de cincuenta y tantos años, con una barriga enorme y el rostro inflamado y rojo como frambuesa. Melissa, en cambio, es una pequeñísima y guapísima mujer negra de unos cuarenta años con trenzas tan largas y densas, ¡que no sé cómo aguanta el peso! Me pareció asombroso que ese horrible hombre le hablara mirando hacia abajo, que se dirigiera a ella con menosprecio desde esa altura en ambos sentidos, literal y figurado. Entonces vi ESO en los vidriosos ojos de Melissa. Sabes a lo que me refiero, Félix: era la mirada de la derrota. Ella no me vio, no me notó ni siquiera cuando el hombre se fue. Esa mañana, entré al edificio lista para una disputa, pero de pronto vi que esa pequeñísima mujer estaba agotada, vencida. Y entonces me desarmé por completo.

Le dije: "disculpe" y noté que se sorprendió al ver que el auditorio no estaba vacío. Llevaba unos aretes adorables, de plumas. Como ya dije, es una mujer muy hermosa, pero se veía muy demacrada, marchita como un durazno echado a perder. Ponerse un poco de lápiz de labios habría hecho maravillas.

Le dije quién era y, como estaba preparada para un duelo, me
me paré lo más erguida posible y, como además estábamos en
un auditorio con los asientos en desniveles, yo tenía la ventaja
de estar por encima. Le tomó un momento ubicarme, así que
le expliqué que era la mujer que llevaba dos años luchando
por asistir como oyente a los cursos de la Facultad. La sorpresa apareció en su rostro y cruzamos miradas un instante.
De pronto, la tensión desapareció y todo me pareció muy gracioso, para ser franca. No sé qué diablos sucedió, pero en ese
instante me descubrí tratando de no sonreír o, mejor dicho, de
no carcajearme. Me esforcé, pero mi rostro debió quebrarse y,
sin saber por qué, comenzamos a reír, las dos mujercitas paradas a pocos pies de distancia. Fue muy, muy gracioso. Solo
pude preguntarle si le gustaría tomar un café. Me contestó que
prefería una copa de vino y le dije que yo también podría beber vino. Después de todo, ya pasaba del mediodía. Y entonces
recordé que Harry estaba en el automóvil, bajo el árbol, así
que le expliqué que me acompañaba un joven amigo. Ella dijo
que no le molestaba, que le daría gusto que nos acompañara y
caminamos juntas hasta su oficina. El lugar se desbordaba de
papeles y libros; la ventilación era escasa porque solo había
una ventanita. Ay, Félix, ¡es la DECANA, por el amor de Dios!
Se quitó las gafas oscuras y el cárdigan amarillo. Llevaba una
camiseta verde que me permitió ver sus brazos como fideos.
Está en muy buena forma, pero es demasiado delgada. De inmediato me dieron ganas de traerla a casa conmigo, alimen-
tarla bien y dejarla dormir hasta que desapareciera al menos
un poco de la desgracia que se le veía en la cara. Fuimos a
un patio cerca del campus y bebimos una copa de vino, Harry se tomó una Coca Cola. Al final, Melissa me dijo que no
le podía importar menos el asunto, que podía asistir a todas
las clases que quisiera. Me confesó que había estado tratando

de establecer su autoridad, pero las cosas no iban nada bien; que, a su edad, estaba viviendo una temporada infernal, que la trataban mal. Ya sabes lo estúpida que es la gente, Félix. Sabes que muchos son racistas y sexistas, y Melissa lo está sufriendo en la universidad. Me dijo que, como era poeta, no la tomaban en serio. De hecho, me explicó que eso fue lo primero que le desagradó de mí, que le hablé sin reservas de mi poco interés por la poesía. Y es cierto, de verdad me fastidia, pero en cuanto me lo dijo comprendí por qué se había puesto a la defensiva. Le advertí que tendría que armarse de una coraza y dejar de sentirse ofendida con tanta facilidad. Le hablé del tiempo que trabajé para Donnelly y de las murallas que tuve que escalar por ser ajena al mundo de los hombres, o sea, por ser mujer. Naturalmente, los obstáculos para mí en los setenta no fueron en absoluto tan abrumadores como los que ella está tratando de franquear ahora dado que, aunque era mujer, al menos tenía la ventaja de ser blanca. En general, fue una buena conversación. Y eso es todo. Comencé a asistir al curso de este semestre sobre las hermanas Brontë. Voy los miércoles a la una de la tarde y no podría ser más maravilloso. Estamos leyendo <u>Cumbres borrascosas</u>.

Tengo otras cosas que contarte. Una de ellas es que por fin tuve noticias de mi pariente en Escocia. Recibí una carta sincera, pero de ninguna manera cálida. Ya le contesté. El director de la preparatoria Broadneck me contactó para preguntarme si podría participar en un panel de ciencias políticas que están organizando en conjunto con otras preparatorias locales, sería en la primavera. Le dije que probablemente no podría participar, pero lo estoy considerando. Ahora, las noticias sobre Mick Watts. Disfruté la semana que pasamos juntos en Texas. Cuando estuve ahí, sugirió que hiciéramos un intercambio, dijo que ahora podría venir a Annapolis y quedarse conmigo.

Lo estoy pensando, pero la verdad es que Mick es demasiado. Admito que llevo tanto tiempo viviendo una vida tranquila, que he perdido la práctica para lidiar con otras personas y la manera en que puedan llegar a ser, pero es que, ay, Dios mío, Mick de verdad es muy estrepitoso y tiene opiniones demasiado fuertes. Nunca sé qué esperar. Por ejemplo, yo estaba segura de que era homofóbico, pero cuando hablé de ti y de Stewart, ni siquiera parpadeó. Una vez más, una prueba de que las personas pueden sorprenderte.

Con muchísimo cariño
de tu hermana que te quiere,

Sybil

Sybil Van Antwerp
17 Farney Rd
Arnold, MD 21012

21 de octubre de 2017

Señora Van Antwerp:

No sé cómo supo que se trataba de mí, ya que nunca revelé ninguna información. Pensé en el asunto mucho tiempo, casi me vuelvo loco tratando de imaginar cómo lo averiguó, pero luego vi que era muy simple. Usted me recuerda. Incluso esperaba tener noticias mías. De verdad me sorprendió.

Tengo las cartas que le envió a mi padre, Enzo Martinelli, mientras estuvo en prisión tras la sentencia del juez Guy Donnelly en 1981, en Frederick, Maryland. Las encontré hace muchos años, cuando tenía veintitantos. Estaban escondidas en el fondo de uno de los cajones de un escritorio. Yo no podía entender quién era la mujer que le escribió mientras estuvo encerrado y me preguntaba, ¿le habrá contestado? En 2012, cuando leí el obituario del juez Donnelly, vi su nombre y me sentí aturdido porque aún la recordaba. ¿Le ha sucedido que de pronto tiene algo parecido a un recuerdo, pero se pregunta si no habrá sido un sueño? La busqué en Google y vi su cara, y aquello tan horrible que no sabía si era un recuerdo o un sueño, ~~resultó~~ se aclaró. En cuanto se enteró de la hora en que el juez ~~salió~~ saldría a almorzar, mi madre nos llevó a mí y a mi hermano en autobús hasta el tribunal. El nombre de mi madre es Florencia. Nos dijo que el juez estaría fuera, pero ¿cómo lo supo? Recuerdo que era un día caluroso y soleado. También recuerdo el largo escritorio y el cuadro de un carnaval detrás de usted. Me sentí avergonzado de que mi madre llorara. Nunca la había visto llorar antes y, después de eso, tampoco la vi hacerlo en muchos años. Estábamos aprendiendo inglés, pero a ella le costaba trabajo. Fue muy bochornoso escucharla equivocarse al hablar mientras lloraba y le suplicaba mezclando palabras en italiano y en inglés. ¡Admitió que mi padre ~~cometió un error~~ se había equivocado! Yo estaba orgulloso del camión de pan que él manejaba y que decía Pepperidge Farm Bread en un costado, también me enorgullecía que su ropa siempre oliera a levadura. Siempre volvía a salir de casa cuando ya nos habíamos acostado a dormir. Mi hermano y yo compartíamos una pequeña cama en un rincón de aquel departamento plagado de cucarachas y ratones. Mi padre llenaba el camión de pan con otras cosas que transportaba para hombres que le pagaban más por sus servicios. Por supuesto que no formaba parte de su contrato y, claro, algunas de las cosas que metía al camión eran ilegales. Mi madre lo sabía, no era nada tonta. Admitió el error de mi padre y fue a implorarle misericordia. No teníamos <u>nada</u>, mis padres llegaron de Italia con las manos vacías. Pero mi padre ~~quería~~ era ambicioso y quería más para nosotros. Trataba de ganarse la vida para mantenernos, pagar los uniformes escolares y los tutores, ayudarnos a llegar a la universidad, vestir ropa fina, ir a una buena escuela, todas esas cosas. Estaba repleto de sueños. Mi madre suplicó. Le dijo a usted que, en efecto, no había sido buena idea que mi padre usara el camión para otros negocios, pero no le hacía daño a nadie y, además, si el no entregaba esas cosas, alguien más lo haría. Mi padre no ~~había elegido~~ era un hombre importante. Mi madre continuó implorando. Le explicó que, si enviaban a mi padre a prisión, nuestra familia no sobreviviría.

Pero su mirada permaneció gélida, inerte, cruel. Entonces vi las fotografías de unos niños en su escritorio y no pude comprender. ¿Era usted madre? A mí más bien me parecía que era una bruja malvada. Me sorprende que nos recuerde. En su carta dijo que dijera lo que necesitara decir y, pues, la he odiado de toda mi vida. Usted creció y creció y se convirtió en una enorme mancha en mi mente. Me quedé pasmado cuando fui a su casa en auto. Es una casa bonita y usted mira al río desde la ventana. No es muy grande, pero seguro cuesta mucho. Sé un poco de bienes raíces. La vi en la ventana, sentada en un escritorio. La observé mucho tiempo. Qué pequeña es. Tiene un buzón en forma de pez y una guirnalda en la puerta, cosas bonitas. La odié mucho tiempo sin saber que usted era solo una mujer vieja y pequeña. Me sentía perdido. No sabía qué hacer, por eso corté las flores. Pero eso no me ayudó.

Dezi Martinelli

Sybil Van Antwerp
17 Farney Rd
Arnold, MD 21012
ESTADOS UNIDOS

22 de octubre de 2017

Querida Sybil:

Gracias por enviar los documentos de nuestra coincidencia
de ADN. Espero que no le moleste, pero en cuanto los tuve,
llamé a un amigo que es genetista en Londres y le conté toda
la historia. Le envié los resultados, los revisó y luego conversé
con mis hermanos. Supongo que no hay una manera de estar
por completo seguros respecto a la prueba, pero mi amigo me
explicó que los laboratorios que usa Kindred son honestos y
transparentes, y que no hay ninguna razón para pensar que el
reporte sea incorrecto. Todo esto lo hice con un poco de demora y, claro, a eso se suman el trabajo y la vida cotidiana.
Me parece haber mencionado a Declan, mi hermano, el que
administra un pub. Él es el guardián de la historia familiar.
Tiene cajas llenas de fotos y documentos, así que, en cuanto
recibimos sus cartas, nos pusimos a revisar el contenido de
las cajas. Dec es escéptico y posesivo, por lo que al principio
respondió con poco entusiasmo. La cuestión es que yo sabía
que, en efecto, mamá tuvo una hija antes de que yo naciera,
pero Dec estaba convencido de que había sido un bebé que
nació muerto. A mí, mamá siempre me dijo que el bebé falleció
pocos días después de nacer y, por supuesto, yo no tenía motivo
alguno para dudar. Sin embargo, algo que mencionó usted en
su primera carta me puso a pensar. Dijo que su ADN revelaba
orígenes nativo-norteamericanos. Mi padre era medio cuervo,

es decir, en parte del pueblo apsálooke. Este dato me pareció una coincidencia demasiado extraña para ignorarla.

Se llamaba Charlie Thorne. Su madre era una mujer cuervo y su padre era de origen español, del estado de Oregón. Entre las fotografías de mi madre y mi padre encontramos una muy antigua en la que mi madre aparece embarazada. Yo había dado por hecho que se trataba de mí, pero Dec y yo analizamos las fotos un buen rato y encontramos indicios de que esta en particular es de una época anterior. Mamá siempre estaba escribiendo y recibiendo cartas, algunas de ellas indican un embarazo previo, por lo que supongo que quien pudo estar en su útero en ese momento era usted. Esta es una manera muy enrevesada de decir que, si lo que quiso insinuar al contactarme es que somos hermanas, aunque me resulte muy extraño escribirlo, creo que, a menos de que no haya notado algo obvio y usted sea una defraudadora muy hábil, está en lo correcto.

Después de haber analizado esta información durante meses, desearía tener alguna manera de conocerla mejor. Mi padre nos abandonó tras mi nacimiento. Tuvo una vida intensa y difícil porque bebía. Siempre estaba apostando y solo tenía una pierna debido a algún tipo de accidente o enfermedad que sufrió siendo adolescente y que implicó una amputación. Siempre me dijeron que fue un hombre infame, una serpiente alebrestada, pero yo no lo recuerdo. En fin, mi madre, bueno, aunque aún me cuesta trabajo imaginarlo así, _nuestra_ madre y _nuestro_ padre dejaron Estados Unidos y volvieron a Escocia, el lugar donde ella nació. Su apellido es Gleason, apellido que decidió ponerme en lugar de Thorne. Aquí se casó con un galés y juntos tuvieron a Declan, John y Douglas. Ese hombre fue como un padre para mí, por lo que yo no supe nada de esta historia sino hasta que fui a la universidad y ella me la confesó. Así fue como me expliqué varias cosas, ya que mis hermanos son pecosos y rubios, y yo tengo cabello oscuro y soy más bien morena. Mamá murió en 1998 de cáncer de pulmón, era fumadora. No podría decir que me haya contado mucho sobre su vida fuera de Escocia, es decir, nada de lo que sucedió entre el tiempo en que fue adolescente y cuando casi cumplía treinta años. Me inscribí al sitio de Kindred y duré algunos meses porque tenía curiosidad y quería averiguar información sobre mi padre. Estuve indagando y encontré su obituario en un lugar de Montana. Era un comunicado impersonal y breve que apareció en un periódico local, pero le diré lo que averigüé. Se llamaba Charles Broderick Thorne, fue el mayor de los dos hijos de David y Mildred Thorne, y nació el 1 de septiembre de 1917 en Portland, Oregón. Murió de una manera extraña, aplastado por una estampida de ganado. Desde que leí esto, se quedó fijo en mi memoria, tal vez porque es demasiado espantoso y asqueroso. No creo que mamá haya vuelto a tener contacto con él desde que vinimos a Escocia.

No es fácil dar cierre a una carta como esta, no hay modelo ni patrón. Llevo un rato sentada aquí en silencio. No sé qué más decir, salvo que uno llega a los setenta y cuatro años creyendo que el viaje en descenso será sencillo, sin obstáculos, pero de pronto descubre que todo este tiempo ha tenido una hermana viviendo en Washington, D. C. Supongo que me gustaría saber mucho más sobre usted. Sobre ti, si me permites. ¿Qué ha sucedido en tu vida?

Adjunto encontrarás la fotografía de mamá embarazada de ti. No sé si lo sabrás, supongo que no, pero ¿mencioné que se llamaba Louisa? También te envío una fotografía mía con Dec, Douggie y John. Fue tomada en Navidad hace un año o dos. Estoy ansiosa por recibir tu respuesta.

Hattie

Sybil Van Antwerp
17 Farney Rd
Arnold, MD 21012
ESTADOS UNIDOS

15 de noviembre de 2017

Syb:

Stewart me engañó con otro hombre, regreso a Estados Unidos. Reservé un vuelo a Dulles para el 3 de diciembre porque el día 2 voy a dar una conferencia en un evento. ¿Podrías recogerme? Llego hacia el final de la tarde. ¿Qué planes tienes para Navidad? Si continúo ahí y si ya hiciste arreglos para que Fiona se quede en el piso de arriba, puedo desocupar el lugar. Esta mañana hablé con Suzanne y Bob, tienen una casa para invitados y me dijeron que me la prestarían con gusto. Detesto Los Ángeles, pero el clima seco y constante me va bien y, de todas maneras, la casa está más cerca de las colinas que de la ciudad.

Tengo el corazón roto. Diecisiete años destrozados así nada más: BAM. Esto me hace darme cuenta de la manera tan profunda en que Stewart estaba entretejido en todo: en mi trabajo, mis rutinas, mis amistades, mis comidas, las películas que veía, los libros que leía, mis caminatas, mis despertares, el café que bebía. Me hace preguntarme de qué sirvió todo esto, qué significó. Tiñe todo lo bueno de un verde rancio y espantoso, ¿no crees?

Bueno, querida mía, te veré pronto.

Félix

Harry Landy
Florence Moore Hall
Stanford University
436 Mayfield Ave.
Stanford, CA 94305

25 de noviembre de 2017

Querido Harry:

Feliz Día de Acción de Gracias. ¿Cómo estás, querido? No he sabido nada de ti, pero espero que eso signifique que has estado ocupado aprendiendo y conviviendo con amigos en California. ¿Es esa la razón? Espero que seas feliz. Me parece que tu padre cree que así es, pero ambos sabemos que suele sucumbir al encanto de las ilusiones y el optimismo. ¿Qué tal van tus estudios? ¿Has avanzado en la construcción del videojuego? Tu padre me dijo que atrajiste la atención de gente de Internet en Silicon Valley. ¿Acaso no siempre he dicho que la única diferencia entre tú y todas las demás personas es que eres más inteligente que el resto de los idiotas, incluyéndome? Siempre me ha encantado confirmar que tengo razón.

Te escribo para preguntarte si estarías dispuesto a usar tus habilidades de navegación en Internet y el acceso a la biblioteca de Stanford para hacerme un favor. ¿Podrías buscar a un tal CHARLES BRODERICK THORNE? Nacido el 1 de septiembre de 1917 en Portland, Oregón. Cualquier cosa que encuentres será útil, cualquier dato viejo. Sé de buena fuente que el hombre murió aplastado por una estampida de ganado.

Harry, si llegaras a encontrar información, por favor no me la envíes en un correo electrónico lleno de largas listas de caracteres en azul en los que se supone que debo dar clic. La última vez que hiciste eso, me perdí tanto en Internet que tuve que oprimir el botón de la computadora junto a la pantalla para apagarla y que reiniciara sus funciones al volver a encenderla. Lo mejor sería, si pudieras, que imprimieras todo lo que encuentres lo más grande posible y me lo enviaras por correo postal. Lo siento, comprendo que esto te dificulta las cosas.

Tengo noticias nuevas que reportarte. Le escribí a Dezi Martinelli en septiembre. No he recibido respuesta.

Con cariño,

Sra. Van Antwerp

Sra. Van Antwerp

17 Farney Rd

Arnold, MD

21012

23 de diciembre de 2017

Estimada señora Van Antwerp:

Encontré tres documentos a través de las bases de datos de la biblioteca de Stanford y varios diarios electrónicos que mencionan a un Charles Broderick Thorne que parece ser el que usted busca. También encontré a un Charles Broadwater Thorne nacido en 1921 en Birmingham, Alabama. Sus registros se han mezclado con los de su Charles Thorne, pero creo que puedo discernir quién es quién. Agrandé las letras tanto como pude e imprimí los artículos.

Estaba pensando visitarla este verano. Tengo una pasantía en junio y julio, pero volveré a casa la primera semana de agosto.

Cordialmente,

Harry Landy

Posdata: Papá tiene razón, creo que me siento feliz. Y creo que él está muy triste ahora que mamá tuvo que volver al hospital.

Anexo 1

CHARLES BRODERICK THORNE
Charles Broderick Thorne

Charles B. Thorne murió trágicamente el lunes 8 de julio de 1959 en Youngsport, Montana, aplastado por una manada de vacas. Le sobreviven su esposa, Susannah Thorne, con quien estuvo casado tres años, y sus dos hijos, Davie (5) y Joe (4). Charlie Thorne nació el 1 de septiembre de 1917 en Portland, Oregón. Le sobrevive también un hermano, Eugene P. Thorne, de Spokane, Washington. La ceremonia conmemorativa se realizará el domingo 13 de julio con ataúd cerrado en la Capilla Metodista de la Santísima Trinidad, en el pueblo de Dove, donde residen la señora Thorne y sus hijos. No habrá asistencia.

Anexo 2

MUEREN TRES HOMBRES POR ESTAMPIDA EN LAS AFUERAS DE YOUNGSPORT
Gaceta de Youngsport, 9 de julio de 1959

Ayer, poco después de las seis de la tarde, el ganado de Ulysses Fitzgerald se asustó y corrió en estampida. Se cree que lo que originó el suceso fue una serpiente de cascabel que estaba entre las patas de una sola vaca, pero el sheriff P. B. Tacoma de Youngsport está investigando, pues es probable que haya sido intencional. Más de trescientas vacas

corrieron al sur, hacia Star Canyon, y tres jorna-
leros del lado sur del cañón fueron arrollados. Los
hombres que murieron fueron Howard Valour, de
Quebec; Charlie Thorne, del cercano pueblo
de Dove, Montana, y Peter Nubbin, conocido en
los alrededores como el Flaco Pete.

Después de la estampida, el ganado fue arreado,
murieron cuatro vacas. Fitzgerald les pagará los
daños a las familias enlutadas.

Anexo 3

**Lista de embarque de pasajeros del SS Adriatic,
de White Star Line, Nueva York a Liverpool**

3ª Clase
Salida de Nueva York, Nueva York, 30 de octubre de 1943
Harland & Wolfe, Belfast

Thomas, Ian y Marie
Thomas, Mark y Sorcha
    con niños, Gerard, John, Roisin y Marie
Thorne, Louisa
    con niños, Henrietta (esposo, Charles B. Thorne
    finado)
Thosburn, Hermit
Tibley, Hamilton

Estamos teniendo una blanca Navidad. Hace años que no nevaba en esta época, pero ahora, mientras escribo, por la ventana veo caer un delicado polvo blanco que parece azúcar. Es realmente muy hermoso.

Lo sabía. Sí, era el hijo de Enzo después de todo. No sé cómo, pero ya lo sabía. Creo que, de cierta forma, lo había estado esperando todos estos años. Lo vi en sus ojos, supongo, cuando fue a verme. Vi que, tarde o temprano, volvería. Está enojado conmigo, es natural. Lo curioso es que, todo el tiempo que pasé recibiendo y leyendo las diatribas que me enviaba por correo, sentía que me hacía falta algo. Algo que, a final de cuentas, me dio gusto recibir.

La gente da por sentado la elevada estatura moral de los jueces, pero los jueces son solo seres humanos. Hubo muchas decisiones que nos hicieron agonizar a mí y a Guy, y, ¿sabes?, de todas formas, uno toma una decisión y reza, implora que sea la correcta. ¡Pero no somos Dios y no somos omniscientes! ¡Somos humanos! Los resultados no se producen de inmediato. Y, a pesar de todo, en este caso, el de Enzo, las cosas fueron distintas. En este caso sabía que estábamos equivocados. Lo supe enseguida. Supe que la decisión no era la correcta incluso antes de que se tomara.

Me miro en el espejo y me pregunto: ¿cómo es posible? Soy una anciana. ¿Y qué ha sido mi vida en realidad? Me voy a quedar ciega, ¿y luego? Las cartas, todas las cartas, me pregunto si no fueron solo una pérdida de tiempo. Páginas y más páginas. Me cuestiono qué ha sido todo esto, en serio. Me quedaré ciega y no representarán nada para mí. Será como si no existieran y, no sé, ¿significa eso que, de cierta forma, nunca estuvieron? No estoy segura. Dezi me dijo algo. Dijo que, en la vida humana, hay ciertos aspectos complejos que no pueden reducirse a blanco y negro. ¡Y tiene razón! Tiene razón.

Querido Theodore:

Gracias por el pastel Yule. Cuando estaba casada, solía comprarle a Daan artículos de cocina para Navidad, cosas como un buen juego de cuchillos, una prensa para ajo, una sartén Bundt. Teníamos incluso una broma privada: decíamos que, cuando nos retiráramos, podría dedicarse a cocinar y yo podría, finalmente, consagrar mi vida y mi atención a la lectura y a la correspondencia; que ambos viviríamos nuestros últimos días en una dicha sin fin. Por supuesto, a Daan le importaba un rábano pasar tiempo en la cocina y, ahora, resulta que yo no tendré mucho tiempo más ni para leer ni para escribir cartas. Theodore, sabes que mis ojos me dan problemas, pero no te he dicho que tengo una enfermedad que ha estado acechándome vorazmente y que está lista para cegarme. Lo he sabido desde hace tiempo. En mi estado actual o, más bien, desde hace poco, cuando me levanto por las mañanas me toma mucho tiempo enfocar. En algunas ocasiones, no puedo ver nada con uno de mis ojos. En otras, con ninguno.

Hay otro asunto que me gustaría abordar de manera directa. Tengo la impresión de que tu actitud hacia mí se enfrió un poco cuando mencioné la visita de Mick Watts. Voy a arrancar la duda desde el tallo y de manera muy certera. Tengo setenta y ocho años, no tengo ninguna intención de volverme a casar y te aseguro que manejaré mi vida de la manera que me parezca conveniente. Si eso significa pasar algunos de mis días con un hombre y otros con alguien más, soy yo quien elige y decide. Si esta situación te incomoda, sugiero que retrocedas y encuentres otro sitio dónde estacionar. Mick Watts es amigo mío y nuestras vidas tienen una cantidad sustancial de puntos en común. Es divertido e ingenioso, la pasamos bien juntos. Si continúas irritado o de mal humor, no quiero que me involucres para nada en tu estado de ánimo.

Si estamos de acuerdo en lo anterior, me gustaría mostrarte algo relacionado con la masacre que sufrieron mis parterres hace dos primaveras. Necesito ayuda. Podemos hablar sobre Mick y los parterres el lunes que vaya a tu casa a jugar cartas y beber whisky. Me dará gusto cerrar la puerta de 2017, ha sido un año difícil para mí. No obstante, en honor a los viejos tiempos, es necesario recibir el Año Nuevo con respeto y responsabilidad.

Sybil

Dezi Martinelli

138 South Carrington St.

Hasbrouck Heights, NJ 07604

8 de enero de 2018

Estimado Dezi:

Recibí tu carta del 21 de octubre de 2017 y solo veo una manera
de comenzar: diciéndote que, en efecto, los recuerdo muy bien
a ambos, a ti y a tu hermano Aldo. Recuerdo el día que tu madre los trajo a verme al despacho del juez Donnelly y recuerdo
las circunstancias del caso. De hecho, toda esta situación ha
permanecido muy vívida en mi memoria a lo largo de los años
y, aunque me perturbó mucho leer tu furiosa carta, también
sentí algo de alivio. Parece que la edad me está ablandando.

Me estoy quedando ciega, pero no te lo digo para despertar
ni tu empatía ni tu compasión. Hace siete u ocho años, cuando
mi oftalmólogo me lo anunció, sentí como si de repente des-
pertara de un largo sueño, del sueño que había sido mi vida.
Sentí que había llegado a la vida real y que alguien acababa
de activar un temporizador. En ese momento pensé que mi fin
llegaría en cuanto perdiera la vista y, aunque tal vez suene trivial, la noción de alcanzar ese punto me hizo evocar el pasado
y considerar todo lo sucedido de una manera en que no lo había hecho hasta entonces. Debes saber que, entre los muchos
aspectos de mi vida sobre los que reflexioné, se encontraban
ustedes. Tú, tu madre, tu hermano y Enzo, tu padre.

Alrededor de un mes antes de que el caso de tu padre llegara a manos del juez Donnelly y, por lo tanto, a las mías, murió mi hijo. Tenía ocho años, era el segundo de mis tres niños.
Si has sufrido la pena de perder un hijo, cuentas con toda mi

solidaridad y, en ese caso, no es necesario que continúes escribiendo. Pero, de no ser así, me bastará con decir que no existe dolor más grande. Imagina la pena más severa y multiplícala por mil. Por diez mil. Entonces podrás empezar a comprender un poco, solo un poco. Gilbert murió y, dos semanas después, volví al trabajo y al asunto de la audiencia de tu padre. En tu carta dijiste que, cuando me conociste, mi mirada era gélida, inerte y cruel y estás en lo cierto. Yo era gélida y cruel, estaba muerta. Te preguntaste si era madre en un momento en que yo me preguntaba lo mismo. Era una bruja malvada, correcto. Si me hubieras dicho todo esto aquel día, habría estado de acuerdo contigo y habría recibido con gusto tus palabras.

Ahora te diré otra verdad o, más bien, te haré una confesión. Cuando tu madre entró a mi oficina con sus dos hijos sanos y perfectos y empezó a suplicar que interviniera para que el juez Donnelly le tuviera misericordia a tu padre, fui fría y cruel. Vi a tu hermano con los calcetines colgándole en los tobillos. Luego me fijé en el remolino en tu cabello y en tus enormes y curiosos ojos, y, ay, Dios mío, cómo te parecías a Gilbert. Tu madre me los presentó, "Ecco i miei ragazzi, Dezi y Aldo", dijo y sentí como si me hubiera acuchillado. De pronto la odié porque te tenía a ti, vivo. Eras alto y delgado, noté que estabas prestando atención. Tu madre pidió misericordia y, lo admito, lo que pensé fue: "Si yo no puedo tener a mi familia de vuelta, ¿por qué ella habría de tener a la suya? De mí nadie se compadeció, ¿por qué tendría que compadecerme? Mi desgracia me hizo cruel. Cuando el juez Donnelly volvió del almuerzo, me dijo que la secretaria del tribunal le reportó que me había reunido con la esposa del acusado. Me preguntó a qué había venido tu madre, de qué hablamos. Yo desestimé la situación sacudiendo la mano con un gesto trivial. No imploré en su nombre como, en mi calidad de mujer y madre, debí hacerlo.

Yo sabía que el juez me escuchaba, que tenía cierta influencia en él, pero no hablé a su favor. Cuando Donnelly emitió la sentencia de tu padre, la severa sentencia de la que ya estaba al tanto, me quedé en un profundo silencio que incluso disfruté. Y es algo que he lamentado mucho desde entonces.

No me lo esperaba, pero después de que se emitió la sentencia me sentí muy afligida. El testimonio de tu padre, la visita de ustedes y tu madre, todo me incomodaba. Durante algún tiempo no fui yo misma, no podía dormir, el dolor me estaba enloqueciendo. Tu familia se convirtió en una obsesión y sentí lo que, supongo, era una culpa paralela. Después de algún tiempo, le escribí a tu padre en prisión, apenas una nota breve acompañada de algunos dólares. No confiaba en él, solo envié una nota para decirle que esperaba que las cosas fueran bien. No la esperaba, pero recibí una respuesta. Enzo me escribió una carta honesta, hermosa. Era un hombre muy joven, ni siquiera había cumplido los treinta y, a pesar de todo, era amable. Tu padre se mostró misericordioso, me dijo que no estaba enojado conmigo. Se mostró tan sabio que me conmovió. Nos escribimos varias veces más, son las cartas que ya conoces. Siempre incluí algo de dinero para gastos en la comisaría, pero nada más. Sus cartas, en cambio, siempre me sorprendieron. Aunque traté de mantener mi distancia, me contó algunos detalles sobre su vida en Bérgamo, la manera en que se enamoró de tu madre siendo apenas un muchacho y la felicidad que le causó tener hijos. Me dijo que lo único que quiso fue hacer algo por ti y por tu hermano. Me habló del sueño de comprarle a Florencia, tu madre, una casa con jardín para cultivar verduras. Dijo que su plan, para cuando saliera de prisión, era llevarlos de vuelta a Italia.

La última vez que le escribí, me regresaron la carta porque lo habían liberado. En realidad, nunca le ofrecí disculpa por el papel que jugué en cómo salieron las cosas en su vida, pero creo que tu padre sabía lo mucho que lo lamentaba. ¿Dónde se encuentra ahora? Creo que me gustaría volver a escribirle, para disculparme.

Con todo mi respeto,

Sybil Van Antwerp

Hattie Gleason
Bodney Cottage
Fassfern
Fort William PH33 7NP
ESCOCIA

2 de febrero de 2018

Querida Hattie:

Gracias por tu carta y por las fotografías. A pesar de que siento que llevo horas mirando la imagen de tu madre embarazada junto a tu padre y, aunque estoy de acuerdo en que, al parecer, lo más probable es que seamos familia, no encuentro manera de que la información logre habitar mi cuerpo. Lo más extraño de todo es ver el parecido que tengo contigo y con el hombre que aparece en la fotografía junto a la mujer embarazada, o sea, con nuestro padre. Y lo que es más impresionante: ese abundante y encantador cabello rubio rojizo que ella tenía es idéntico al de mi hija. Siempre me había preguntado de dónde venían esos genes. Es extraordinario. Mi hermano, adoptivo por supuesto, estuvo aquí para las fiestas de fin de año y tuve la oportunidad de contarle todo. Le mostré las fotografías y le bastó con mirarlas una vez para convencerse de que tu familia también es mi familia. Ahora es mi turno de enviarte una fotografía. La similitud de nuestros rostros es notable.

Me doy cuenta de que no tengo dónde poner todo esto. Lo siento, ¿sabes a lo que me refiero? Es como si al volver a casa del supermercado, cargando demasiadas bolsas, me encontrara que las alacenas, el refrigerador y la despensa ya están llenos. ¿Una madre y un padre? Pero si yo tuve una madre y un padre.

¿Hermanos? Tengo un hermano también. El mero hecho de reconocer que existes, ¡lo siento como una especie de traición! Es como si no hubiera cupo, como si todas las habitaciones del hotel estuvieran ocupadas. Estamos llenos y, a pesar de eso, todo lo que siempre pensé que era diminuto ahora me parece tan enorme como una galaxia. Me refiero a la sensación que he tenido toda mi vida de que me hace falta algo, a esta curiosidad de saber por qué me abandonó mi madre. Tengo curiosidad, pero no las herramientas para saciarla. ¿Cómo me abro a mí misma? ¿Cómo libero el río y permito que se desborde?

Mi vida era bastante simple. Los padres que me adoptaron fueron maravillosos. Como a mi madre le dio cáncer de cérvix cuando tenía veinticuatro años, le extrajeron todo. Por eso no pudo tener hijos. Nos adoptaron, a mi hermano y a mí, con la intermediación de las Hermanas del Condado de Clare en Irlanda, y luego nos criaron de una manera bella y generosa. Nos educaron en escuelas privadas y nos enviaron a la universidad. Cuando yo tenía dieciocho años, el cáncer volvió para matarla a través de la corriente sanguínea. Mi padre era banquero y le iba muy bien, eran una típica pareja estadounidense de clase media. Él volvió a casarse poco después de que ella falleció. Nadie quiere una madrastra, pero la mía era aceptable y, en realidad, ya no vivía en la casa. Y podría decir que, cuando supimos que Félix era gay porque lo anunció a los diecisiete años, poco antes de que gritarlo a los cuatro vientos se volviera aceptable socialmente, ni mi padre ni su segunda esposa me decepcionaron y gracias a eso, ella se ganó mi respeto. Uno no escucha historias así con frecuencia, ¿cierto? Supongo que, en comparación con tu vida y la de tu madre, yo debería estar agradecida porque la mía fue cómoda. Me casé y tuvimos tres hijos. Uno de ellos murió siendo muy pequeño, así que ahora tengo dos y lo he arruinado todo. Mi hija prácticamente no me habla. Al parecer incluso tuvo abortos espontáneos que ni siquiera me mencionó. También tengo nietos. Mi esposo y yo nos divorciamos y el falleció de cáncer. Cáncer, cáncer, cáncer.

Hice carrera en leyes. Fui asistente legal de un juez, el honorable juez Guy Donnelly. Fui para él más que una asistente. Fui la cruz entre su esposa y su conciencia, también fui su consejera silenciosa. Supongo que esto es lo más interesante respecto a mí, pero espero que no pienses salir por ahí a divulgarlo como si fuera una medalla de honor porque yo misma no lo hago. Para bien o para mal, ese empleo representó una parte muy importante de mi vida. Mi carrera fue maravillosa, pero difícil para mi familia; es una manera algo complicada de explicar por qué terminé divorciándome. O, al menos, es la base del razonamiento.

Por otra parte, en tiempos recientes mi vida ha dado un giro inesperado. La semana pasada recibí a un hombre en mi casa, un hombre que quiere casarse conmigo. Y con eso no quiero decir que de pronto sacó un anillo y se arrodilló frente a mí, pero desde la segunda vez que cenamos juntos me dijo que deberíamos casarnos. ¿Puedes creerlo? Bueno, de cualquier forma, en este momento no tengo ningún interés en el matrimonio y, además, la situación es algo compleja porque, verás, tengo otro amigo, un vecino y eso complica las cosas. Vaya, no paro de hablar y de hacer confesiones y ni siquiera nos conocemos en persona.

Tal vez ya te sentirás un tanto dispuesta a contarme un poco más sobre ti. Creo que también me gustaría saber algo más respecto a tu madre. Por cierto, un amigo mío, experto en búsquedas en Internet, encontró tres documentos relacionados con Charlie Thorne. Te envío las copias por si te interesan. Por lo

que dicen los documentos, parece que tenemos dos medios
hermanos, David y Joe.

Saludos cordiales,

Sybil

Sybil Van Antwerp
17 Farney Rd.
Arnold, MD 21012

9 de abril de 2018

Querida Sybil:

Fue muy agradable recibir su carta, gracias por el libro de poesía. Ya conocía un poco de Eavan Boland, pero no había leído gran cosa de ella. "Quarantine", el poema de apertura es asombroso.

Noté el cambio en su caligrafía, me apena enterarme de que su salud visual ha decaído. Es un miedo que he tenido durante años, perder la vista. Sería una pérdida significativa. Creo que es maravilloso que su vecino haya instalado la pantalla amplificadora en su escritorio. Por lo que me dice, parece ser un aparato voluminoso e incómodo, pero con el que vale la pena contar. Su vecino también. Debe de ser muy conveniente que en la casa de al lado viva una persona gentil y honesta. Me preguntó usted si seguía escribiendo. Sí, continúo haciéndolo, pero menos.

Entre el interés de Mick en casarse con usted y el fascinante descubrimiento de que tiene una hermana en Escocia, su vida se ha vuelto muy interesante. ¿Qué piensa hacer respecto al texano? Espero con ansias las noticias de los acontecimientos por venir.

Con cariño,

Joan

Sybil Van Antwerp
17 Farney Rd
Arnold, MD 21012

29 de abril de 2018

Estimada señora Van Antwerp:

Leí su carta. Es inmensa. Me sorprendo a mí mismo al decir
esto, pero lamento que su hijo Gilbert haya muerto. Mi hija
mayor también está con los ángeles. Nos dejó al día siguiente
de su nacimiento, en 1992.

En la primavera de 2015, mi hijo tuvo una sobredosis de heroína. Los buenos programas de rehabilitación son demasiado
costosos. Solicitamos otra hipoteca sobre la casa. Está vivo,
pero no es el mismo y siempre estamos preocupados. Creo que
puedo entender su tristeza, señora.

Por cierto, creo que no fui claro: mi padre está muerto. Falleció cuando yo tenía quince años. Sucedió de una manera
terrible, salió de la cárcel y pidió dinero prestado para ir a Italia, pero para ese momento era como un perro en un depósito
de chatarra, bebía y estaba enfermo de inercia. Quería que mi
madre regresara a Estados Unidos para volver a intentarlo,
pero ella estaba enojada y no quiso reanudar su relación. La
vida había sido muy difícil para ella. Debido al crimen de mi
padre, se convirtió en la oveja negra, en la señalada. Es la segunda de cuatro hijas y mi abuelo, que no era un hombre rico,
estaba convencido de que se había casado con un perdedor.
No sé cómo sucedió, pero todos se enteraron de que se fue a
Estados Unidos y volvió a Italia sin mi padre, todos lo sabían.
Vivíamos con mi querida nonna en los límites de Bérgamo.

Mi abuelo murió y mi padre llegó hasta la entrada de la casa, pero ella no le permitió entrar porque estaba ebrio y andrajoso. Entonces se fue a un bar esa misma noche. Dicen que, algunas horas más tarde, salió a la calle y lo atropelló un automóvil. Murió cinco días después en el hospital local. Mi padre fue un buen hombre, pero este fue el resultado. Creo que esa es la razón por la que he estado tan furioso.

Mi madre vive en Italia, pero yo volví a Estados Unidos a los diecinueve años. Tengo una tienda de carnes y sándwiches italianos en Hoboken, se llama Nelli. Si ha estado alguna vez en el área, es probable que haya escuchado hablar del lugar. La mezcla de aceite de oliva y vinagre que uso se vende en la mayoría de las tiendas de abarrotes del noreste y también en el oeste. Las ventas llegan hasta Ohio.

Saludos cordiales,

Dezi Martinelli

PARA: sybilvanantwerp@aol.com
DE: MansourBas850@hotmail.com
FECHA: mayo 5, 2018 01:14 AM
ASUNTO: Un empleo para mí

Querida señora Van Antwerp:

¿Cómo está? ¿Cómo van sus ojos? ¿Sigue escribiéndose con su hermana biológica?

La última vez que nos comunicamos por correo electrónico fue a principios de año, lamento haber dejado pasar tanto tiempo. Hemos tenido bastantes dificultades en los últimos meses. Zoha tuvo un ataque en febrero, estaba en la escuela. Yo estaba trabajando, Kalee estaba en casa porque se hace cargo de un anciano y no podía salir porque yo tenía el automóvil. Salí de la oficina y fui deprisa al hospital en San Francisco. Ahí la sedaron y la entubaron. Lo que sucedió fue que se cayó y se golpeó la cabeza. Le rasuraron parte de su hermoso cabello y le hicieron una espantosa sutura para cerrar la incisión.

La razón por la que tomé el empleo en el que estaba entonces fue por el seguro médico. No era gran cosa, pero era mejor que nada. El cuidado de la salud en Estados Unidos es algo muy complejo. En Kindred el seguro era excelente. Zoha tuvo que pasar tres semanas en el hospital mientras investigaban el origen del ataque, pero al final terminamos sin respuestas. Por desgracia, los médicos dicen que podría volver a suceder en cualquier momento y que no hay manera de saber cuándo ni cuál es la causa. Para colmo, el costo del hospital fue elevadísimo.

Por otra parte, Emir ha estado teniendo problemas en la escuela. Ha sacado calificaciones bajas en los exámenes y sus maestros llaman para decirnos que se junta con algunos chicos problemáticos. Una noche le prendieron fuego a un pequeño árbol en el parque y la policía se hizo cargo de él porque Kalee y yo todavía estábamos trabajando. Por suerte, el oficial fue amable y no registró el incidente, pero por supuesto, fue una experiencia horrible. Emir no puede hacer esas cosas, es vergonzoso para él, para su madre y para mí, también para las otras familias sirias que conocemos en el área. Le di una paliza y le quité sus privilegios sociales por tres meses, pero es difícil controlar ese aspecto mientras estamos trabajando. Nosotros trajimos a nuestros hijos para protegerlos de la vida que dejamos atrás, para ofrecerles una buena vida en Estados Unidos. No quiero que sepan cómo eran las cosas en Siria porque es espantoso. Siempre trato de protegerlos, todas mis decisiones tienen ese objetivo y, a pesar de ello, parece que estamos haciendo mal las cosas.

Sé que todas estas son malas noticias, sin embargo, tengo algo que decirle que me da esperanza. Dale Woodson me entrevistó por segunda vez. En esta ocasión lo acompañaban tres de sus colegas. Creo que me ofrecerá un empleo. Me sentí muy cómodo al hablar con ellos sobre temas que conozco. Recuerdo que, en un correo electrónico, usted me dijo que cuando uno encontraba un lugar para sí mismo en el mundo, se sentía como música. Pensé en eso cuando estuve con Dale Woodson en aquella sala de juntas hablando sobre infraestructura de carreteras. Tal vez yo sea un hombre bastante común y aburrido, pero, desde mi perspectiva, la infraestructura de las carreteras es una sinfonía.

Este correo electrónico es para agradecerle haberle dado a mi vida una nueva dirección, señora Van Antwerp.

Con mi mayor aprecio y respeto,
Basam Mansour

Félix Stone

c/o Suzanne y Bob Archer,

104 Merry Acres Pl

Verdugo Hills, CA 91042

14 de mayo de 2018

Mi queridísimo Félix:

¿Cómo te va en Los Ángeles? ¿Cómo va el trabajo? ¿Estás haciendo contactos allá? Ahora que llevas casi cinco meses en el mismo lugar, me pregunto si te quedarás. ¿Has hablado con Stewart, cariño? ¿Continúa buscándote? ¿No crees que valdría la pena considerar al menos la posibilidad de escuchar lo que el hombre quiere decir? Aunque te extraño y desearía que te mudaras a un lugar más cercano, es obvio que Francia es tu hogar.

Desde hace algún tiempo no he recibido más cartas de Hattie a pesar de que es su turno de escribir. Pero no puedo culparla, ¿no crees? Estamos en una situación extraña y, además, creo que ella trabaja bastante. No solo eso, estoy segura de que hay opiniones externas de que todo esto es aún bastante inadecuado.

Mientras espero noticias de ella, he estado leyendo todo lo que me llega a las manos sobre Escocia y sobre la tribu de los indios cuervo. Ay no, disculpa, sé que ahora debemos decir nativos estadounidenses. Por cierto, hubo una conferencia en St. John's College sobre el desplazamiento de los pueblos nativos en el noroeste. Fui con Theodore Lübeck. Disfruto de su compañía, pero además necesitaba que alguien condujera. Mis ojos me han estado dando problemas, Félix y como era de noche, pensé que lo mejor sería no conducir. Estacionarse en

Annapolis puede ser bastante difícil, hay muchos adolescentes en las calles sin prestar atención.

Bueno, y guardé lo peor para lo último. De este lado del país, hay una situación bastante complicada. Mick Watts estuvo de nuevo en D.C. y esta vez no justificó su viaje de ninguna manera, solo voló para llevarme a cenar en Baltimore. Fue una cena encantadora y, al final, sacó un anillo y me pidió formalmente que me casara con él. Como te conté, me había mencionado el matrimonio en varias ocasiones, pero siempre de una manera más bien improvisada y, en cada ocasión, lo desalenté y le dije que me dejara en paz. Esta vez, sin embargo, fue distinto: Mick vistiendo un elegante traje, el anillo, las luces de la bahía resplandeciendo por la ventana, el filete, el mantel blanco y la botella de cabernet. Me lo estaba pidiendo en serio. Quiere que me mude con él a Texas.

Seguramente te preguntarás qué contesté. Déjame decirte. Le dije que tendría que pensarlo. No es como si tuviera veintitantos y apenas empezara mi vida, ni como si estuviera tomando decisiones que irán sentando las bases del camino que andaré. Ya hice mi camino. Me cuesta trabajo imaginarme de repente dando un giro total y empezando de nuevo. No estoy segura de tener la energía necesaria, pero claro, me divierto mucho con Mick y, además, ¿no te parece reconfortante? Me refiero a tener a alguien más en casa. Alguien que, supongo, podría cuidar de mí. Me río muchísimo con él, es como una versión de mí cuando trabajaba. Ingenioso, inteligente, perfectamente capacitado para charlar y debatir sobre política.

Sabes que siempre acepto con gusto tus opiniones, pero en este caso, te suplico que andes con cuidado. Me temo que el asunto me tiene tan perpleja que cualquier cosa que digas podría dejar huellas que luego no podré borrar.

Tengo muchos deseos de saber de ti y, por supuesto, sabes que serás bienvenido si quieres pasar algún tiempo en la Costa Este. No he escrito muchas cartas en los últimos meses cuando me siento frente al escritorio, no tengo energía para hacerlo. Pero, por favor, no te alarmes. Por otra parte, finalmente decidí participar en el panel del Festival de Orientación Vocacional de la preparatoria al que me invitaron. Será la próxima semana.

Esto es más que suficiente de mi parte, te envío todo mi cariño.

Tu hermana que te quiere,

Sybil

Sra. Van Antwerp

17 Farney Rd

Arnold, MD, 21012

31 de julio de 2018

Querida señora Van Antwerp:

Le agradezco mucho el libro que me envió. No había leído a John McGahern. De hecho, salvo por las lecturas obligadas de los usuales, ya sabe, Joyce, Yeats y Beckett, no he leído mucha literatura irlandesa. Después de <u>Entre todas las mujeres</u>, abordé <u>Para enfrentar el sol naciente</u>. Me gustó muchísimo y encendió en mí el deseo de permanecer en Irlanda, por eso conseguí <u>Historias selectas</u>, de William Trevor. Me he entregado a una lectura parsimoniosa, solo leo una historia a la semana para que el placer perdure.

Adjunto encontrará el calendario y el programa para el período de otoño. Por favor, siéntase con libertad de elegir cualquier clase en la que desee participar. ¿Consideraría asistir como oyente a mi seminario de poesía? ¿Aunque sea una vez? En el horario verá que, después del seminario, hay un curso de Literatura Estadounidense Moderna. Lo imparte un profesor que nos visita de UCLA este otoño. El programa incluye a Roth. ¿Le agrada Roth? La gente dice que lo amas o lo odias y he descubierto que es verdad, pero no le diré todavía de qué lado estoy. En cualquier caso, podría venir los miércoles, asistir al taller de poesía de las 11:00 a.m. a 1:00 p.m., una pausa para almorzar y luego asistir a Literatura Estadounidense Moderna de 1:45 a 4:00 p.m.

Me preguntó respecto a mis vacaciones de verano. La mayor parte de junio fue un tormento. Pasé el tiempo planeando el semestre y extinguiendo incendios. Mi suegra falleció y nuestra ronda más reciente de fecundación in vitro fracasó, pero después del funeral, mi esposo y yo viajamos un poco, a principios de julio. Fuimos a Lisboa y nos quedamos dos lujosas semanas, luego fuimos a Croacia y Grecia. Me encanta viajar. Escribí bastante poesía, fue maravilloso reencontrarme conmigo misma. ¿A usted le gusta viajar?

Y sí, empezaré este ciclo escolar como usted me recomendó que lo hiciera: con audacia, sin pedirle permiso a nadie, con la cabeza en alto y sin aceptar las estupideces de ninguna persona con pene. Creo que es usted una persona de quien vale la pena aceptar estos consejos.

Con cariño,

Melissa Genet
Universidad de Maryland,
College Park
College Park, MD

PARA: Roy@coastaleyepartners.com
DE: sybilvanantwerp@aol.com
FECHA: agosto 19, 2018 7:33 PM
ASUNTO: Problemas para ver

Estimado doctor Jameson:

En la última semana, digamos, me ha costado muchísimo más trabajo ver.

Saludos cordiales,
Sybil Van Antwerp

PARA: sybilvanantwerp@aol.com
DE: Roy@coastaleyepartners.com
FECHA: agosto 20, 2018 3:48 PM
ASUNTO: RE: Problemas para ver

Querida Sybil:

Me da gusto que me haya contactado. Me gustaría programarle una cita para la próxima semana. Mi asistente la llamará para encontrar un espacio. ¿Podría acompañarla alguien al consultorio?

Roy

PARA: Roy@coastaleyepartners.com
DE: sybilvanantwerp@aol.com
FECHA: agosto 21, 2018 7:03 AM
ASUNTO: RE: Re: Problemas para ver

Estimado doctor Jameson:

Por favor, dígale a su asistente que me llame por teléfono en
lugar de enviarme la cita por correo electrónico. Mi vecino me
acompañará con gusto a la cita, muchas gracias.

Sybil

23 de agosto de 2018

Querida Sybil:

Recibí tu nota, estaba en el cine del centro comercial Annapolis. Me dará mucho gusto llevarte a tu cita el 4 de septiembre a las 9:40 de la mañana. He estado algo preocupado por ti. No me molesta que no vengas. Sé que tal vez no tienes ánimo para visitas, sin embargo, no te he visto en el jardín ni paseando. Tampoco he visto ningún automóvil en tu casa, por lo que supongo que no has recibido a nadie. Me agradaría mucho almorzar contigo después de la consulta con el oftalmólogo. No me has contado lo que sucedió con el hijo de Enzo.

No es necesario que me agradezcas por haberte mostrado cómo aumentar el tamaño de las letras en tu pantalla, a mí me enseñó mi hija. Y, por supuesto, fue un placer instalar la pantalla amplificadora.

Hablando de mi hija, finalmente decidí hacer el viaje a Alemania. Creo que sería tonto de mi parte esperar. Ella quiere conocer el lugar de donde venimos su madre y yo, también quiere visitar las tumbas de mis antepasados. Significa algo importante para ella, me parece, así que iré. Salimos en unas semanas, pasaré un mes viajando. El otoño sigue bastante cálido, me pregunto si podrías regar mis rosas. Te daría un calendario para hacerlo. En cuanto a la correspondencia, solicitaré en la oficina de correos que no la envíen a mi casa mientras esté de viaje.

No has mencionado nada sobre la propuesta de Mick. No sé si aceptaste. En todo caso, me da gusto por ti. Te ves muy feliz con él.

Tu amigo,

Theodore

Fiona Van Antwerp-Beaumont
2 Hamilton Terrace
Londres SE 28 8JF
REINO UNIDO

17 de septiembre de 2018

Querida Fiona:

Han pasado algunos días desde nuestra desastrosa conversación telefónica. He estado reflexionando respecto a lo que dijiste y reproduciendo en mi mente tus palabras tan dolorosas e incisivas. En ese momento me sentí bastante atrapada, digamos y estoy segura de que dije cosas que no quería decir. Tal vez debería llamarte, pero soy mejor con la pluma y el papel, aunque, como sabes, con la inminente ceguera no podré continuar escribiendo durante mucho más. Hoy mi visión se encuentra un poco menos ensombrecida. A pesar de que sé lo que necesito decir, no sé por dónde empezar.

Dijiste que critico la manera en que vives tu vida y que tú y Walt, y los niños están tratando de hacer lo contrario de lo que yo hago. Me dolió mucho escuchar eso. Asimismo, me sorprendí cuando mencionaste que no apruebo la carrera que elegiste. Yo suponía que estudiarías medicina. Antes de terminar los estudios de licenciatura hablaste por años del tema. Por eso me tomó tiempo ajustarme a tu intempestivo cambio a arquitectura. A pesar de ello, estoy profundamente orgullosa de la carrera que has forjado. Cuando toqué el tema de tus abortos espontáneos y el hecho de que terminé enterándome por tu tía Rosalie, fue más doloroso aún que dijeras que no me habías contado nada porque no sabes confiar en mí, porque soy demasiado distante. Yo te respondí lo que siempre he sentido, que nunca me has necesitado y entonces me respondiste que yo te enseñé a no necesitarme. Bien, tal vez puedas tratar de imaginar lo que sentirías si, algún día, Frannie te dijera esas mismas frases. Sentirías un dolor indescriptible.

Mi instinto siempre es luchar, por eso al principio me descubrí armando un caso, refutando las acusaciones, pensando en todas las pruebas que tengo de que te equivocas. Pero luego decidí esperar un poco y continuar analizando la conversación. Entonces me sorprendí porque dejé que la marea de mi autodefensa bajara. Ahora me gustaría contarte una historia sobre mí.

Cuando tus abuelos me dijeron que era adoptada, yo era solo una niña, estaba en primer grado de primaria. Tu abuelo llegó a casa del trabajo y nos sentamos en la sala formal, lo cual era inusual. Me explicaron todo y después, en lugar de cenar como de costumbre, me llevaron a comprar un helado para disolver la situación. Naturalmente, la confesión me afligió, pero de pequeña era, digamos, bastante singular. Era una chiquilla seria y severa. No tenía amigos porque los otros niños me ignoraban con frecuencia; tendía a obsesionarme con las cosas. Eso fue lo que sucedió en este caso. Como sabes, siempre ha sido parte de mi naturaleza ver todo blanco y negro, no tengo gama de grises. Me gustan las reglas, prefiero vivir en un mundo regido por leyes y sistemas cristalinos y declarados. Creo que, de niña, descubrir que era adoptada me hizo sentir que no formaba parte del sistema, pero no se lo dije a nadie.

Algunos años después, mis padres, que sabían cómo me afligía el asunto, me dieron una carta que mi madre biológica escribió antes de entregarme y aquel trozo de papel en el interior de un sobre color rosa se convirtió en mi obsesión. Lo guardé debajo de mi cama, en una pequeña caja de madera. Durante meses leí la carta todas las noches antes de dormir.

Estudié la caligrafía, traté de leer entre líneas para ver si se me había escapado algo. Fue una agonía. Deseaba con desesperación tener a mi madre biológica, pero no se lo dije a nadie. Su nombre era Louisa. No lo sabía entonces, me enteré hace poco gracias a la membresía de Kindred que tu hermano me dio como regalo de Navidad hace muchos años. Adjunto encontrarás la carta de mi madre, por favor, consérvala.

Empecé a escribir cartas porque me pareció que eso era lo que hacía mi madre biológica, a quien consideraba cuando era niña mi madre "real". Me aferré a esa costumbre y, finalmente, gracias a la correspondencia, encontré un alivio inexplicable. Descubrí que le podía escribir a cualquier persona, que podía tomarme tiempo para pensar lo que quería decir, practicar, reescribir y redactarlo justo como deseaba. Escribir siempre fue mucho más fácil que, incluso, tener una conversación. Fui una niña insegura, demasiado. Siempre me sentí extraña. La otra noche, cuando hablamos por teléfono, mencionaste eso. Te preguntaste si tal vez solo era capaz de tener relaciones significativas a través de las cartas. Es algo en lo que he estado pensando mucho. Cuando era joven, encontré en el diálogo epistolar una infraestructura que simplificaba mi vida y eso no ha cambiado. No obstante, ahora me pregunto si el hecho de desarrollar relaciones más íntimas a través de la correspondencia no me habrá hecho mantener, desde que era niña, una distancia entre yo y los demás. Es cierto que las cartas me han aislado, han sido un escudo de la misma manera que la práctica del derecho me protegió y me evitó tener que mantener un trato directo con la humanidad. Te confieso que es algo que no cambiaría por nada. Sin embargo, a mi avanzada edad, de pronto me encuentro deseando cercanía. Sí, quiero cercanía, algo que solo tuve cuando conocí a tu padre.

Encontrar a tu querido padre fue una gran sorpresa en mi vida porque nunca imaginé que tendría ALGO ASÍ. Yo pensaba que necesitaría a alguien que me soportara, pero tu padre no solo me soportaba, ¡creía que yo era maravillosa! Y mi opinión de él era aún mejor. Tu padre nunca me hizo sentir extraña, me dio una familia y, gracias a eso, logré darle la vuelta al destino que había dado por hecho que me esperaba. Me enseñó a abrirme hacia los otros, algo que yo nunca había hecho y que resultó ser muy sanador para mí. Tu padre pensaba que yo era extraordinaria y siempre lo amaré por eso.

Cuando tú naciste, me aterré. Hasta ese momento, sentía que podía arreglármelas con los dos chicos a pesar de que me parecían objetos ajenos, pero luego llegaste tú, una niña. Me daba mucho miedo tener una niña porque, ¿qué tal si no era capaz de entenderla? Yo nunca encontré la manera de ser adecuada y pertenecer a este mundo. No encontré cómo participar, por eso me preguntaba qué pasaría si no supiera cómo ser una madre para ti. Tenía temor, eso era todo. En todo momento me sentía aterrada de perder o arruinar algo y, un día, lo hice.

Tenías apenas cuatro años cuando Gilbert murió. Su muerte provocó que yo me derrumbara. Yo ~~no~~ me esforcé por hacer todo de la forma correcta, seguí las reglas, me metí a la fuerza y apretujada en el mundo, pero eso no bastó. Fiona, ¿sabes lo que se siente que tu mayor temor se cumpla? ¿Que se presente lo que más miedo te provoca y que tu terror imaginado se vuelva realidad? Espero que nunca vivas algo semejante. Yo no pude, nunca encontré la lógica. La vida que había construido no era lo bastante sólida para enfrentarlo, las leyes de la naturaleza fueron demasiado abrumadoras para superarlas. ~~Fue el~~ No pude soportarlo, por eso me encerré en una coraza, por eso guardé bajo llave la agonía y te alejé de mí. Porque, ¿qué tal si a ti también te perdía? ¿Qué tal si perdía a Bruce? Me alejé porque creí que, si por principio evitaba sentir demasiado por ustedes, entonces las cosas no serían tan terribles. Y no SI llegaran a suceder, sino CUANDO volvieran a suceder. Supongo que nunca me recuperé. No sé cómo recuperarme.

Fiona, estoy tratando de ponerle palabras a algo que nunca había articulado en mi vida. El hecho de ser adoptada, la muerte de Gilbert, el fin de mi matrimonio. En fin, siempre sentí que todo lo hacía mal. Sentía que era un fraude, que solo actuaba o fingía que era hija, esposa, madre. Quería ser todo eso y supongo que lo fui, pero siento que nunca me lo creí porque demasiadas cosas salieron mal. La muerte de tu hermano me quebró y no pude reconstruirme. Tu padre logró continuar enamorado, pero yo no pude. El dolor, el mayor dolor del mundo es como, no lo sé, ¿qué es? ¿Qué es lo que le sucede a una persona cuando pasa por eso? Siempre he sentido como si un alarido viviera en mi interior. Se ha aplacado un poco con el tiempo, pero no se va, sigue ahí. Camino por la casa, trabajo en el jardín, voy a la tienda o me siento en mi escritorio y entonces escucho el alarido en mi cabeza como sirenas malditas anunciando una guerra.

Cuando miro en retrospectiva mi vida como madre, tengo una sensación permanente de fracaso y, sin embargo, mírate. Tu vida es plena y buena, también la de tu hermano. Fiona, lamento haber mantenido la distancia contigo. Siento mucho haberte enseñado a no necesitarme. Lamento haber sentido amargura al enterarme de que fuiste a ver a Rosalie y lamento haberte maltratado por eso. También siento muchísimo no haberte dicho que me estoy quedando ciega. Siento mucho no haber hecho las cosas de una mejor manera. Sé que solo piensas en mí como tu madre, pero, por favor, recuerda que, en el fondo, también soy solo una muchacha más.

Recientemente he estado en contacto con el hijo de un hombre al que Guy y yo sentenciamos y enviamos a prisión hace muchos años. Cometimos un error de juicio y el resultado fue devastador para su familia. Hace poco me enteré de que ese hombre falleció, lleva décadas muerto. Todo esto ha estado ocupando mi mente los últimos meses. Estoy segura de que pensarás que he enloquecido y la verdad es que me siento muy afligida y exhausta. Esta carta se ha extendido y transformado en una maraña de pensamientos complicados que llevo horas escribiendo con los ojos entrecerrados para ver un poco mejor. A pesar de todo, espero que le encuentres un poco de sentido.

Aquí estoy de nuevo. Tomé un descanso, salí a caminar y conversé con el señor Lübeck, mi vecino. Dentro de poco tendré que volver a contactar al señor Watts para darle mi respuesta a su ofrecimiento de matrimonio. No puedo posponer mi respuesta para siempre. No me has dicho qué piensas. ¿Qué piensas?

Te amo,

Mamá

Posdata: No les he dicho nada sobre mi problema de la vista ni a tu hermano ni a tu tío Félix. Por favor, permite que sea yo quien lo haga. Me aseguraré de que sea pronto.

Rosalie Van Antwerp
33 Orange Lane
Goshen, CT 06756

18 de septiembre de 2018

Querida Rosalie:

Te escribo para dar fin a un prolongado silencio. Esta semana te llamaré por teléfono para ofrecerte un desfile entero de disculpas, así que puedes exhalar y continuar leyendo con aire engreído y confianza. Aunque sé que no lo harás porque no eres rencorosa como yo.

Antes de entrar a ese tema, quería preguntarte algo. Hace tiempo, en una de tus cartas, mencionaste la posibilidad de llevar a Lars a un hogar para ancianos, a Greenmont Village. ¿Lo hiciste mientras estuve alejada? Me duele el estómago solo de pensar que lo hayas hecho en todas estas semanas que no hemos hablado. El conflicto interno que estás teniendo o tenías es espantoso. Dijiste que sentías como si estuvieras rindiéndote, pero no es así. Rosalie, no estás aspirando a un sueño dorado, estás tratando de sobrevivir. Estás tratando de vencer los desafíos que se han empeñado como demonios en abatirte, en destruirte. Antes de cualquier otra cosa, quería decirte esto porque es lo más importante.

Las cosas llegaron al punto más álgido con Fiona. Ahora que lo veo en retrospectiva, siempre estuvieron destinadas a ese punto. Es cierto, ¿sabes?, lo que dicen sobre mirar en retrospectiva. En fin, hace como una semana estábamos hablando por teléfono, le mencioné que llevaba algún tiempo sin verla y la discusión estalló. Empezó a lanzarme sus innumerables quejas como las entrañas letales de una bomba pútrida. Yo contraataqué con la información que tenía sobre la visita que te hizo y me salió el tiro por la culata porque me dijo que ya sabía que yo sabía. Fue horrible y mientras ella despotricaba, lo único que pasaba por mi mente era la carta que me enviaste el verano pasado y, por primera vez desde que la leí, en lugar de sentirme herida por tus palabras, me sentí amada. Todo el tiempo que estuve en la cocina sosteniendo el auricular, bajo el ataque directo de mi propia hija, tuve un deseo incomprensible de tenerte sentada enfrente, escuchando la conversación e instándome a hablar de cierta forma. Ay, Rosalie, la intensidad del ataque me llevó a contestarle cosas horribles como por instinto, pero luego, en cuanto terminó la llamada, entré en hibernación varios días; me quedé sentada reflexionando. Volví a leer tu carta y toda esta situación de pronto se desdobló y se vació como una enorme ballena en la playa, PLOP, y en ese momento, por primera vez tuve claridad. Le escribí a Fiona. Obviamente, fue una carta para disculparme, pero también me desollé a mí misma hasta quedar como el pescado tras el paso de la cuchilla. Le envié la carta ayer por correo y ahora no soporto la angustia.

Muy bien, aquí va, Rosalie, lo mejor será que acabe con esto de una vez por todas. La razón por la que te estoy escribiendo es para decir LO SIENTO. Me enojé contigo de una manera muy injusta, por favor, perdóname. Perdí meses, bueno, no, no meses, ¡perdí un año o más! ¡Dios me perdone también! Perdí todo ese tiempo en el que no pude confiar en ti debido a mi ceguera y, para colmo, tampoco estuve para ti en un momento muy difícil. Todo lo que me dijiste respecto a Fiona fue producto de una gentileza y un cariño enormes, pero yo permití que mi necedad se antepusiera a la lealtad que te tengo. No puedo borrar las palabras que dije, pero quiero asegurarte que ahora veo mi error, ¡y lo veo con mucha claridad! ¿No te parece irónico? Lo lamento, mucho, mucho, muchísimo, Rosalie. Por favor, ábreme tus brazos de nuevo. Por favor, escríbeme y cuéntame todo. Dime cómo están tú, Paul y Lars. Rosalie, eres una criatura milagrosa e indestructible, espero que me recibas en tu vida de nuevo porque yo no puedo vivir sin ti.

Listo, lo hice. Gracias, Dios mío.

Entretanto, han sucedido otras cosas de las que tal vez te gustaría estar al tanto. Mick Watts me ofreció formalmente matrimonio y quiere que me mude a Texas. Stewart engañó a Félix, así que terminaron su relación y ahora Félix está en Los Ángeles pasándola muy mal. Las cosas llegaron a un punto crítico con la decana de la Facultad de Inglés de la UMDCP y, curiosamente, gracias a eso nos hicimos amigas y ahora soy oyente en su seminario de poesía. También necesitaré hablar contigo por teléfono para contarte sobre un asunto horrible y complejo que ha estado desarrollándose en los últimos años. Tiene que ver con la audiencia de un caso que Guy tuvo a su cargo en los setenta. Por último, no he tenido noticias de Hattie Gleason desde hace algún tiempo. Eso es todo.

Escríbeme,

Sybil

Posdata: Ya me está costando mucho más trabajo leer. Estoy tratando de continuar con <u>Orgullo y prejuicio</u> por una vez más. A veces veo lo suficiente para escribir. Hoy, por ejemplo, veo bastante claro, pero en otras ocasiones es casi imposible. Yo pensaba que cuando empezara a perder la vista como está sucediendo ahora, me aferraría a ella con todas mis fuerzas, pero ya no siento lo mismo. Se ha vuelto un esfuerzo tan fuerte que casi estoy preparada para rendirme. No por completo y, bueno, tú me conoces, mañana podría estar aquí de nuevo tratando de escribir. Hoy, sin embargo, eso es lo que siento.

PARA: sybilvanantwerp@aol.com
DE: stewartpbates@gmail.com
FECHA: octubre 2, 2018 08:08 PM
ASUNTO: Félix

Hola, Sybil:

Espero te encuentres bien y disfrutando de tus nietos. ¿Te llegó mi carta? Doy por hecho que estás enojada conmigo y tienes todo el derecho, pero también es claro que no conoces toda la historia. Ni siquiera Félix la sabe, pero continúa negándose a aceptar llamadas, responder mensajes de texto o a abrir mis correos electrónicos. Abordaría un avión ahora mismo para ir a verlo, pero ni siquiera sé dónde está viviendo. Imagino que creerás que, al interponerte entre nosotros, estás protegiendo a tu hermano, pero no es así. Félix y yo necesitamos hablar. Estoy casi seguro de que si pudiéramos tener una conversación al menos, si me permitiera disculparme y explicarle, podríamos volver a encarrilar nuestra relación.

Esto fue lo que sucedió. Llegué a conocer demasiado bien a un hombre francés. Fue un error. Félix y yo habíamos estado teniendo algunas dificultades. Él estaba escribiendo un artículo extenso, pero las cosas no iban bien. Tenía dónde publicarlo, pero luego el financiamiento para la antología fue cancelado. Eso sucedió más o menos al mismo tiempo en que comenzaba a superar su bloqueo mental y a escribir de nuevo. Naturalmente, la cancelación lo decepcionó mucho. Como sabes, mientras su trabajo va bien, Félix está feliz, pero en cuanto las cosas no salen como espera, se aleja, se vuelve taciturno y se comporta de manera egoísta. Llevábamos meses o incluso más tiempo viviendo esa situación y yo estaba harto. Tuvimos una fuerte discusión, mencionó el asunto del matrimonio y yo le recordé que siempre estuvimos de acuerdo en no casarnos.

Más o menos por esa misma época comencé a encontrarme con el francés para tomar un café o una copa de vino, o para dar un paseo de vez en cuando. Nos conocimos debido a un proyecto de trabajo en común. Voy a ser transparente contigo, Sybil. Admito que ese hombre me produjo un sentimiento delicioso que yo sabía que no debía experimentar, pero estaba muy molesto con Félix, muy lastimado, y por eso no escuché las advertencias de mi instinto. Mi amistad con ese hombre, Luc, se volvió más intensa y, aunque solo éramos amigos, Félix no estaba enterado de nada. Poco después descubrí que las cosas para Luc no eran tan simples como para mí, porque se estaba enamorando. Me lo dijo, pero yo no estaba enamorado de él. En diciembre, Félix agarró mi teléfono de la mesa porque sonó la alarma para tomar mi medicamento y vio un mensaje de texto del francés. Enloqueció. Yo no. No enloquecí porque no estoy enamorado de Luc, sin embargo, Félix no me creyó. No me permitió decir nada en mi defensa, y por eso no sabe que no sucedió nada entre nosotros. Bueno, el francés me besó una vez, pero yo le puse un alto. Insisto, no pude convencer a Félix, ni siquiera me dejó hablar. Félix es escéptico, supersticioso o algo así. Sybil, yo amo y siempre he amado a tu hermano. Cuando las cosas estallaron porque vio un mensaje, todo lo que pudo pasar entre Luc y yo, fuese lo que fuese, llegó a su fin. Sé que jugué con fuego y terminé quemándome, pero no soy ni necio ni tonto. Me equivoqué y aprendí mi lección. Necesito que me ayudes a encontrar la manera de ponerme en contacto con Félix, Sybil. Por favor.

Stewart

Dezi Martinelli

138 South Carrington St

Hasbrouck Heights, NJ 07604

4 de octubre de 2018

Estimado Dezi:

Enterarme de las circunstancias del fallecimiento de tu padre me produjo un dolor muy profundo. Mi ofrenda es mínima, pero es todo lo que tengo: lo lamento mucho.

Adjunto encontrarás una de las cartas que me escribió tu padre desde la prisión. Esta carta me conmovió en particular por la manera en que describió su amor por ti y por tu hermano. Si quieres las otras, dime, te las puedo enviar por correo.

¿Estarías dispuesto a darme la dirección de tu madre en Italia? Me gustaría escribirle y me gustaría hacerlo pronto.

Cordialmente por siempre,

Sybil Van Antwerp

Sybil Van Antwerp
17 Farney Rd
Arnold, MD 21012
ESTADOS UNIDOS

4 de noviembre de 2018

Querida Sybil:

Lamento muchísimo mi demora para escribir. Mil gracias por
enviar los documentos sobre nuestro padre. Contar con esa
información significa mucho para mí, no sabes cuánto. Tal vez
te parezca una locura, pero pasé algún tiempo buscando a Eugene, su hermano. Era bastante más joven que Charlie. Parece
que vive en un hogar para ancianos al norte de California y
tiene noventa años.

Te has tomado el tiempo necesario para contarme sobre
ti, así que permíteme hablarte un poco de mí, aunque me parece que mi historia es bastante aburrida. Nunca me casé y
no tengo hijos. Supongo que consagré mi vida al trabajo, mis
hermanos y a cuidar de mamá. Estuve enamorada en una
ocasión, pero las cosas no funcionaron. En algún punto del
camino, creo que cerca de cumplir cuarenta años, tuve un momento de arrepentimiento, pero duró poco y me he sentido
conforme desde entonces. Mi visión se está deteriorando. Se
debe a una enfermedad que, por lo que me dijeron, es rara y
hereditaria. Saberlo me provoca mucho dolor porque significa
que tendré que dar fin a mi quehacer profesional antes de lo
planeado. Al releer esto, me da un poco de tristeza ver que
¡tengo muy poco que contar! Ha sido una vida tranquila. Claro,
hay más, pero no estoy segura de cómo expresarlo y, además,
mi problema visual hace que escribir sea una tarea titánica.

De hecho, escribir siempre me ha resultado abrumador. ¿No crees que sería mucho más fácil si habláramos por teléfono? ¿Te molestaría que nos llamáramos? También me pasó algo por la cabeza que, una vez más, tal vez te parezca una locura, pero, no sé, pensé que tal vez podrías visitarnos. Si lo hicieras, los muchachos y yo quizá podríamos hablarte un poco de nuestro pasado. No tengo una explicación de por qué mamá te dio en adopción, pero de cierta forma, lo lamento. Tal vez si te habláramos de ella, si te contáramos los fragmentos que tenemos de su historia, te ayudaríamos a resolver algunas incógnitas. Ahora no sería un buen momento porque el frío y oscuro invierno se acercan, pero ¿por qué no vienes en verano?

Piénsalo, me daría mucho gusto recibirte.

Con mis mejores deseos.

tu hermana Hattie.

Florencia Martinelli
84 Via del Porrione
Bérgamo 03950
ITALIA

10 de noviembre de 2018

Estimada señora Martinelli:

Hace muchos años vino usted, acompañada por sus hijos, a mi despacho en un tribunal de Maryland y suplicó misericordia para Enzo, su esposo. Yo no se la concedí. Ahora soy una anciana con varias razones para sentir arrepentimiento y esta es una de ellas. En una ocasión, alguien a quien yo amaba mucho me dijo que no existía un universo paralelo, que no existía el "lo que habría sucedido si solo...". Ah, pero cómo desearía que existiera. Recientemente me enteré de las circunstancias del fallecimiento de Enzo. Lamento el sufrimiento que mi ciega amargura le causó a usted y a su familia. Desearía poder hacer algo al respecto, pero sé que no hay manera de revivir a los muertos.

Sinceramente arrepentida,

Sybil Van Antwerp
antigua asistente principal del juez
Guy Donnelly

Sr. Larry McMurtry

c/o Librería Booked Up

216 S. Center St.

Archer City, TX 76351

10 de diciembre de 2018

Estimado señor McMurtry:

Espero que esta misiva llegue a sus manos a través de su librería, ya que me fue imposible encontrar su dirección personal. Comprendo que vive en Archer City. Solo he visitado Texas en una ocasión. De hecho, fue hace poco: estuve en Houston. En este punto de mi vida, creo que no volveré, pero si lo hiciera, me gustaría visitar su librería. Lo he admirado desde hace varios años y creo que si alguna vez hubiéramos tenido la oportunidad de conocernos, por ejemplo, en una velada, nos hubiéramos atraído como imanes.

Por lo que sé, usted se sometió hace algunos años a una cirugía de corazón que tuvo efectos adversos a largo plazo. Lamento mucho el dolor y las molestias que ha tenido desde entonces. En lo personal, me resulta asombroso lo increíblemente difícil que se ha vuelto vivir. Hay muchas cosas que nadie me advirtió. Desearía que a alguien se le hubiera ocurrido decirme hace tiempo: "Sybil, las serpientes emergerán del fondo del mar una y otra vez para enrollarse en tus pies y arrastrarte". Por supuesto, yo no les dije nada así a mis propios hijos y tal vez nunca lo haría.

Me gustaría hablarle de mi experiencia con <u>Paloma solitaria</u>. He leído tres veces el libro y estoy segura de que está al tanto de la serie televisiva que produjeron basándose en él. La renté de la biblioteca en varias ocasiones y la disfruté muchísimo. Como le dije, leí la novela por primera vez hace varios años, cuando obtuvo el Premio Pulitzer. En ese entonces siempre trataba de leer los libros ganadores y, por supuesto, fue el caso de <u>Paloma solitaria</u>, que leí en un período de mi vida en el que sentía que toda la gente a mi alrededor estaba prosperando y alcanzando su máximo esplendor mientras yo me marchitaba. Nunca olvidaré la primera lectura. Me pareció que el texto alcanzaba y tocaba sutilmente un antiguo y doloroso arroyo de realidad o, más bien, que, de alguna forma, la historia del arreo del ganado durante una larga distancia y sus apéndices narrativos salían de mí en lugar de internarse en mí. ¿Cree que sueno como una mujer demente o, como me parece más probable, sabe con exactitud lo que trato de decir? Recuerdo que leí el libro y al llegar, no sé, a las últimas cien páginas, supe que estaba en ese momento en que, como lector, uno se da cuenta de que no habrá un final ni feliz ni decoroso para ninguno de los personajes con los que se ha encariñado tanto. En pocas palabras, el final será difícil para el lector y uno lo sabe. O, al menos, yo lo sabía. Y entonces llega el final. Nunca olvidaré que estaba sentada en mi cama y mi esposo dormía a mi lado. Fue poco antes de que terminara dejándome y entonces pensé que tenía en mis manos un libro sobre la decepción. Decepción para todos los personajes. Decepción, desdicha y amargura. Por supuesto, estaba muy enojada. Me consternó su crueldad y la manera en que repartió los golpes: uno tras otro, negándose a ceder, aunque fuera un poco, para ofrecerle a sus lectores una cantidad, aunque fuera mínima, de alivio. Leer su libro fue una agonía porque sentí que hacía eco a las experiencias de mi propia vida y, en aquella época, creo que leía ficción porque buscaba algo que me asegurara que aún quedaban razones para albergar esperanza.

Me parece que cuando leí el libro le escribí o, al menos, esa era mi intención. Tal vez terminé no haciéndolo porque, como dije, fue un período tumultuoso de mi vida y es posible que lo haya olvidado. A finales de los noventa volví a leerlo, cuando se publicó otro libro de la serie y luego, la Navidad pasada, de pronto me encontré parada junto al librero buscando algo. Hoy en día soy muy cuidadosa al seleccionar lo que leeré porque sé que mis años como lectora se acabarán pronto. Al ver ese lomo agrietado, tan familiar, me sentí inclinada a sacar el libro y leerlo otra vez. Esta es la razón por la que ahora le escribo.

Soy una anciana y mi vida ha sido un peculiar equilibrio entre lo milagroso y lo mundano. En esta ocasión, cuando volví a leer su libro, preparada para los sentimientos que tuve en el pasado, me sorprendí de una manera muy profunda porque lo que tantos años atrás me parecía una falta de misericordia, ahora me parece una forma de... ¡valentía! Valentía para lastimar a sus personajes. ¡Para consternarlos! Me pareció muy valiente porque fue insoportable pero auténtico y, A PESAR DE TODO, señor McMurtry, A PESAR DE TODO, había algo que yo no me había tomado la molestia de ver, pero que ahora buscaba con la esperanza de encontrarlo en la ficción de la misma manera que espero encontrarlo en mi propia vida: una GRAN VITALIDAD. Augustus y Call, listos para permitir que se desbordara el significado de la vida que crearon. En esta ocasión, señor McMurtry, su libro significó algo nuevo y quería decírselo. Eso es todo. Quería asegurarme de que lo supiera. No sé qué es lo que impulsa a alguien a convertirse en escritor, no tengo idea, pero creo que usted debería saber que ese texto, su labor narrativa, me tocó una fibra, encendió un mecha. Supongo que puedo decir que estoy conmovida. Eso es lo que estoy tratando de decirle, que me conmovió.

Sé que usted está bien instalado en Texas y que ambos nos encontramos atrapados en la desdichada telaraña del envejecimiento, ¿no es así? Sin embargo, espero que este tramo que nos queda sea pleno para usted. Creo que es también lo que deseo para mi propia vida.

Muy cordialmente le escribe,

Sybil Van Antwerp

Sybil Van Antwerp
17 Farney Rd.
Arnold, MD 21012

24 de diciembre de 2018

Estimada señora Van Antwerp:

Muchas gracias por su nota sobre <u>Paloma solitaria</u>. Parece ser un libro que significó algo importante para muchas personas y que lo hizo de maneras que jamás imaginé. En su carta, sin embargo, leí algo que me llamó la atención: que lastimar a mis personajes exigió valentía. Sí, eso me pareció interesante.

Tiene usted razón respecto a lo problemático que es vivir y, sin embargo, aquí nos encontramos. Creo que, al menos hasta ahora, hemos sido más astutos que otra cosa, que no sé qué es. Estoy seguro de que soy bastante mayor que usted. Respecto a mi librería, yo diría que más bien es un refugio para libros viejos. Si por alguna razón un día termina viniendo a Texas y la puede visitar, hágamelo saber. Me dará mucho gusto conocerla en persona.

Le deseo lo mejor.
Feliz Navidad,

Larry

Querido Theodore:

Gracias por podar ayer los matorrales de mi jardín. Que seas tan alto resulta una ventaja enorme.

Como lo mencioné hace algunas semanas, terminé mi relación con Mick. Era un hombre abrumador y posesivo, necesitaba estar casado. Imagínate eso, necesitar estar casado de nuevo a nuestra edad. Además, ¡es mucho más anciano que yo! No sabes qué alivio. Habría ODIADO vivir en Texas.

En otras noticias, reservé un vuelo a Londres. ¡Volaré en primera clase! Pero claro, no creas que es un logro personal, sino que hay gente muriendo y yo he tenido la suerte de recibir el dinero que han dejado. En una semana aproximadamente, veré a Fiona. Me llevará a conocer Oxford y luego iremos a los páramos de Yorkshire, el lugar que Emily Brontë eligió como escenario para <u>Cumbres borrascosas</u>. Después me llevará en su automóvil al norte, a Fort William, para conocer a Hattie y los hermanos. Fiona me ha apoyado mucho en toda esta locura. El viaje está programado para finales de abril. Si todo sale bien, si descubro que disfruto de moverme por el mundo como una valiente veinteañera, me pregunto, ¿te gustaría hacer un viaje? Quiero decir, hacer un viaje conmigo, por supuesto. Siempre he tenido el deseo secreto de conocer París.

Mientras tanto, tengo algunos planes más razonables que proponerte. Hace varios años que no voy a la Sinfónica Nacional y, por lo que escuché, van a interpretar Carmina Burana a finales de febrero. ¿Me llevarías?

Con cariño,

Sybil

27 de enero de 2019

Mi querida Sybil:

Anoche que estuvimos juntos no hablamos al respecto, pero quería decirte que sería un honor acompañarte a París.

Cordialmente tuyo,

Theodore

Rosalie Van Antwerp
33 Orange Lane,
Goshen, CT 06756

29 de abril de 2019

Querida Rosalie:

¡Ya me voy! Salgo mañana muy temprano. Bruce me llevará al aeropuerto de Washington. Tendré que esperar algunas horas antes del vuelo a Londres. Estoy muy nerviosa, sigo dando vueltas por la casa, pero me doy cuenta que terminé todos los pendientes. Lavé las ventanas, escaldé el drenaje de la cocina con agua y vinagre, vacié los botes de basura y toda la ropa de cama está de nuevo puesta tras haberla lavado y planchado. Es la primera vez que salgo del país, ¿lo puedes creer? ¡A los setenta y nueve años! Me aseguraré de escribirte.

Syb

Posdata: En algunos días te llegará una caja muy pesada. Son todas las cartas, todas, desde que empezamos a escribirnos cuando éramos niñas. Espero que puedas entretejer nuestra historia de décadas. Quién sabe, tal vez podrías vender el resultado, aunque yo tampoco estoy segura, como una vez dijiste, que le interese a alguien que no seamos nosotras. Creo que, para este momento, las cartas formarían un extenso libro. Imagínate: Theodore tuvo que cargar la caja para poder subirla al mostrador de la oficina postal.

Sr. Theodore N. Lübeck
11 Farney Road
Arnold, Maryland 21012
ESTADOS UNIDOS

11 de mayo de 2019

Ay, Theodore, ¿cómo podría describirlo? Haré mi mayor esfuerzo, pero te advierto que mis ávidos ojos casi se han rendido. Tuvieron un esplendoroso atisbo del paraíso en la tierra, pero ahora exigen descansar. Este es el primer día en una semana que veo claro y lo estoy aprovechando para escribir. ¿Cómo articular con palabras mi gozo? ¿Lo poco que he visto? Estoy en casa. El paisaje se extiende y se eleva, es inmenso, distante y amable. El cielo se ve fresco, parece vivo, es nítido, se mueve y tiene textura. Al respirar, el aire se siente crudo, nunca creí que existiera aire así. He visto todo el verdor, las piedras, el agua. Mi hermana es maravillosa, inteligente y discreta. ¿Sabes a quién me recuerda? A Harry. Ahora tengo a Hattie y tres medios hermanos, pero ¿sabes?, pareciera que los he tenido a los cuatro todo este tiempo.

No sé por qué esperé hasta tener esta edad para empezar a viajar, ahora que casi estoy ciega. Pero no, eso no es verdad del todo. Sé por qué no viajé antes y me gustaría decírtelo. Así es, me gustaría contarte algo que no sabe nadie, pero que debí haber confesado. Cuando te lo diga, comprenderás por qué digo que debo confesarlo. Pero tenme paciencia porque mi caligrafía se ha ido a la mierda, a la mierda, a la mierda.

Gilbert no murió ahogado como te dije. Quisiera explicarte qué sucedió con exactitud, pero antes debes saber que <u>esto</u> no se lo he contado a nadie. Creo que me sería imposible decirlo, pronunciarlo, por eso trataré de escribirlo. Llevamos de vacaciones a los niños a un lago en Canadá, cerca de la frontera. Bruce tenía diez años, Gilbert ocho y Fiona cuatro. Nos hospedamos en una adorable cabañita junto al lago. Tenía dos habitaciones conectadas, los niños se quedaron en una habitación con camas gemelas. Bruce durmió en una de ellas, Fiona durmió pegadita a Gilly, como siempre, y Daan y yo nos quedamos en la otra habitación, que tenía una cama grande con dosel, chimenea y vista al lago. Rosalie y Lars también fueron, ella estaba embarazada de Paul. Nuestra estancia incluía todas las comidas. Era julio y decidimos escapar del miserable calor del sur e ir a Canadá en tren. ¿Recuerdas lo maravilloso que era viajar en tren? Como dije, la cabaña estaba junto a un pequeño lago. Era el lago Saint-Pierre, en la parte francesa de Canadá, pero no tuvimos problemas porque Daan nos tradujo todo. Fiona era quien siempre me preocupaba porque era mi bebé, mi única hija. Además, los chicos eran tan hábiles y capaces que, cuando ella nació, como que di por sentado que ellos ya habían crecido. Un día, Daan se puso a jugar ajedrez con Bruce en la casa mientras Fiona tomaba una siesta. Lars y Rosalie se habían ido en una canoa a una pequeña isla, Gilly y yo nos quedamos solos junto al lago. Yo llevaba toda la semana distraída. Daan y yo habíamos estado discutiendo desde varias semanas antes del viaje sobre nuestras respectivas carreras y sobre cuál sería prioritaria. Yo llevé de viaje algunos documentos legales y él se molestó porque se suponía que las vacaciones serían un tiempo para la familia. En fin, ahí estaba yo con mi portafolio y, cada vez que Daan se alejaba, trataba de trabajar un poco. Ese día, tomé una de mis carpetas y la llevé conmigo al pequeño muelle de pesca. Gilly pasó algún tiempo pescando tranquilo mientras yo leía los documentos, pero de pronto quiso nadar. Había sido bastante paciente, Gilbert siempre fue muy bueno conmigo, perdonaba con facilidad y no exigía mucho. Era muy equilibrado y comprensivo. En fin, ¿en qué estaba? Ah, sí, te decía que esperó y fue paciente, pero de pronto empezó a suplicar y a quejarse. Era un niño dinámico, atlético y enérgico. Estar quieto no era lo suyo. Yo estaba muy concentrada haciendo anotaciones sobre el caso y lo ignoré. Recuerdo que era un caso sobre un robo. Gilbert insistió varias veces en que nadara con él, hasta que me sentí irritada. Estaba distraída y me molestaba no poder tener un momento para mí. Le dije simplemente que no, que tenía que leer el documento o algo parecido. Estoy segura de que levanté la voz. Theodore, solo recordarlo me hace sentir mal incluso físicamente. A final de cuentas, como vio que no iba a nadar con él, me preguntó si podía observar el clavado y calificarlo. Le contesté que sí sin prestar atención, solo sacudí la mano en un gesto burdo. Sí, le dije, ve, ve. Estaba trabajando, pero podría calificar su clavado desde lejos. Como alrededor del muelle de pesca habían sacado las piedras del lago, había cierta profundidad. Sin embargo, nos dijeron claramente que en todo el lago había piedras y placas ocultas. Nos advirtieron que no debíamos saltar ni lanzarnos al agua desde ningún lugar que no fuera el muelle de pesca y nosotros les dijimos lo mismo a los niños, pero Gilbert era intrépido y temerario. Tal vez también me quiso castigar por ignorarlo. En cualquier caso, no lo vi bajar del muelle y acercarse a la orilla. Tampoco lo vi escalar un pedrusco liso que estaba a casi cinco metros de distancia, no lo vi enderezarse en lo alto. Escuché que me gritó, pero pensé que seguía al final del muelle de pesca o, francamente, tal vez ni siquiera estaba pensando en él porque me puso de mal humor, Theodore. Entonces dijo: MIRA. Mírame, mamá. Mira mi clavado. Desearía recordar, pero aquí es donde las cosas se vuelven nebulosas. Perdí el rastro de mi memoria, solo una cosa me queda clara, Theodore. Sin levantar la vista de los documentos, solo dije:

VAMOS, POTRO, ¡SALTA! Potro era un sobrenombre que yo le había dado. Nos obsesionaban las carreras de caballos, adorábamos verlas juntos. Un mes antes, Secretariat había ganado la Triple Corona y por eso empecé a decirle así a Gilbert, a mi niño, porque era tan ágil como un potro.

A veces imagino su cuerpo bajo el sol del verano, lo imagino plegándose y luego estirándose. Al final, lo imagino en el lago. Las manos, los brazos y la cabeza apuntando hacia los dedos de sus pies, hacia sus uñas. No lo vi, pero lo imagino. En el lugar en el que se lanzó, había una placa. Su cuello se rompió. Ya no se levantó, Theodore. Me tomó varios segundos darme cuenta de que no estaba ahí. Así murió Gilbert y lo lamento muchísimo. Lo siento tanto, tanto, tanto. Voy a tener que dejar de escribir un momento.

Nunca le dije esto a Daan. Lo intenté varias veces, de verdad quise hacerlo, pero no pude y ahora está muerto. Estoy segura de que esa fue la razón por la que terminó nuestro matrimonio. A veces me he preguntado si Rosalie lo sabrá. Es decir, no los detalles, sino el papel que jugué. Siempre he presentido que lo sabe.

Ese fue el fin de muchas, muchas cosas. Una de ellas fue mi deseo de ir a otro lugar. No más viajes. Porque, mira el resultado de que Sybil viajara: un niño muerto. Mi segundo hijo desapareció en un abrir y cerrar de ojos. Imaginarás las secuelas: luto y culpabilidad incesantes durante cuarenta años. Supongo que, de cierta forma, soy escritora, cronista. Escribir esto ha sido demasiado difícil a causa de la debilidad de mis ojos, pero también porque es una historia espantosa y porque la vida sería mucho mejor si, simplemente, no pudiera ser cierta. Sin embargo, aquí estamos y quise plasmarla en papel antes de ya no poder escribir más. He pasado mi vida teniendo miedo, pero ahora estoy tratando, esforzándome mucho para no sentirme así. Después de todo, ¿a qué más se le puede temer al final? ¿A la pérdida? He perdido casi todo. ¿A la muerte? La recibiré con gusto. Solo estoy tratando de exorcizar las obsesiones, de sacarlas para verterlas en el papel. Esta es la última.

Hace poco le dije a mi hija que mi dolor había sido un alarido insoportable, que lo he escuchado en mi cabeza durante décadas y, sin embargo, logré escribirte esta carta. Al hacerlo, por fin ha cesado.

Hay una cita que aprecio mucho. Es de uno de los ensayos de mi amiga Joan Didion. De hecho, es su ensayo más reciente, <u>El álbum blanco</u>. "Lo que he hecho por mí misma es personal, pero no es exactamente paz". Y continúa así: "La mayoría vivimos de una forma menos teatral, pero continuamos siendo sobrevivientes de un tiempo peculiar e íntimo". Me parece que es la cosa más auténtica que he leído.

Supongo que nadie tiene ni fin ni fondo, pero tengo la impresión de que, de todas las personas que han pasado por mi vida, tú eres la que menos piedras ha dejado sin voltear. Me ha tomado algún tiempo admitir el hecho de que conocerte ha sido como desviarse de un sendero solitario y frío para encontrar el calor del fuego y una mesa puesta, así que, por todo eso, gracias, Theodore.

Hattie dice que me puedo quedar aquí todo el tiempo que quiera. Vive en una encantadora casa de una sola planta con montones de habitaciones, junto a un pequeño lago. Sé que es una locura, pero me preguntaba si no te gustaría venir a Escocia algunas semanas. No puedes imaginar las vacas que hay aquí. Son como Chewbacca, el personaje de las películas de la Guerra de las Galaxias que Harry nos hizo ver. Tienes que venir a verlas con tus propios ojos para creerlo. También me pregunto si, cuando regrese, te gustaría mudarte a mi casa, conmigo. ¿Por qué no? Después de todo, con estos ojos, necesito compañía. Sé que es algo atrevido de mi parte, pero tú mismo dijiste que tu casa no significa algo inmenso para ti y, además, la mía es la que tiene una vista espléndida a través de los árboles de la ensenada. Considéralo. Estoy hablando absolutamente en serio. Bruce incluso me dijo que podríamos remodelar tu casa y conservarla para rentarla. ¿No te parece una excelente idea? Con el dinero de las rentas podríamos viajar...

Sería encantador tenerte conmigo aquí en Escocia. Por supuesto, ahora sabes que yo también soy "cordialmente tuya". Que lo he sido desde hace algún tiempo.

Con cariño,

Sybil

PARA: sybilvanantwerp@aol.com

DE: jameswlandy@gmail.com

FECHA: mayo 15, 2019 04:45 AM

ASUNTO: Harry y otros asuntos

Querida Sybil:

Espero que estés disfrutando de Inglaterra con tu hija. He pensado mucho en ti y, esta mañana del sábado en que no tengo demasiado que hacer, he encontrado un momento para sentarme y enviarte un correo electrónico. Empecé a leer. Bueno, sobre todo escucho audiolibros, pero vale. Acabo de terminar la trilogía de <u>Los hombres que amaban a las mujeres</u>, de Stieg Larsson . ¿La has leído? Me pareció genial.

Harry pasará el verano en Nueva York porque tiene que realizar una pasantía en una agencia literaria. Yo tenía la esperanza de que viniera a Washington, pero está empecinado en enfocarse en esa experiencia editorial. Marly sigue en California y supongo que se quedará. Entra y sale del tratamiento, su hermana se ha encargado de lidiar con ella y yo de pagar las facturas. Las chicas vienen y van, se ocupan de sus asuntos. Estoy considerando vender la casa porque me parece absurdo conservarla. Es demasiado grande y tener invitados no es lo mío. Deberías venir a cenar o algo así en cuanto vuelvas de viaje. Me encantaría verte de nuevo.

James

Por cierto, escuché que tu relación con Mick Watts terminó. Lo siento. ¿Es cierto que te propuso matrimonio? Escuché un rumor.

Cariño, después de esto, terminaré. He llegado a un punto en el que ya no disfruto de escribir. Me produce un dolor de cabeza tremendo y hace que la mano me duela. Supongo que se debe a la fuerza que necesito para enfocarme. Además, tal vez sea tonto de mi parte continuar dirigiéndome a ti, aunque, hasta ahora, no lo he sentido así.

Cuando empecé a escribirte lo hice en un esfuerzo por vivir, porque no quería marchitarme y morir, y creo que ha funcionado. Me ha permitido mantenerte a mi lado. Hice un recuento y descubrí que la primera vez que te escribí fue cuando Daan regresó a Bélgica. Cada vez que me he sentado a hacerlo, te he imaginado en una especie de escritorio celestial mirando por encima de mi hombro. Tal vez sea absurdo y delirante, o tal vez no. Tal vez no es así, tal vez sí.

¿Sabes? Imagino cómo serían las cosas si estuvieras aquí. Tomé tu personalidad, todo lo que aprendí sobre ti antes de que te fueras y traté de extenderlo lo más posible. Ha sido como tratar de aplanar y extender masa de hojaldre sin rasgarla. Ahora la estiro aún más y te imagino como un hombre de cincuenta y cuatro años. A pesar de este intento de prolongación, lo que rara vez me he permitido hacer es <u>recordarte</u>. En cuanto empiezo a pensar en el pasado, cierro la puerta de golpe. Esta mañana, sin embargo, me senté un rato en el jardín de mi hermana con los ojos cerrados y estuve escuchando la brisa, las aves y las vacas que se encontraban cerca. De pronto tuve un recuerdo que sentí como un regalo, por eso no cerré la puerta, solo me permití evocar. Una tarde de otoño, los llevé a los tres al parque. Bajamos por la colina, atravesamos el vecindario y fuimos pasando frente a las casas, dejándolas atrás. Recuerdo que se iban haciendo más grandes a medida que descendíamos. La inclinación era cada vez más pronunciada, tanto, que volver a casa caminando era muy difícil. Tú siempre bajabas por la colina corriendo a toda velocidad. Parecía que tus largas piernas volaban. Era una especie de milagro. Cuando cumpliste seis o siete años ya no me preocupaba que corrieras porque eras como un ardiente relámpago, te sentías cómodo con tu cuerpo y tenías una seguridad ciega. Abajo, en la falda de la colina, había un sendero a lo largo de un muro, era un lugar adorable. Cuando finalmente llegaba, te veía aparecer de pronto porque salías de la sombra de un magnífico sauce llorón. Era como estar en el cielo. Este recuerdo es el de una tarde en que fuimos al parque los cuatro y ustedes tres se pusieron a hacer las cosas que acostumbraban. Tú y Bruce escalaron uno de los retorcidos robles que nadie podaba. Tenía unas ramas enormes, colgaban tanto que casi tocaban la tierra. Fiona empezó a buscar tréboles de cuatro hojas en el pasto y a lanzar hojas para que las arrastrara la corriente del arroyo. Hubo un otoño en el que construyó con ramitas todo un pueblo para las hadas, pero no recuerdo si fue ese u otro. Ese día, el que recuerdo ahora, vi a una indigente durmiendo en uno de los bancos. Estaba protegida por varias chaquetas y cobijas, tenía su bolso junto a ella. Como miraba hacia el otro lado, no pude ver su cara. Su viejo perro estaba despierto y nos observaba. Yo nunca la había visto, de hecho, era poco usual ver gente sin casa cerca de ahí. Me pareció que tal vez se había desviado de su camino y que, de pronto, al encontrarse en un lugar encantador, decidió quedarse. En fin, recuerdo que tú y Bruce se asustaron al verla. Los distrajo unos minutos, o tal vez solo fue un instante, pero luego volvieron a jugar. Me quedé observándolos y noté que la miraban, que volteaban a verla de vez en cuando y que, a su vez, el animal no les quitaba la mirada de encima a ustedes tres. Cuando decidimos irnos del parque, la mujer se había despertado y estaba sentada alimentando a su perro con los gajos de una pequeña naranja. Al vernos salir, se despidió de nosotros ondeando la mano con amabilidad y entonces noté el resplandor en su mirada. ¿No te parece asombroso cómo vuelven los recuerdos a nosotros? ¿Con todos esos detalles? Llevaba un viejo abrigo rojo para esquiar que estaba desgarrado del frente. El relleno se escapaba por los agujeros y se veía casi negro por la suciedad. Esa noche, más tarde, me puse a leer en mi silla. Ustedes se habían acostado temprano. Creo que papá estaba dormido, la casa estaba muy oscura porque el fuego se había extinguido. Era bastante tarde, pero de repente llegaste al estudio y me encontraste. Tenías tu pijama largo con rayas rojas, te veías enfermo y ansioso. No podías dormir porque te sentías culpable. Te pregunté por qué y empezaste a explicarme. Esa tarde, cuando volvimos a casa del parque y me puse a preparar la cena, te fuiste a la habitación a contar el dinero que habías ahorrado en tu alcancía para comprar un juguete u otra cosa. Siempre estabas ahorrando para algo. Al contarlo descubriste que tenías cuarenta y tres dólares. Han pasado todos estos años y aún recuerdo la cifra. Me dijiste que sabías que debías darle ese dinero a la mujer sin hogar del parque, pero que cuando la viste no quisiste hacerlo porque deseabas mucho comprar aquello para lo que habías estado ahorrando y que no recuerdo qué era. Por supuesto, yo te dije que no había problema. Te expliqué que no tenías por qué regalar tu dinero y cosas similares que se dicen, pero tú me interrumpiste convencido de que debiste darle el dinero y no lo hiciste y, en ese momento, me di cuenta de que la angustia te había enfermado. Traté de consolarte, pero al final lo único que te calmó fue que te dije que, si realmente deseabas hacerlo, podíamos ir al parque por la mañana y, si aún estaba ahí, darle a la mujer un poco de dinero. Supuse que eso te tranquilizaría para cuando amaneciera, pero al día siguiente bajaste sujetando el dinero con el puño apretado y dijiste que estabas listo para ir, así que, ¿qué podía hacer? Bajamos caminando juntos, llevabas el dinero en el abultado bolsillo de tu pantalón. No corriste, pero todo el tiempo te mantuviste a dos o tres pasos adelante. Cuando llegamos al parque, como supuse, la mujer y el perro no estaban ahí, y admito que me sentí aliviada... hasta que volteaste a verme con aire desesperado. Volvimos a casa y subimos al automóvil. Conduje por un rato, pero no vimos señales de ellos. Todavía querías darle los cuarenta y tres dólares. Te sentías muy afligido por no poder hacerlo y, ¿sabes, Potro?, al recordar todo esto lloré. Lloré por muchísimas cosas, solo pude llorar. No hay lengua ni lenguaje lo bastante inmenso para expresar lo profundo de mi pena por lo que sucedió, hijo mío. Decir "lo siento" no representa nada, pero creo que lo sabes. Ay, Gilbert, tú comprenderías, tú sabrías. Estoy segura.

Pensé en releer todo lo que te he escrito desde que empecé esta serpenteante obra sin pies ni cabeza, pero creo que no es necesario. Además, en este momento, me resultaría casi imposible físicamente. Creo que hay muchas cosas que he olvidado y tal vez sea mejor así.

No sé para qué comencé a escribirte, tal vez porque quería que me conocieras. Te he extrañado todo este tiempo, por supuesto, pero el hecho es que tuve cada momento de ti mientras fue posible. Ya basta, he tenido suficiente.

Es con todo mi amor que te he escrito.
Te quiere,

tu madre

Sybil Van Antwerp,
17 Farney Rd.
Arnold, MD 21012,
ESTADOS UNIDOS

8 de agosto de 2019

Querida Syb:

Por favor agradécele a Theodore por escribir tus cartas. No soportaba la idea de dar fin a nuestro intercambio epistolar de décadas. Te confieso, sin embargo, que ahora siento un poco la necesidad de autocensurarme, Theodore parece ser un hombre muy educado y propio. Stewart te envía su cariño también.

No hay mucho nuevo qué reportar. Acabamos de tener nuestra fiesta nacional del Día de la Independencia, el día cuatro, aquí en Francia y no sabes el estruendo que fue el festejo. Al terminar la noche, había mujeres sin traje de baño en la piscina. También adoptamos una perrita. Me parece que te dije que lo habíamos estado considerando, ¿no? Es una encantadora cosita esponjosa llamada Yvette, ¡la adoro! Creo que tú también la adorarías, aunque sé que los animales te dan lo mismo.

La buena noticia es que el artículo en el que había estado trabajando durante bastante tiempo sobre mi experiencia como expatriado en estos lares, por fin será publicado. ¡En Vogue! No te imaginas, estoy encantando. Creo que saldrá en la edición de octubre.

Hablando de octubre, estoy ansioso de que vengas a visitarme. ¡Sybil Stone finalmente en Francia! Ahora podré morir en paz. He estado pensando en los restaurantes que visitaremos y todas esas cosas. Acabo de ver a Eva en la fiesta y me contó que acaban de instalar cortinas nuevas. No te imaginas lo fabuloso que es su departamento. Cuando entren, tú y Theodore sentirán que han muerto y que acaban de abrir los ojos frente a las rejas perladas del cielo. Si yo visitara París, el único lugar donde querría hospedarme sería en el departamento de Eva, pero claro, ¡a mí nunca me ha ofrecido quedarme dos semanas enteras ahí!

Te envío todo mi cariño
y la perrita te envía besos,

Félix

Posdata: Necesito saber: ¿Theodore y tú comparten habitación o él dormirá en la de huéspedes? Lo sé, es una verdadera torpeza social que te pregunte esto..., sobre todo sabiendo que el señor Lübeck te estará leyendo esta carta.

19 de septiembre de 2019

Tarjeta postal de París

Rosalie Van Antwerp
33 Orange Lane
Goshen, CT 06756
ESTADOS UNIDOS

Querida Rosalie, ¡saludos desde la Ciudad de las Luces! Sé que adoraste París cuando viniste en los setenta y ahora comprendo por qué. Theodore y yo estamos teniendo una estancia encantadora. Como él había visitado la ciudad varias veces, ha sido un incomparable compañero de viaje. Nos estamos alojando en el departamento de una amiga de Félix. Está muy bien amueblado, tiene ventanas altísimas y se encuentra cerca del Jardín de las Tullerías. La Catedral de Notre-Dame ha sido mi lugar favorito hasta ahora. Me arrodillé en uno de los reclinatorios y lloré. Los problemas de Félix y Stewart se han resuelto y su relación continúa por el momento. Se debe, en parte, al éxito del artículo de Félix publicado en Vogue. Probé los audiolibros, pero no logro concentrarme, detesto los audífonos y lo pésimos que son los narradores. Ya no leo. A veces, sin embargo, Theodore me lee en voz alta.

Te extraño y te envío
todo mi cariño,

Sybil

Hola, Rosalie. Estoy cuidando bien de Sybil. Su problema de la vista le da miedo, pero no quiere mencionarlo. Le apena no

poder admirar los detalles en los cuadros y las esculturas, pero ha podido ver la Torre Eiffel por las noches, cuando se ilumina.
Saludos, T. Lübeck

Sybil Van Antwerp
17 Farney Rd.
Arnold, MD 21012

15 de diciembre de 2019

Estimada señora Van Antwerp:

Adjunto encontrará el primer borrador de mi novela <u>Dinastía de la Visión</u>. Gracias por ayudarme con el título. Probablemente yo no habría escrito un libro si no hubiera vivido con usted aquel año. Sé que no puede ver, pero tal vez Theodore podrá leerle esta carta.

La quiero.

Harry

Rosalie Van Antwerp
33 Orange Lane
Goshen, CT 06756
ESTADOS UNIDOS

8 de febrero de 2020

Querida Rosalie:

Estoy pensando en ti como siempre. Por la mañana, paseo con los perros y, por la tarde, me siento en el jardín a respirar el aire fresco. La vista en Farney Road me parecía inmensa, pero ahora me resulta muy modesta. Tendrías que ver este lago para creerlo. Fiona, Walt y los niños pasaron aquí dos semanas de vacaciones. Bruce y su familia vendrán en abril y luego, en junio, me visitarán Stewart y Félix. ¡Estoy muy feliz! Hattie y yo nos sentamos por las noches a contarnos historias y, a veces, Douggie, Declan y John vienen y hablamos del pasado. Lamento enterarme del deterioro de Lars. Creo que fue una buena decisión llevarlo al hogar en Greenmont. Tenías razón, en nuestro corazón tenemos treinta años. Vivimos antes de toda la desilusión, de todas las cosas por las que la vida resultó más dolorosa de lo que pensábamos. Por otra parte, admitámoslo: también ha sido mágica. Te extraño. Regresamos a finales de abril, Theodore me acompañará a visitarte. Tú eres la única persona que continúa escribiéndome y estoy muy agradecida por ello.

Te quiere,

Sybil en Escocia

Saludos desde Escocia,
Theodore

Hattie Gleason
Bodney Cottage
Fassfern
Fort William
PH33 7NP
Escocia
REINO UNIDO

10 de noviembre de 2021

Queridísima Hattie:

Me apena mucho escribir para informarle que su hermana Sybil falleció el martes por la mañana, el mismo día que su hijo Gilbert hubiera cumplido cincuenta y siete años. Los médicos están casi seguros de que murió de manera instantánea debido a una embolia pulmonar. Lamento ser yo quien le haga llegar estas noticias, pero sus hijos me pidieron que lo hiciera.

Tal vez quiera usted conocer los detalles, yo querría lo mismo. Sybil estaba preparando una taza de té en la cocina y yo estaba en la otra casa regando las rosas. Una media hora después, cuando volví, la taza de té ya estaba fría sobre el escritorio y ella tenía la cabeza sobre la superficie de la mesa, sentada como acostumbraba cuando se disponía a escribir.

Fiona y Bruce revisarán las pertenencias de Sybil en su debido momento. Le enviaremos algunos objetos que tal vez le gustaría conservar. El servicio conmemorativo se realizará en dos semanas en la iglesia a la que Sybil pertenecía, la Iglesia del Buen Pastor en Annapolis, en caso de que desee tratar de asistir.

Lo lamento muchísimo, Hattie, lamento ser el portador de estas noticias y también lamento no haber estado ahí en el

último momento. Me alegra mucho haber podido pasar largas temporadas con usted en Escocia y, al mismo tiempo, me
rompe el corazón no haber disfrutado de más tiempo con
nuestra Sybil. Estoy seguro de que usted sentirá lo mismo.
Me duele imaginarla sintiéndose sola y, quizás, atemorizada,
pero creo que tal vez así habría deseado ella misma que fueran
sus últimos instantes. Apenas hace poco, Sybil me dijo que su
vida se había tornado muy plena estos últimos años, pero sé
también que finalmente se ha liberado de ciertos sucesos del
pasado. Ahora es libre.

Espero volver a verla.
Su amigo,

Theodore

Posdata: Adjunta encontrará una fotografía de todos ustedes
juntos en el pub. La tomó Fiona la última vez que estuvo en
Escocia.

Sr. Dezi Martinelli

138 South Carrington St.

Hasbrouck Heights, NJ 07604

25 de noviembre de 2021

Estimado señor Martinelli:

Mi nombre es Fiona Van Antwerp-Beaumont, soy hija de Sybil Van Antwerp. No creo que usted esté enterado, a menos que haya leído el obituario en los periódicos, pero mi madre falleció hace algunas semanas. Fue una partida repentina y desoladora para todos nosotros.

En los últimos años, mi madre me puso al tanto de la manera en que estaba relacionada con usted o, tal vez debería decir vinculada, aunque ella misma no habría descrito de esa manera ese lazo. Espero que sepa lo mucho que mi madre se arrepintió de las decisiones que tomó en un momento terrible de su vida y que tuvieron un efecto tan devastador en usted y su familia.

Durante la lectura de su testamento, nos enteramos de que le dejó cierta cantidad de dinero. Existe una cláusula específica respecto a este regalo. La voluntad de mi madre fue que le escribiera para aclararle que el dinero, en realidad, proviene de la herencia que ella recibió de mi padre y que puede hacer uso de la forma que le parezca más adecuada para ayudar a su hijo. No hubo más indicaciones de su parte, pero me parece que, bueno, la cantidad escrita en el cheque adjunto representará para su familia una grata sorpresa.

Agradezco toda la gentileza y bondad con la que trató a mi madre. Ella me dijo que su perdón la había liberado de una carga muy pesada.

Con mis mejores deseos,

Fiona Van Antwerp-Beaumont

Fiona Van Antwerp-Beaumont

2 Hamilton Terrace

Londres SE 28 8JF

REINO UNIDO

15 de enero de 2022

Querida Fiona:

Espero que tú, Walter y los niños se encuentren bien. Yo voy bien, sobreponiéndome, pero extrañando muchísimo a tu madre. Creo que es un sentimiento que compartimos.

El otro día tomé del estante de tu madre un libro, <u>Rebecca</u>, y dentro encontré algunos trozos de papel. Parecen ser el borrador de una carta que trató de escribirle a tu padre. Encontrarás los fragmentos adjuntos. Tal vez signifiquen algo para ti.

Sybil había estado buscando la manera de decirte algo y me parece una pena que no haya logrado expresarlo a tiempo. Creo que, después de leer el borrador, tendrás algunas preguntas que tal vez yo podría responder.

Espero con ansia tu visita en marzo.

Hasta entonces,

Theodore

Querido Daan:

¿Recuerdas que yo pasaba muchas horas sentada escribiendo en mi escritorio? Pues aquí sigo ~~como si nada hubiese cambiado~~. Todo ha cambiado.

Siempre he tratado de expresar con exactitud lo que quiero decir o, al menos, ser tan precisa como me lo permite la lengua. Las palabras rara vez me han faltado y, sin embargo, ahora me encuentro sentada escribiendo y sin ~~tener la menor idea de qué decir~~.

He puesto la punta de la pluma sobre el papel, pero llevo semanas considerándolo.

~~No es que~~

Siento mucho que estés muriendo, pero todos estamos muriendo. Siento mucho que estés muriendo de cáncer porque, aunque al final la muerte termina siendo lo mismo para todos, el cáncer la vuelve más insidiosa. El cáncer hace que la experiencia sea mucho más devastadora. Yo preferiría algo sorpresivo, que me ~~golpeara un automóvil~~, cayera un rayo y me matara o ser decapitada; algo rápido, que las luces solo se apagaran, tal vez espantoso, pero sin agonía. Por desgracia, pocos tienen la suerte de morir así.

Hay algo que necesito ~~revelar admitir~~ decirte

Tengo una confesión que hacer ~~porque~~ nunca vi el sentido decirlo

¿De qué te serviría saberlo?

~~Yo tuve la culpa~~ Dijiste que no había culpas que asignar, pero yo tuve la culpa

Tienes derecho a saber que

Tuviste razón en culparme porque lo que sucedió fue que

La razón por la que más me altera perderte es porque ~~perderé~~ sé que eres la última persona ~~que comparte~~ con quien comparto mis recuerdos de Gilbert ~~que~~ sabía quién era yo y qué era lo que siempre estaba tratando de hacer

<u>la persona que me esforzaba por ser</u>. Pero debo decirte algo

Hubo ocasiones en que te odié, pero siempre fui yo

Me he odiado a mí misma, y fue lo que fue

Me amaste

~~hice lo mejor que pude~~ me esforcé tanto en ser buena madre, buena ciudadana, buena abogada, buena esposa, pero fallé en todo. Mereces saber que cuando estuvimos en el Lago Saint-Pierre

A pesar de que no hemos hablado mucho, me parece que eres la única persona en esta tierra que me conoce y saber que estás ahí ~~es un alivio~~ ha sido ~~un alivio~~ un gran alivio y voy a extrañar eso. Las cosas que solo tú sabías, ¿quién más guardará mis recuerdos y mis piedras cuando te vayas? Pero hay algo que no sabes

La piedra que no te dije, debo

Hay una monstruosa placa destructora LE DIJE QUE

~~No parecía estar de luto~~ estaba enfocada en la autoflagelación, en la culpabilidad que continúa asolándome incluso ahora, mientras escribo

Ahora lo ves, a mi dolor se sumaba mi culpabilidad

Para cuando nuestro matrimonio ~~llegaba a su fin~~ terminó ya no estaba enamorada de ti, pero siempre te he amado.

Daan, tengo una deuda contigo por haberte acercado a Fiona y a Bruce cuando yo no pude hacerlo. Eres muy bueno, gracias por haber hecho eso ~~por ellos~~ por mí

Eres un buen hombre y eres un buen padre

Al final de todo, cuando te fuiste a Bélgica no me pregunté —para entonces ya no estaba enamorada de ti— pero te fuiste mis padres me dieron en adopción tú te alejaste de mí y

Pero si hubieras sabido, siempre me he preguntado si eso ~~nos~~ habría ~~salvado salvado nuestro matrimonio~~ SALVADO nuestra vida

Por supuesto, no puedo enviar la carta que me gustaría. Lo que quiero decir no puedo decirlo. Sé que, incluso si escribiera una carta de mil millas de longitud, no podría expresar el universo del alma humana, de mi alma LAS CARTAS páginas y páginas, ¿con qué fin? No lo sé. Me pregunto cuál es el objetivo. No significan nada, no son nada, solo papel con interminables garabatos, pero ~~es la forma~~ ha sido la forma en la que encuentro significado. Supongo ~~que escribir cartas es la manera en que~~, pero incluso, a pesar de toda la escritura, sigo sin

Hice una prueba de ADN, te sorprenderá enterarte de que

Lo siento. Lo lamento mucho, muchísimo

Me estoy quedando ciega y me aterra. Si no puedo ver, ¿qué me queda?

Te has ido. Estoy segura de que pronto nos veremos.

AGRADECIMIENTOS

Cuando me encontraba escribiendo los primeros borradores de este libro, el hijo de seis años de nuestros queridos amigos enfermó por largos meses y luego murió. El tiempo se detuvo. Los espantosos, devastadores sucesos de ese otoño y, sobre todo, el período previo a diciembre, cuando cada mañana despertábamos con una sola cosa en la mente, me cambió. Permanecí sentada en silencio junto a Sybil durante todo ese momento en que la saturación del duelo inundaba nuestras vidas, donde todavía permanece. Perder a Wade tuvo un peso significativo en esta obra de ficción y, de cierta forma, este libro también es para ustedes, Nicki y Kent, con amor.

El camino a la publicación fue largo y estuvo plagado de un clima desolador durante años, pero no estuve sola. Muchas personas han sido generosas y me han ayudado en el trayecto, son demasiadas para nombrarlas a todas, pero me gustaría mencionar a algunas.

Siempre le estaré agradecida a Amy Einhorn, que adquirió este libro con gran entusiasmo precisamente en el momento en que yo estaba a punto de renunciar a escribir y de inscribirme en la escuela de derecho. Fue un punto crucial en mi vida y trabajar con Amy —y sus maravillosas colegas, Lori Kusatzky y Rachel Berkowitz—, así como contar con la inteligencia del resto del equipo de Crown, de Tara Timinsky en Grandview y de Lily Cooper, me permitió divertirme como nunca.

Años antes, Hilary McMahon, mi agente, me aceptó cuando cientos de otros no estuvieron interesados y me dijo: *tienes lo que se necesita*. Nunca dejó de creer, ni siquiera cuando yo misma dudé. Su certeza restauró mucha de la confianza que había perdido. Ahora somos amigas y eso es lo que había soñado.

En Trinity, Carlo Gébler me acogió y me brindó su tiempo. Su continua labor como mentor es invaluable y su ayuda con esta novela, en particular, fue clara y transformadora. Eoin Mc-Namee cuidó mi trabajo de forma meticulosa, como si fuera suyo. De estos y de mis otros profesores del programa de maestría en escritura creativa —Claire Keegan, Kevin Power y Harry Clifton—, así como de los colegas y amigos en que se convirtieron muchos de mis compañeros, aprendí muchísimo sobre el oficio y sobre el arte de la ficción. Por eso, me siento en deuda. Fue un momento maravilloso, un año perfecto en Irlanda que enriqueció mi vida y alteró su curso de maneras muy hermosas. Lo llevo conmigo y cuando lo recuerdo, siempre me siento asombrada. Mi corazón permanece ahí.

Hay otras personas a las que me gustaría brindar reconocimiento y agradecerles su ayuda con esta novela, entre ellas Peggy Kent y Mike Robinson, que me ayudaron con aspectos de la precisión legal. También a sus primeros lectores: Ashley Hill, Margaret Ann Speakman, David Speakman, Tory Dickerson y Francesca Capossela. Mi gratitud incluso va más atrás, a Gray Wilson, Kally Punger, Inman Majors, Teri Brennan y a Joan Frederick, ausente pero siempre presente.

Estoy profundamente agradecida por los innumerables amigos que han caminado a mi lado en este trayecto, que han leído mi trabajo y que fueron testigos de los muchos borradores, fracasos y desilusiones durante años, durante décadas. Gracias en particular a Kelly Whitener y Kaili Emmrich, mis animadoras permanentes, y a Sorcha Hamilton, mi singular primera lectora, mi tesoro. Gracias a mi familia por continuar creyendo en un futuro que no podíamos ver. A mis padres, Claire Ficker y Tim Ficker; a mi abuelito, Jack Vellines; a mis suegros, Joyce Evans y Jon Evans, que fallecieron antes de la publicación del libro. Gracias a mis hermanos, Hannah y Kyle, a quienes quiero tanto.

Estoy muy agradecida de tener a mis maravillosos y brillantes hijos, Jack y Mae, y también me siento agradecida con ellos por su paciencia, su amor y la magia que me mostraron.

No veo de qué manera habría podido hacer a un lado los largos y difíciles años si no hubiera tenido a mi lado a Mark, mi esposo, mi pareja en el sentido más auténtico, hombro con hombro. Soy muy afortunada de haberte encontrado, tú mantienes el barco estable. Resulta que tuve todo lo que deseaba. Cada momento de mi vida contigo ha sido gentileza pura, y por eso, este libro es para ti.

Santiago 1:17